I0694469

CUANDO DEJAMOS DE SER NIÑOS

LORENZO MARONE

CUANDO DEJAMOS DE SER NIÑOS

Editado por HarperCollins Ibérica, S.A.
Núñez de Balboa, 56
28001 Madrid

Cuando dejamos de ser niños
Título original: Un ragazzo normale
© 2019 Lorenzo Marone
Publicado y traducido por acuerdo con Mencci Agency - Milán
© 2019, para esta edición HarperCollins Ibérica, S.A.
© De la traducción del italiano, Ana Romeral Moreno

Diseño de cubierta: DiseñoGráfico
Imagen de cubierta: Getty Images

ISBN: 978-84-9139-366-5

GIANCARLO

Con doce años me hice amigo de un superhéroe.

No de uno de esos clásicos de Marvel, para entendernos, que llevan capa, máscara y un traje resplandeciente, que saltan de un lado a otro de la ciudad y vuelan entre los edificios. No, mi superhéroe no tenía ni traje ni capa, no volaba y no era de Gotham City, sino de Nápoles, que para algunas cosas era incluso más peligrosa que Gotham, porque en nuestro caso los bienhechores se contaban con los dedos de una mano.

Tenía veinticinco años, vivía en mi mismo bloque e iba por ahí con un extraño coche verde descapotable, un cuaderno y un boli. Se llamaba Giancarlo y, a pesar de mi insistencia, decía que no era para nada un superhéroe. Y quizá, pensándolo ahora, tuviera razón; porque los superhéroes de verdad nunca mueren, ni siquiera si se los acribilla a balazos.

O a lo mejor no, a lo mejor estaba equivocado y tenía razón yo; porque, al final, los superhéroes siempre renacen.

En cada nueva historia.

TREINTA BALDOSAS

El agente inmobiliario ya está debajo del edificio, lo reconozco desde lejos y levanto la mano para que entienda que estoy llegando. Ni se me pasa por la cabeza que no pueda ser él: lleva un traje azul bajo un abrigo del mismo color, unas sosas zapatillas deportivas, una fea corbata verde fosforito que le resalta en medio de la tráquea, el cuello almidonado de la camisa que apunta hacia abajo, el pelo ni corto ni largo lleno de gomina, una carpeta verde en una mano, el móvil en la otra, y la misma sonrisa perdida de tantos jóvenes. Tendrá unos veinticinco años, aunque intente aparentar alguno más haciendo alarde de seguridad.

—¿Russo? Encantado —dice viniendo hacia mí y tendiéndome la mano.

Le devuelvo el apretón y esbozo una sonrisa; él saca del bolsillo un mazo de llaves e intenta averiguar cuál es la correcta. Son las tres de la tarde de un día de febrero, falta poco para Carnaval; nos encontramos en una calle sin salida detrás de *piazza* Leonardo, a las afueras del Vomero, un barrio de las colinas de Nápoles; y la casa que estoy a punto de visitar no me la puedo permitir. Pero esto, obviamente, no lo digo. Hace un frío que pela y la previsión del tiempo habla de posibles nevadas, aunque haga siglos que no se ve nieve en Nápoles.

Mientras el agente me da la espalda y sigue buscando la llave del portal, un gato naranja que me mira desde el techo de un coche me roba una sonrisa melancólica. Enfrente de mí despunta, silencioso e inmóvil, el gran mural que habla de Giancarlo Siani, sobre aquella pared que hace tiempo acogió también mi nombre, el muro que lo vio todo. Un poco más allá, hace tiempo estaba la antigua tienda de lencería de Nicola Esposito; ahora, en su lugar, hay un taller de reparación. Y en la esquina donde siempre se ponía doña Concetta para vender cigarrillos de contrabando, ahora hay una esquela con el apodo del difunto. Mi mente corre veloz hacia aquellos años de mi infancia, cuando, entre tantas cosas absurdas, coleccionaba también esquelas.

El cierre metálico de la que en su tiempo fuera la charcutería de Angelo ahora está echado; mientras que en el del mítico Alberto, el peluquero, hoy campea una señal de prohibido aparcar. A alguien se le ha ocurrido la brillante idea de comprar el local y meter el coche, visto que la calle es estrecha y las plazas para residentes son pocas. En los años ochenta, al contrario, no existían estas líneas, y la gente aparcaba en diagonal, a pesar de que así la calle se estrechara todavía más. Aunque en el fondo, pensándolo bien, entonces los coches eran más pequeños y no era tan complicado sacarlos. Recuerdo que Angelo, el papá de Sasà, mi mejor amigo, solía aparcar en segunda fila y se veía obligado a salir deprisa y corriendo de su charcutería para cambiar de sitio el coche; salía pitando y maldiciendo en su Fiat 128, y recorría toda la calle marcha atrás, como si estuviera en un circuito automovilístico. Efectivamente, era muy bueno conduciendo, pero me hubiera gustado verlo hoy con uno de esos estúpidos SUV, a ver cómo se las habría apañado para salir marcha atrás tan rápido sin llevarse de por medio a algún peatón. Entre otras cosas porque nosotros, de niños, siempre estábamos ahí, plantados detrás de un coche, persiguiéndonos o corriendo tras una famosa pelota Super Santos.

Una vez, mi padre subió el coche en medio de la acera después de que un balón se cruzara en nuestro camino. Mamá soltó un grito de espanto; él, en cambio, se giró tan tranquilo hacia mí (que tenía unos diez años), encogido en el asiento de atrás, y sentenció: «Mimì, recuerda: ¡detrás de un balón siempre hay un niño!».

—Por favor —me dice el joven agente, que por fin ha conseguido abrir.

El mecánico, un hombre con bigote y el mono sucio de aceite, fuma apoyado en un coche y ni se molesta en disimular su interés. Le sonrío y me doy cuenta de que el brillo oleoso de la tarde se refleja en su frente bañada de sudor.

El vestíbulo del edificio es más oscuro y triste que hace tiempo. No se deberían volver a mirar las cosas que quisimos, una vez cambiada la mirada. Pero ha sido más fuerte que yo, y cuando me he enterado de que la casa estaba en venta, no he podido resistirme.

—El apartamento, como le decía por teléfono, está en la séptima planta —explica el joven perfumado mientras aprieta el botón para llamar al ascensor.

Quizá sea una cuestión de luz, ya que en mi época había dos apliques en las paredes que iluminaban el ambiente; o quizá la reverberación lechosa proveniente del fluorescente colgado del techo, que vuelve el aire aséptico y me muestra una habitación más oscura y modesta.

El chiscón del portero ya no está, pero siguen impresos en sus bonitos azulejos de mayólica los raíles donde, durante décadas, se apoyó la madera. Se hace raro pensar que estas tres franjas perpendiculares que ensucian el suelo hayan delimitado el espacio donde mi padre pasó sus días durante tantos años. Todavía no ha llegado el ascensor, así que me da tiempo a contar el número de baldosas que caben en aquel hueco, antaño cercado por madera y ahora solo por el polvo que deposita el tiempo cuando deja de correr: treinta. Los vuelvo a contar rápidamente, ya que la cabina se ha parado con un clang. Sí, justo treinta. En aquellos treinta cuadraditos papá pasó gran parte de su vida. Yo mismo pasé muchas tardes.

Treinta baldosas que siguen ahí para recordar la esencia de mi infancia: encerrado en mi pequeño mundo, en una pequeña casa, en una pequeña portería, asfixiado y, en cambio, al mismo tiempo protegido, luchaba cada día por un poco de espacio vital.

Papá aprendió pronto a contentarse con aquellas treinta baldosas.

Yo, ya por aquel entonces, sabía que a mí me harían falta muchas, pero que muchas más.

INVIERNO

LA GRAN NEVADA DEL 85

—Niño, ve a cogerme la cámara de vídeo, date prisa —dijo mi padre.

—¿Y dónde está? —pregunté seráfico mientras hincaba el diente a una galleta Doemi que se me desmigajaba sobre el jersey y se mezclaba con las pelusas.

Papá no me miraba, con las manos atusándose el bigote y la cara pegada al cristal de la ventana tras la cual se vislumbraba la nieve que caía copiosa.

—Está en el mueble del dormitorio, súbete a una silla y… —Me miró un instante antes de proseguir—: Voy yo, no vaya a ser que te caigas de ahí arriba y se rompa la cámara…

Entonces se despegó de la ventana de la cocina y fue arrastrando las pantuflas de fieltro hasta el dormitorio, el único de la casa. Me acerqué al cristal en el que seguían impresas las huellas de sus dedos y apoyé la punta de la nariz. Nunca había visto la nieve, a no ser por televisión, en las películas, pero nunca en vivo; porque en Nápoles, en mis primeros doce años, nunca había nevado. La miríada de copos que se perseguían silenciosos bajo la luz del farol me recordaba las maripositas blancas que solía encontrar en la playa y que volaban en parejas adelantándose entre sí. De improviso, la ciudad parecía suspendida, ni siquiera tenía la sensación de oír los cláxones o los gritos de doña Concetta sentada detrás de su pueste-cito de cigarros, discutiendo con algún conductor justo delante de nuestra ventana.

Aquella noche de enero de 1985 vi mi ciudad bajo la nieve como, supe después, no ocurría desde el 56, y como no volvería a ocurrir en mucho tiempo; y me quedé mordisqueando las galletas y obser-vando distraídamente a mis padres, a papá con el ojo pegado al objetivo de su supertecnológica cámara de vídeo que había «regala-do a la familia» gracias a la paga extra de Navidad, y a mamá, que tenía la boca abierta y los cinco dedos en el cristal todavía húmedo por mi aliento. Me quedé así, al margen, con los abuelos, hasta que llamaron a la ventana del dormitorio que daba a la calle: era Sasà, un chavalillo que desde hacía unas semanas me rondaba, eso sí, sin acercarse para hablarme. Llevaba su típica cazadora andrajosa y un gorro calado hasta las cejas que le cubría la mitad de los párpados. Sonreía mientras me mostraba las manos violáceas que encerraban un puñadito de nieve recién recogido de la acera. Si cierro los ojos, aún puedo ver con nitidez su cara, su mirada astuta, puedo oír su voz y el frío transportado por el viento.

Sasà me miró y simplemente dijo: «Mimì, ¿has visto? ¡Nieva nieve!».

«Nieva nieve», eso fue lo que dijo. No pude por menos que sonreírle, y al instante siguiente estaba en la calle con él, un chaval extravagante que en poco tiempo se convertiría en mi amigo del alma, lanzándonos bolas de nieve entre los coches aparcados, hasta que acabamos empapados de agua, risas y entusiasmo.

Entonces no podía saberlo, pero después comprendí que las cosas extraordinarias, aquellas que permanecerán para siempre en tu vida, suelen llegar de puntillas y de improviso, sin armar jaleo y sin avisar.

Justo como una nevada.

LAS ALPARGATAS COLOR PISTACHO

En diciembre del 85 (doce meses después de la famosa nevada y a finales de la historia que estoy a punto de narrar), la familia Russo contaba con siete miembros: mi padre, de nombre Rosario y que en aquel entonces era el portero del inmueble del Vomero en el que vivíamos; mi madre, Loredana, que había trabajado hasta hacía poco de secretaria para un viejo y regordete abogado del barrio; mi hermana Bea (casi seis años mayor que yo), que se había graduado sin mucho éxito en el Mazzini, el instituto que había en el centro del Vomero; el abuelo Gennaro y la abuela Maria; y Beethoven, que no era el músico, sino un perro que había llegado hacía poco, una especie de pastor de Maremma que se había tenido que contentar con dos habitaciones. Y luego estaba yo.

Vivíamos en un bajo, en una casa de un dormitorio y cocina comedor. Como no había mucho espacio, yo dormía en la habitación con mis padres, en una cama plegable que le había regalado un vecino a papá. Beatrice, en cambio, dormía en el cuarto de estar, en otra cama plegable que durante el día descansaba doblada detrás de la puerta, mientras que los abuelos estaban obligados a abrir el sofá cama. La nuestra no era una vida cómoda, y aun así nadie parecía sufrir realmente, entre otras cosas porque, con el tiempo, nuestros movimientos se habían sincronizado e incluso el acceso al baño estaba regulado en estricto orden por las mujeres de la casa.

La ventana del dormitorio, como he dicho, daba justo a la calle, por eso siempre había alguien fuera: una vecina que preguntaba por mamá; el frutero que paraba con su Ape cada mañana a las ocho para entregar la compra del día a la abuela; Criscuolo, el administrador del edificio, que venía a charlar del Napoli con el abuelo; una de las muchas amigas estúpidas de Bea que la llamaban a voz en grito para comentar juntas el último marujeo; o algún amigo de papá que había ido corriendo para hacerle un favor. Él tenía un montón de amigos a los que poder pedir favores. ¿Que se rompía la lavadora? Un buen amigo suyo se la reparaba por poco o nada. ¿La revisión del coche? Un amigo de la infancia le hacía pagar solo los gastos.

Papá estaba muy pendiente de la economía del hogar, incluso diría que demasiado; y este era uno de los sempiternos motivos de discusión con mamá, a la cual de vez en cuando se la traía al fresco aquello y volvía a casa con un regalo para mí y para Bea comprado en los puestos de Antignano. Una noche de verano se había presentado con una gran sonrisa y con un par de alpargatas verde pistacho en la mano, como las que me gustaban a mí. A mí, que desde siempre estaba acostumbrado a llevar unas horribles y enormes sandalias. Se las había visto unos días antes a Sasà, el chavalillo «desvergonzado y manilargo», como decían todos, hijo único de Angelo, el charcutero de la calle, que un día me había enseñado todo orgulloso sus nuevos zapatos, antes de ponernos a lanzar balonazos contra un cierre metálico echado. La nuestra era una vía con poco tráfico, así que los niños podíamos organizar un montón de juegos en la calle, ¡aunque al final siempre acabáramos con el balón en los pies!

Además de la charcutería de Angelo, estaba el local de Alberto (que era el peluquero de mamá y de la señora Filomena, la mamá de Sasà), que siempre iba de punta en blanco y todo perfumado «como una puta», como decía el abuelo; y la vetusta, y ahora cerrada, tienda de lencería de Nicola Esposito, un amigo de papá que se había hecho famoso por pasarse la vida vendiendo bragas a las viejas de la calle, hasta que un día su hijo (que, decían, había estado un año en Londres) lo había convencido para que abriese un videoclub en la plaza, surtido también de una buena colección de cómics. Para mí aquello había venido como caído del cielo. De hecho, era un fanático de los cómics, que solía leer por las tardes después de comer, el único momento tranquilo del día, cuando los abuelos y papá descansaban, mamá tenía que volver aún del trabajo y Bea veía *Fama* por la tele. Sobre todo, me encantaba *Flash Gordon*, porque hablaba de ciencia ficción, que también me apasionaba. Mi sueño era llegar a ser algún día astronauta; y en casa, en la pared de encima de la cama, después de mucho insistir a mis padres, sobre todo a papá, que ni sabía de lo que estaba hablando, había conseguido colgar un póster de Neil Armstrong.

—¿Y este quién es? —había preguntado él.

—El primer hombre en pisar la luna —había contestado yo orgulloso.

—Mejor piensa en tener los pies en la tierra que la cabeza en las nubes —había respondido—, la luna es solo humo…

Y se había alejado sin añadir nada más.

El abuelo, en cambio, se había quedado un buen rato con los brazos cruzados detrás de la espalda, mirando la imagen que había encontrado en una de las revistas que, de tanto en tanto, mamá traía a casa (las cogía de la sala de espera del estudio en el que trabajaba), y finalmente había comentado:

—Chico, aprende: los americanos no son buenos, tendrías que poner el póster de Gagarin, el primer hombre que voló al espacio. ¡Los rusos, esos sí que son gente seria!

—Papá, deja en paz a Mimì, que es pequeño, qué le va a interesar la política —había intervenido mamá.

Aparte de los cómics y el espacio, también me encantaban los libros. Con doce años ya había leído una serie infinita de clásicos juveniles, algunos gracias al colegio, y otros muchos gracias a mamá, o, mejor dicho, gracias a su jefe, el abogado Mastrangelo, que había decidido que se quería deshacer de todos los volúmenes que tenía, y cada fiesta le regalaba uno a su secretaria preferida. «¡Así tu hijo se te hace literato!», le había dicho en una ocasión, y a ella le había gustado tanto aquello que, con frecuencia, esta palabra hacía acto de presencia en sus conversaciones con las señoras del vecindario o con alguna vieja tía. «Me da a mí que, como continúe así —iba por ahí diciendo—, ¡de mayor se me hace literato!».

—Loredà —había objetado un día mi padre—, ¿otra vez con libros? Ya no hay espacio, ¿dónde los metemos?

—Rosà, tú calla —había contestado ella de malos modos—, al chico le gustan las novelas y tiene que leer. Los metemos debajo de la cama.

A partir de aquel día había empezado a acumular historias bajo mi cama plegable. Por la noche, me bastaba con meter la mano debajo para volver a encontrar la página que había dejado a medias el día anterior. Pero, de vez en cuando, la abuela pasaba la escoba y al chocar contra el libro perdía la señal. Una vez había probado a quejarme, y ella había respondido cabreada: «Oye, Mimì, yo entiendo que los libros sean importantes, ¡pero tampoco podemos vivir entre la porquería!», así que mi rebelión había muerto nada más nacer.

El problema es que entre regalo y regalo pasaban meses, por lo que me daba tiempo a releer la misma historia varias veces. Al poco había empezado a repetir de memoria pasajes de algunas novelas e iba por casa recitando las páginas que más me impactaban. Además, en el día a día hablaba de manera elegante, usando con frecuencia expresiones grandilocuentes y absurdas que buscaba en el diccionario pensando que así quedaba bien y que dejaban de piedra a mis interlocutores. Sin embargo, papá me miraba como si estuviera loco, y una vez Bea me había parado cogiéndome del brazo y me había dicho: «Acéptalo, no vas a follar nunca».

Pero yo no le había hecho caso y había seguido acumulando libros y textos, y al final de mi adolescencia tenía más de cincuenta novelas debajo de la cama. Aquellos libros fueron mi primer ladrillo, la estructura sobre la que sustenté la construcción de mi vida, mi piedra angular. Es mérito de aquellos cincuenta volúmenes si me convertí en lo que soy, mérito de aquellas noches pasadas con los ojos clavados en sus páginas.

Así que le debo un agradecimiento al abogado Mastrangelo, pero, sobre todo, a aquellos grandes hombres: Barrie, Carroll, Kipling, London, Salgari, Verne, Stevenson, Twain, De Amicis, Saint-Exupéry y tantos otros.

O, mejor dicho, el mayor agradecimiento se lo debo a una mujer. Mi madre.

LA POESÍA DE RODARI Y LA PIEDRA

DE DIRCEU

En resumen, estaba obsesionado con las novelas, con los superhéroes y con los héroes; y cada día soñaba con imitarlos, con vivir una aventura a lo Jim Hawkins, el protagonista de *La isla del tesoro;* o volverme como el chico de *Karate Kid,* que con gran esfuerzo y empeño había conseguido evadirse de su triste rutina. Lo que pasa es que yo no tenía a mi lado a ningún maestro Miyagi que me ayudara a potenciar mis cualidades, a ningún ejemplo que realmente mereciera la pena seguir o imitar.

Aparte de Giancarlo.

Giancarlo Siani era un chico de veinticinco años que vivía en mi edificio, en la escalera de enfrente. Trabajaba de periodista en *Il Mattino,* el diario más importante de la ciudad, y escribía crónicas, sobre todo relacionadas con el crimen organizado. De él me habló Sasà unos días después de la nevada de enero del 85, al cruzárnoslo, y me dijo que aquel joven era «alguien con un par de huevos», palabras textuales, porque no le daba miedo luchar contra los camorristas, «que son los más fuertes de todos».

—¿Giancarlo desafía a la criminalidad? —había preguntado yo con los ojos brillantes.

—Eso me ha dicho mi padre —había respondido mi nuevo amigo, volviendo a botar el Super Santos sin darse cuenta de la sonrisa que se me había dibujado en la cara.

Había encontrado mi ejemplo a seguir.

El siguiente sábado por la mañana esperé al periodista junto a su coche, una especie de todoterreno, pero al estilo dibujo animado, con el techo desmontable de tela y la carrocería de plástico verde. No era tan bonito como el Batmóvil, pero tenía su aquel.

—Giancarlo.

Y corrí hacia él para chocarle los cinco.

Él se quedó un poco desconcertado porque, en efecto, no es que fuéramos tan íntimos. Los amigos se chocan los cinco, pero nosotros evidentemente no lo éramos.

—Hola. Eres el hijo de Rosario, ¿verdad? —respondió con una bonita sonrisa mientras abría la puerta del coche.

—Sí, soy Mimì. ¿No tienes frío yendo ahí dentro? —probé a preguntar para que no se fuera tan pronto.

Mi plan, de hecho, era hacerme amigo suyo, un amigo de verdad, justo de esos a los que se les choca los cinco. Solo así, algún día, podría pedirle que me enseñara a ser un héroe.

Se rio y dijo:

—Es lo que hay si se quiere tener un coche especial…

Y me guiñó un ojo.

—Ya, claro, tienes razón. —Estaba a punto de cerrar la puerta, pero lo detuve a tiempo—. En cualquier caso, me gusta mucho…

—¿El coche?

Asentí, y entonces él respondió:

—Si eso, un día damos una vuelta juntos.

—Guau… —conseguí simplemente decir, antes de que echara marcha atrás y desapareciera al fondo de la calle.

Volví a casa pegando saltos de alegría. Mi plan para hacerme amigo de un héroe estaba funcionando.

***

A la espera de que el plan progresara (Giancarlo tenía horarios raros y era difícil encontrarse con él), volví a mi vida, compuesta por Sasà y los superhéroes. Todas las tardes iba a la sección de cómics del videoclub de la plaza, me quedaba en una esquina, y empezaba a pasar las páginas despacito para que no me oyera Nicola, porque si no habría venido para decirme que las revistas eran para los clientes y que así las iba a estropear. La cuestión es que no podía comprarlos porque no tenía dinero. Además, debajo de la cama ya estaban los libros y los pocos cómics que me habían regalado en las reuniones familiares, aparte de las esquelas. Sí, entre las muchas cosas raras de mi adolescencia, como ya he dicho, también estaba la de coleccionar anuncios fúnebres. En realidad, el motivo de mi colección no tenía nada de macabro, aunque al principio mi familia se preocupara bastante. Fue la abuela la que lo descubrió.

—Pero ¿qué haces con todo esto? —preguntó atónita.

—Lo colecciono —fue mi sosegada respuesta.

Ella abrió los ojos como platos y rebatió:

—Ay, Jesús santo, tú estás loco. Pero ¿qué es eso de que coleccionas difuntos? ¡Eso es un pecado muy grave!

Por la noche me llamaron para que diera explicaciones ante la familia al completo.

—¿Se puede saber qué estás haciendo, Mimì? ¿Te has vuelto loco? —preguntó papá.

—¿Qué te hace pensar así? —pregunté inocentemente.

—¡Tu abuela nos ha dicho que debajo de la cama tienes anuncios de personas muertas!

—Sí...

—¿Por qué, Mimì? —intervino mamá—, ¿por qué haces eso?

—Explícate. Ahora —rebatió papá con la mirada severa que reservaba solo para casos extremos.

—Nada... —me disculpé—, que cuando encuentro un cartel que me gusta, lo despego de la pared con una esponja y una espátula. Últimamente me ayuda también Sasà.

Papá resopló, como ocurría siempre que yo encontraba la manera de no responder a sus preguntas.

—Pero ¿para qué los quieres? —preguntó en cambio mamá, al borde del llanto.

—Es un desadaptado, mamá, este de mayor se hace asesino en serie —comentó Bea sin mirarnos, con un pie apoyado en el reposabrazos del sillón del abuelo, absorta en pintarse las uñas.

—¡Tú calla! —gritó papá, cada vez más furibundo.

—¿Te atraen los muertos? —preguntó mamá en un tono más suave.

—No siento ninguna atracción morbosa ni por los difuntos ni por los cementerios; creo que los muertos son solo muertos y que el paraíso no existe. Simplemente, me gustan los apodos que estas personas tenían en vida. Los encuentro instructivos, porque los dialectos y los dichos populares nos ayudan a comprender mejor nuestra historia, nuestro pasado.

Mi familia se miró extrañada, y papá se llevó una mano a la cara.

—¡Os he dicho que está loco! —apremió Beatrice.

Me levanté y corrí hacia el dormitorio, de donde volví con los anuncios bien doblados bajo el brazo. Abrí uno y lo mostré a la platea.

—Mimì —intervino el abuelo, que hasta entonces había permanecido en silencio—, ¡cierra eso, que trae mala suerte!

Y levantó el índice y el meñique para hacer la señal de los cuernos.

—Gennà —esta vez le tocó a la abuela cabrearse—, no hagas ese gesto en casa, que el Señor se enfada.

Y se sacó del jersey la cadenita del rosario, que solía recitar en voz baja con una endecha que en mi familia ya estábamos acostumbrados a oír.

Presenté los anuncios uno a uno con sonrisa complaciente. Los muertos tenían apodos de lo más absurdos: Antonio, alias Mustafá; Pasquale, alias Hitler; Salvatore, alias Highlander; aparte del Chino, la Solterona, Marlon Brando, y así.

Fue Bea la primera en echarse a reír (lo cual me dejó pasmado, porque a mí no me hacían ninguna gracia y, por supuesto, no los coleccionaba por motivos puramente irrisorios, sino científicos), mientras que el abuelo cedió al tercer cartel.

—¡La Huevos! —repetía desde su sillón mientras señalaba el último mote de la serie.

El gesto sirvió para romper el hielo, así que papá se sintió también en su derecho de contagiarse por la alegría general y comentó:

—¡El otro día vi una que se llamaba la Retaca!

Mamá fue la última en rendirse, y al poco todos reían como locos; todos menos yo, que asistía a la escena mudo, y la abuela, que los miraba como si fueran diablos que acabaran de aparecer por su cocina. Apoyada en el fregadero, con los ojos desorbitados y la mano en el rosario, repetía sin parar la misma frase:

—Jesús, perdónalos porque no saben lo que hacen…

A pesar de ser tan diferentes, Sasà y yo nos entendíamos a la perfección. Su carácter exuberante y prepotente congeniaba bien con mi calma y mi instinto natural para adaptarme a la voluntad de los demás. No es que tuviera una personalidad débil, simplemente no me parecía interesante perder el tiempo con cuestiones inútiles, así que solía dejar que eligiera él cómo pasar el día. El fútbol no me apasionaba demasiado, desde luego no tanto como al abuelo, a papá o a todos los hombres que me rodeaban; pero a pesar de ello, me pasaba todas las tardes con Sasà en la calle con un balón, porque tener un amigo como él, que sabía cómo defenderse y no dejaba que nadie lo pisara, era para mí motivo de orgullo. Y también porque de día no podía estar en casa, así que mejor pasar el rato con Sasà.

Antes de hacernos amigos, por las tardes solía refugiarme en la portería de papá para hojear revistas pseudocientíficas (que me conseguía, como siempre, mi madre) o para leer algún cómic, hasta que en un momento dado mamá y la abuela, preocupadas por verme siempre solo, nunca con ningún amigo, me habían prohibido quedarme encerrado dentro de aquel chiscón de madera y me habían echado, hay que decirlo así, a la calle. De ahí a mi amistad con Sasà, el paso fue breve, a pesar de que el primer acercamiento, como ya he dicho, fuera mérito suyo y de la famosa nevada.

Éramos más parecidos de lo que creíamos, y para unirnos en aquel contexto mayoritariamente burgués estaban nuestras familias «populares». En resumen, teníamos en común el mismo pasado y el mismo presente, un poco de calderilla en los bolsillos y exigua atención por parte de los adultos. Eran nuestros otros coetáneos de la calle los que eran muy diferentes a nosotros. En nuestro inmueble, por ejemplo, en la séptima planta, había otros dos chicos de nuestra edad, un chico y una chica —que además iban a nuestro instituto—, mellizos, hijos de Saverio Iacobelli, un piloto de Alitalia. Él, Fabio, que era gordito y vestía a la moda, se creía un *paninaro*[1] de pura cepa, siempre con sudaderas enormes y con hebillas de cinturón tan grandes como su cabeza. De vez en cuando pasaba el rato con nosotros en la calle, pero nunca jugaba al fútbol porque se le podían estropear sus relucientes Timberland. En realidad, creo que le daba envidia nuestra forma de pasar el día al aire libre, sin tener que estar preocupándonos de si desgastábamos los vaqueros o las zapatillas; pero estaba demasiado ocupado en hacer su papel como para darse cuenta de su mal genio. Él envidiaba nuestra libertad, nosotros su ColecoVision, una consola de videojuegos de última generación. En aquellos tiempos, eran pocos los que podían permitirse un cuarto de juegos en casa, y Fabio Iacobelli era uno de ellos. Nos lo había contado mi hermana Beatrice, que de vez en cuando bajaba a su perro para que hiciera sus necesidades. A partir de aquel momento, el objetivo prioritario de Sasà fue hacerse amigo de Fabio para que lo invitara a su casa. Lo conseguimos gracias a un astuto plan, pero de eso hablaré más tarde.

---

[1] Tribu urbana nacida en Milán, caracterizada por la imitación del estilo americano en la forma de vestir y en el consumo de comida basura.

En cambio, la hermana de Fabio, que tenía el nombre más bonito del mundo, Viola, tenía el pelo largo color escarlata que enmarcaba una cara diminuta, un cuerpo delicado que todavía no había conocido las formas de mujer, y una explosión de pecas que cuando era verano daba la sensación de que alguien le hubiera soplado un puñado de arena. Cada vez que me cruzaba con ella, sentía un hormigueo que me subía por los brazos y se me ponía la cara roja.

Un día se me ocurrió llamar su atención recitando el poema de la primavera de Gianni Rodari: «Oh, primera violeta fresca y nueva, qué afortunado el primero que te encuentra, tu perfume le dirá, ha llegado la primavera, aquí está». Pero ella no debió de pillar el sentido de la dedicatoria o, quizá, no conocía a Rodari, porque pasó delante de mí sin decir ni mu y sin darse la vuelta. El caso es que no vi llegar el tiro libre de Sasà (que por aquel entonces le había dado por Dirceu, uno que lanzaba piedras en lugar de balones) y por eso volví a casa con la camiseta llena de sangre, el ojo hinchado y la montura de las gafas (que papá todavía seguía pagando a plazos) deformada.

Llevaba toda la vida medio ciego, y desde hacía varios años tenía gafas, que mamá había decidido que fueran redondas porque se adaptaban mejor a mi carita, eso decía. Un día de hace ya mucho, hacía poco que había empezado primaria, mis padres me habían llevado a Eugenio, un óptico amigo de papá que se encontraba en *piazza* Medaglie d'Oro, y allí me había enamorado de un par de gafas rojas con las que habría hecho que se murieran de envidia mis compañeros de clase. El problema, lo descubrí después, era que aquel modelo costaba un ojo de la cara, así que al final me vi obligado a elegir un par de gafas normales y corrientes (pero no por ello baratas para nosotros), que además me hacían la cara aún más cómica. Salí de la tienda desconsolado, a pesar de que mamá y papá se deshicieran en elogios para convencerme de que realmente era el modelo adecuado a mis facciones. Con seis años ya había aprendido que, con frecuencia, la pobreza se ve obligada a ir del brazo de las mentiras.

Por eso aquel día, al volver a casa después del balonazo, la abuela me llevó inmediatamente al baño para arrancarme de las garras de mamá, que había empezado a gritar como loca más por las gafas que por mi cara. El abuelo, en cambio, continuó delante de la televisión porque estaba Pertini, y cuando él hablaba, el mundo debía permanecer callado.

Durante una semana estuve con el ojo hinchado, aunque a mis padres no les dije que había sido por culpa de Viola; le eché la culpa a Sasà y a sus malditos ídolos, que nacían cada día a la misma velocidad con la que nos salía pelo en el pubis.

En el instituto, antes de convertirme en pupilo de Sasà, alguien se había permitido apodarme cuatro ojos, a lo que yo me había encogido de hombros: no era bueno defendiéndome y tampoco tenía interés en serlo. Entonces, una mañana, Sasà me había acogido bajo su ala y me había obligado a dar la vuelta al patio junto a él, para mostrar a los demás que ahora era su amigo y que nadie me podría tocar.

—No te preocupes, en la vida hay que aprender a caminar con tus propias piernas…

Pero él me había dado un manotazo en la mano y había respondido:

—Tú calla.

A partir de aquel momento ya nadie se había permitido faltarme al respeto, aunque mis compañeros me dieran igualmente de lado porque me consideraban «pesado», porque no era bueno jugando al fútbol y, sobre todo, porque hablaba de manera rara. Y pensándolo bien, sí que era raro: con doce años aspiraba, aunque fuera virtualmente, a coleccionar de todo; era un ávido lector, y un atento espectador de *Quark* y de *Mondo di Quark*, programas que se emitían por la tarde, en la sobremesa. Hasta mi familia me consideraba un tipo raro y me tomaba el pelo, aunque, en realidad, creo que mamá se sentía orgullosa de aquel hijo tan extraño, pero culto y lleno de pasiones, pues a todo aquel que le preguntaba por cómo me iba en el instituto, le respondía orgullosa: «Mimì es un monstruo en el instituto, no sé de quién lo ha sacado, pero los profesores dicen que tiene el futuro asegurado y que debo matricularlo en bachillerato».

En cuanto había alguien nuevo por los alrededores, ella buscaba el modo de sacar el tema de lo bueno que era y de mi, sin duda, radiante futuro. Su lugar preferido para presumir de mi inteligencia era el salón de Alberto, el peluquero. Algunas veces yo entraba a pedirle dinero para un sándwich de helado y me la encontraba hablando de mí a señoras que hacían como que la escuchaban con aire de aburrimiento. Le rogaba inmediatamente que parara, pero en el fondo sí que me gustaba un poco aquello, su orgullo materno que no escondía, su manera de ser tan descarada. Después comprendí que su necesidad de contar a todo el mundo lo inteligente y bueno que era no era más que una forma de protegerse y protegerme de las miradas y de los comentarios de nuestros vecinos, que yo en aquel entonces no podía ver.

Como ya he dicho, se me consideraba un niño extraño, de una delgadez que daba miedo, con aquellas gafas negras y gruesas que después del incidente con Sasà seguían en pie gracias a un poco de celo en las esquinas, los pies planos, las manos desproporcionadas y, sobre todo, mi chocante forma de hablar, que para mí era de lo más normal, pero que para quien tenía al lado no lo era. Me gustaba la lengua italiana, adoraba el diccionario, y uno de mis juegos preferidos era hojearlo por la noche en la cama en busca de las más extrañas palabras y de su significado, para después probar a utilizarlas en el lenguaje cotidiano. Por eso había días en que, cada vez que hablaba, colaba términos tipo «papanatas», con el que en una ocasión había apostrofado a papá (que se había echado a reír, quizá porque no lo había entendido); o me levantaba de la mesa por la noche comentando satisfecho la «opípara» comida, atrayendo hacia mí las miradas pasmadas de los abuelos.

BOBO

Me daba cuenta de que estaba coladito por Viola. Lo que entonces no podía saber es que aquella magnífica y, al mismo tiempo, aterradora sensación que tenía en mi interior sería una de las emociones más intensas de mi vida. Custodiaba en aquellos años una crisálida de purísimo amor y no podía contárselo a nadie. Mi hermana fue la primera en percibirlo y un día me llevó aparte.

—Oye, ¿no estarás enamorado?

—¿Yo? ¿Enamorado? No digas sandeces…

Y me puse rojo.

—Me he fijado en cómo te comportas cuando pasa esa niña…

—¿De qué niña hablas?

—La del séptimo, la hija del piloto.

—Te equivocas… —intenté replicar, pero ella sonrió y me abrazó.

A Sasà no podía contarle nada, porque no le caía bien Viola; es más, sostenía que se lo tenía muy creído. «Quién se cree que es, con esa actitud esnob», solía decir. Y, efectivamente, no se puede decir que Sasà estuviera del todo equivocado; pero, aun así, la gracia de Viola, su timidez, incluso la indiferencia que mostraba hacia mí me dejaban pasmado.

Una tarde que estaba tan tranquilo mirando cómo mamá limpiaba un pulpo con las manos en el fregadero, esta rompió el silencio y comentó:

—Mimì, me he enterado de que te has enamorado de Viola, la niña del séptimo…

—¿Quién te lo ha dicho? —pregunté con ímpetu, sin darme cuenta de que estaba confesando—. ¿Ha sido Bea?

Ella se echó a reír y replicó:

—No, no me lo ha dicho ella…

—¿Entonces quién?

—¿Y a ti qué más te da?

—En cualquier caso, es una falacia… —repliqué, intentando esconder mi apuro.

—Me lo ha contado tu padre. Dice que cuando pasa por la calle, ya no respondes, haces el payaso, dices frases sin sentido y ¡pareces bobo!

Después me miró, con las manos aún en el agua sucia y con la peste de pescado que empezaba a expandirse por la casa, y se echó de nuevo a reír. Si no lo hubiera hecho, si solo hubiera participado de mi sentimiento de miedo, como era de esperar, aquel día yo le habría comentado la absurda sensación que anidaba en mi interior, le habría explicado lo bien que me hacía sentir, a pesar de que Viola no se dignara ni a mirarme. Le habría confesado que con doce años uno no puede saber cómo encauzar algo tan inmenso.

Las dos mayores fuerzas que los niños se encuentran primero en su camino son, normalmente, el amor y la muerte. Y frente a ambas, lo más frecuente es que se pongan a hacer el bobo. Es una forma como otra cualquiera de no dar demasiado peso a las cosas.

Para no quedar aplastados.

Y entonces, por fin, volví a toparme con Giancarlo, aunque fuera un encuentro rápido y no pudiera poner en marcha ningún plan porque, entre otras cosas, se encontraba conmigo Sasà. Estaba sentado en los peldaños de la entrada al edificio, absorto mientras acariciaba a Bagheera, un gato callejero que parecía completamente una pantera (de ahí su nombre, porque me recordaba al felino de *El libro de la selva*), cuando el periodista salió del portal, justo en el instante en que Sasà lanzaba el enésimo tiro libre contra su coche.

—Ay, disculpe… —se vio obligado a decir mi amigo levantando un brazo, en absoluto apurado porque estuviéramos usando su coche como barrera.

Giancarlo, con las manos en la cintura y la sonrisa dibujada en la cara, dio un paso y recogió el Super Santos para volver a colocarlo en el punto exacto desde donde había sido lanzado.

—Te equivocas con el movimiento del cuerpo. —Y sujetó a Sasà del hombro, haciéndole girar—. Tienes que ponerte casi en perpendicular al balón y chutarlo como si quisieras hacer una pirueta sobre ti mismo, así toma el giro…

La cabecita del señor D'Alessandro asomó por la ventana justo cuando me levantaba para unirme a ellos dos, intrigado por la explicación. La verdad es que a mí el fútbol me importaba un comino, pero la física me entusiasmaba. El señor D'Alessandro era un inquilino del primero, un setentón jubilado de los Ferrocarriles del Estado, que se había pasado toda su vida reparando vías por la noche, y ahora se pasaba el día asomado al balcón para sorber un poco de la vida de los demás.

Sasà sujetó el balón e intentó chutar sin ni siquiera esperar a que Giancarlo terminara su explicación. Él era así, se tomaba la ayuda casi como una ofensa, como si no necesitara soluciones y pudiera hacer siempre todo como le diera la gana. El Super Santos se alzó medio metro y volvió a golpear el Mehari (así descubrí cómo se llamaba el Batmóvil de Giancarlo).

—Mecachis… —dejó escapar mi amigo—, disculpe otra vez.

—¡Oye, que es de plástico y se rompe! —exclamó con una sonrisa el periodista, antes de que yo le quitara el balón de las manos a Sasà para probar.

Este último se echó a reír y comentó:

—Mimì, pero si tú solo tiras con la punta…

Me coloqué de lado al Super Santos con el cuerpo en perpendicular, como había dicho mi nuevo héroe de cara simpática, y cerré los ojos. «Como si quisieras hacer una pirueta sobre ti mismo», me repetí mientras chutaba la pelota, la cual superó con un bote el techo del coche verde y chocó con un ruido sordo contra el cierre metálico que hacía de portería.

—¡Bravo, Mimì! —comentó Giancarlo—. Tienes futuro como futbolista... Y por hoy, mi pobre Mehari se ha salvado.

Entonces nos guiñó un ojo a ambos y se metió en el coche.

—Chicos —nos llamó doña Concetta desde el otro lado de la calle—, pero ¿a vosotros ese coche no os parece de juguete?

Y se echó a reír, mostrándonos los dos únicos dientes de su boca.

—Sí, ya, da asco... —siseó Sasà, que giró sobre sus talones sin dignarse a mirarme y se fue hacia la charcutería de su padre. A medio camino lanzó una patada a un adoquín suelto y gritó—: ¡Has tenido potra, Mimì, solo potra!

Toda la vida familiar de los Russo tenía lugar en la cocina, el único espacio habitable en el que no había camas. Por eso, a nadie se le había pasado por la cabeza hablar de animales, salvo a Bea, que un día había pedido un hámster.

—¡Puaj, qué asco! —había respondido mamá—, ¡son como ratones!

—No es un ratón —había contestado ella.

—¿Ah, no? ¡Y qué son, a ver!

—Pertenecen a la familia de los cricetinos... —había intervenido yo—, su nombre científico es *Phodopus sungorus*.

Mamá se dio la vuelta.

—Cómo no iba a intervenir Piero Angela.[2] Pero ¿tú cómo ha-

---

2 Periodista y divulgador científico italiano. Presentador de los programas televisivos de divulgación científica *Quark* y *Mondo di Quark*.

ces para saber esas cosas, para conocer todos esos términos tan absurdos?

—Veo documentales, y soy curioso. La curiosidad es el motor que mueve mis pasos... —había respondido, ajustándome las gafas, que, después del balonazo de Sasà (conocido como Dirceu), se me escurrían cada dos por tres por la nariz.

Pero mi rebuscada respuesta no había suscitado la reacción esperada; sin duda, no como la intervención del abuelo, que había zanjado el tema con una de sus máximas mientras masticaba lentamente un trozo de pan (le faltaban unos cuantos dientes): «Cricetinos o no cricetinos, ¡siguen siendo putas!», había sentenciado.

Y el debate «animales» en casa Russo había muerto nada más nacer.

Hasta determinada edad, mi vida no tuvo nada de extraordinario. Me tiraba horas releyendo los únicos dos volúmenes de Spiderman que tenía en mi posesión. Con ellos desayunaba, repasando siempre las mismas viñetas mientras mojaba las galletas en la leche, e iba al baño y me quedaba allí hasta que sentía un hormigueo en las piernas o hasta que llegaba el abuelo, que por aquellos meses se pasaba el día del sillón al baño. Vamos, que mi mundo interior era caótico, multicolor, mágico y poblado de superhéroes, personajes buenos y malos que enriquecían las muchas horas que pasaba solo; aunque la vida real fuera otra cosa muy diferente. En mi vida de niño nacido en una familia pobre, en una casa que era un agujero, con padres ciertamente no cultivados, mi mayor misión era hacer que me aceptaran, tal y como era, aquellos que me veían solo como un tipo extravagante, sin dotes particulares y ningún atractivo.

Y, por si fuera poco, las cosas empeoraron. Una tarde estaba en la portería, como siempre, listo para parar los cañonazos de Sasà (a quien, si no me equivoco, por aquel entonces se le había metido en la cabeza ser Zico), cuando al fondo de la calle vi aparecer a Viola. El final del día asomaba por detrás de los edificios y golpeaba su espalda, haciéndola manifestarse en todo su esplendor, como empujada por un aura mágica. En un hombro llevaba su mochila

Invicta de rayas horizontales blancas y rosas que resaltaba las Converse del mismo color (que llevaba puestas todos los días a pesar del frío polar de aquel invierno), y caminaba con paso felino, casi como si fuera una modelo en un desfile. Incluso por la mañana llegaba al instituto con su gracioso caminar, con los talones a dos centímetros del suelo, y avanzaba entre la gente como una sombra silenciosa, sin dignarse a dirigir la mirada a sus muchos admiradores. Nunca me la encontraba por los pasillos, entre otras cosas porque, a decir verdad, no es que yo fuera el típico que se pasaba demasiado tiempo fuera de clase; no como Sasà, para entendernos, que se tiraba la mitad de la mañana en el baño contando historias inventadas a los más pequeños, que lo escuchaban extasiados, como si estuviera hablando el Mesías.

Pero estaba contando cuando vi aparecer a Viola y cómo mi corazón empezó a latir más fuerte. Como la poesía de Rodari no había surtido efecto, ya estaba listo para llamar su atención con algo más de machotes, y lanzarme con «Quince hombres sobre el cofre del muerto», la canción de piratas de *La isla del tesoro,* de Stevenson. Pero en el último momento me acordé de la conversación que había mantenido con mi madre unos días antes y de aquella especie de adjetivo, «bobo», que me había atribuido papá; así que me contuve y decidí permanecer callado.

Viola estaba a pocos metros del portal cuando dos chicos que salieron de a saber dónde, dos mocosos, como los calificó después Angelo, la rodearon y le arrancaron la mochila del hombro, para después escapar a pie hacia *piazza* Leonardo. Ella gritó, y doña Concetta, a pesar de su tamaño, se levantó con esfuerzo de su sillita para soltar una ristra de palabrotas contra aquellos dos sinvergüenzas. Entonces mi padre salió de golpe de la portería y corrió detrás de los ladrones. Sasà, en cambio, se unió al coro y apuntaló las groserías de la vieja contrabandista con otras más modernas, mientras que yo decidí socorrer a mi amada. Estaba ahí, a pocos pasos de mí, asustada e indefensa frente a la fealdad de la vida, esperando solamente que alguien la abrazase y la reconfortara. Y yo lo habría hecho, lo juro, habría superado por fin mi timidez para ponerla a salvo y hacerle sentir un poco de calor si entre ella y yo no hubiera estado aquella maldita cadena con la que el señor D'Alessandro cercaba su plaza de aparcamiento. Me di cuenta en el último momento e intenté saltarla, pero fue un desastre: el pie izquierdo se me enredó entre las argollas y me caí al suelo.

Me había roto el brazo, lo supe inmediatamente. Y, aun así, ni rechisté, no dije nada cuando Angelo y Sasà me pasaron por delante y fueron, ellos sí, hacia Viola. Tampoco dije nada cuando papá se unió a nosotros después de que el intento de persecución resultara inútil, o cuando levanté la mirada y vi al señor D'Alessandro que me observaba fijamente. Me metí en el vestíbulo con la cabeza gacha, intentando no hacer ninguna mueca, a pesar de que creía desfallecer de dolor.

SUPERMAN ES UN PAYASO

Durante cuarenta y ocho horas no salí de casa. Me daba miedo encontrarme con Viola y no poder sostenerle la mirada, miedo de que se echara a reír en mi cara. Además, con la escayola parecía aún más torpe que de costumbre, no podía usar la mano derecha y no conseguía comer, no podía pasar las páginas de los cómics, y para lavarme estaba obligado a pedir ayuda a mi madre, la cual una noche comentó: «¡Qué gracia! ¡Tengo la sensación de haber vuelto atrás en el tiempo, cuando eras pequeñín y me necesitabas!».

Me daba un poco de apuro que ella me tocara, por eso no le dejaba que con la esponja bajara más allá del ombligo. Entonces me sentaba en el bidé e intentaba lavarme con la izquierda, aunque no lograba coordinar mis movimientos y se me escurría el jabón de las manos todo el tiempo. Habría necesitado una bañera, pero en aquel cuchitril de baño solo había espacio para una ducha escuchimizada.

Fueron días difíciles y muy pronto me hundí en una crisis sin retorno; y cuando Sasà, al alba de la tercera mañana, llamó a la ventana del dormitorio para preguntar si iba al instituto, respondí que no me sentía bien. Él pareció disgustado, pero no dijo nada. En la cena, mamá abordó el tema:

—Mimì, mañana vuelves a clase, ¡no te vas a quedar un mes en casa por un brazo roto!

—¿Y por qué no? —pregunté molesto—, ¡ni siquiera puedo escribir!

—Lo que quiere decir que escucharás. Escribiendo somos todos buenos, ¡pero escuchando casi ninguno!

Y miró a papá, que, en cambio, no pilló la provocación, ocupado en mojar el cuscurro del pan dentro de la ensaladera.

Agaché la cabeza y no dije nada. Fue Beatrice la que rompió el silencio.

—Además, romperse el brazo tiene su aquel, puedes hacer que te llenen la escayola de dedicatorias de colores. ¡Vas a quedar muy mono!

Bea tenía diecisiete años y era de formas prominentes (como nuestra madre, por otro lado, que seguía siendo una mujer atractiva y los hombres se daban la vuelta para mirarla, aunque yo hiciera como si no me diera cuenta); tenía una copa D de sujetador, siempre iba con camisetas escotadas que ponían de manifiesto sus dotes, y las pocas veces que me encontraba con ella por la calle me daba cuenta de que no había chico que no le clavara los ojos en el escote. También en el instituto era una de las chicas más envidiadas por sus compañeras, y lo sabía porque me lo había contado Sasà, que tenía una prima en el instituto Mazzini. Yo me había ofendido y él había respondido tan pancho: «Mimì, no te lo tomes así, Beatrice pone a los hombres», una de esas frases extrañas que a saber a quién había oído, pero que él repetía como un loro. El hecho es que mi hermana, por su atractivo y por su carácter abierto, no era una persona que pasara inadvertida. A ella parecían hacerle gracia todas aquellas atenciones, y desde hacía tiempo la veía volver siempre a casa sentada detrás en la moto de un chico, uno más mayor que la dejaba al principio de la calle.

Se daba un aire a Cindy Lauper, llevaba el pelo cardado lleno de laca, siempre con un chicle en la boca, y tenía una miríada de pulseras de colores. Estaba obsesionada con la película *La fiesta*, que me obligaba a ver al menos tres veces al año; escuchaba todo el día justo a Cindy Lauper, y también a Madonna; y leía sin parar fotonovelas y la revista para adolescentes *Cioè*, como el resto de sus amigas. Lo que la diferenciaba de ellas eran los detalles: las otras tenían mochilas Naj Oleari o Jolly Invicta, mientras que Bea, en cambio, tenía una mochila de segunda; ellas iban con vaqueros tapizados con marcas famosas, y ella, como mucho, podía coserse la cara del Pato Donald en el bolsillo de atrás. Y a pesar de ello, Beatrice parecía crecer feliz y despreocupada, sin duda mucho más que yo, que con mis mil pensamientos abstrusos ni me daba cuenta de que, en cierta forma, envidiaba su serenidad y seguridad, su capacidad para ser querida y estar rodeada de amigos. Yo creía estar por encima de todo aquello y estaba convencido de que mi papel era otro. Por eso, cuando aquella tarde me la encontré tumbada en el sofá leyendo una de aquellas horribles fotonovelas, me horroricé y decidí intervenir.

—¿Por qué pierdes tu precioso tiempo con estas lecturas superficiales? —pregunté.

Ella mascaba chicle con la boca abierta y seguía absorta en las páginas.

—Podrías emplear mejor tus días… podrías intentar cultivarte un poco… —insistí.

—¡Jopé —dijo por fin, apartando la mirada de la revista—, qué pesado eres, Mimì! Deberías crecer de una vez. La vida es esto, hermanito, justo esto que estamos viviendo ahora, en un día de mierda. No es la que está en tu cabeza, no son las películas, los cómics y los libros de personas muertas hace siglos, todas esas cosas por las que te crees ser la leche.

Me quedé en silencio, ofendido. Ella, por toda respuesta, se sentó, alargó la mano hacia el pequeño escritorio que había al lado y agarró el estuche del que sacó un Uniposca. Luego me cogió el brazo y tiró de él hacia sí.

—Ahora tendrás alguna posibilidad más con Viola… —añadió mientras escribía en la escayola.

Después cerró el rotulador y me devolvió el brazo.

En el molde blanco brillaba una dedicatoria roja rodeada de un montón de corazoncitos: *Así estás aún más mono.* Y una firma: *Debora.*

—¿Y quién se supone que es Debora? —pegunté de inmediato.

Beatrice puso una mueca divertida.

—La que te hará más atractivo a ojos de Viola y de tus amigos pajilleros.

—Las falacias son sinónimo de debilidad —comenté molesto.

—Mimì —rebatió en voz baja—, ¿quieres dejar de hablar como un diccionario? Puedes resultarle divertido a mamá y a la abuela porque son ignorantes, ¡pero para el resto resultas patético!

Agaché la cabeza. Ella se me echó encima, me plantó un besó en la mejilla y luego sonrió antes de concluir:

—Si te digo estas cosas es por tu bien. Aparte de los cómics y los superhéroes, solo hay una única manera de convertir realmente tu vida en algo especial, hazme caso: ¡decir un montón de mentiras!

A la mañana siguiente volví al instituto con la escayola y la dedicatoria de colores rodeada de corazoncitos. El primero que se fijó en ella fue, no hace falta decirlo, Sasà, que me miró intrigado y comentó:

—¿Y quién es esta Debora?

Estábamos sentados en un muro con dos compañeras, esperando entrar en clase. Íbamos a primero de secundaria, aunque a clases distintas, y Sasà era repetidor, porque lo habían cateado el año anterior. Me puse rojo y me vinieron a la mente las palabras de Beatrice.

—No existe ninguna Debora —respondí, en cambio—, es solo una tediosa ocurrencia de mi hermana…

Mi amigo me miró incrédulo y las chicas se echaron a reír, así que ya no me atreví a pedirles que me firmaran la escayola. Se lo había prometido a Bea, que, por la mañana en el baño, mientras se preparaba como si tuviera que ir a una fiesta, había dicho: «Cuando vuelvas del instituto, quiero ver el brazo lleno de dedicatorias, ¿vale?», y había guiñado un ojo.

Así que volví a casa con la moral por los suelos, aún más deprimido que cuando había salido, con la escayola blanca que reflejaba la miserable mentira de mi hermana y mi incapacidad para venderme a los demás. Bea tuvo el detalle de no decir nada, o quizá ni se dio cuenta del molde impoluto, ocupada como estaba en una discusión con nuestro padre, que la había «pillado» yendo detrás en aquella moto.

—Pero ¿quién es ese chico? —le había preguntado.

Y ella se había limitado a responder:

—Un chico…

—Bueno, pues dile a tu chico que, si quiere seguir viéndote, se comporte como una persona educada y se presente…

—Papá, pero ¿dónde estamos, en el medievo? —había rebatido ella, y si no se llevó una buena bronca fue porque justo en ese momento llamó el señor Criscuolo, el administrador de la finca, que siempre tenía algo urgente que comunicar.

Después de comer, estaba sentado a la mesa de la cocina, con la cara hundida en el hueco del brazo (el bueno), mientras la abuela preparaba el café y el abuelo roncaba en el sillón, cuando Sasà se asomó por fuera de la ventana.

—Mimì —empezó a llamarme doña Concetta, que con frecuencia hacía también las veces de telefonillo—, es Sasà.

Fui al dormitorio y me lo encontré delante, por la otra parte del muro.

—Te he traído una película, así se te pasa el nervio…Y me enseñó una cinta de vídeo.

Me terminé de desperezar y respondí maravillado:

—¿Una película? ¿Qué película?

—Ábreme —respondió, y desapareció por la esquina.

Cuando estuvo en casa, se sentó a la mesa de la cocina con una sonrisita pícara y susurró con énfasis:

—Una porno.

Abrí los ojos como platos y me quedé mirándolo mientras la abuela esperaba a que la cafetera que estaba en el fuego dejara de borbotear.

—¿Una porno? —bisbiseé—. ¿Y de dónde la has sacado?

En respuesta, se metió la mano en el bolsillo y sacó una llave.

—¿Qué es?

—La llave del paraíso… —respondió satisfecho, balanceando el objeto ante mis ojos.

—Venga… —le exhorté.

Y él añadió, esta vez muy serio:

—La llave del videoclub de Nicola Esposito.

Mi cara tuvo que sufrir una notable transformación, porque Sasà no pudo contenerse y se echó a reír sonoramente.

—¡Pero estás loco! —grité casi—. ¿Cómo lo has hecho?

Mientras tanto, el alboroto había despertado al abuelo, que se sentó a la mesa con nosotros a la espera de que su mujer le llevara su tacita de café.

—Ey, Sasà —dijo mientras bostezaba—, ¿cómo estás? Te estás haciendo mayor, ¿eh?

Sasà sonrió.

—¿Qué película has traído? —preguntó el abuelo mirando la cinta de vídeo que tenía en las manos mi amigo.

Una llamarada de calor me coloreó las mejillas y me empujó a responder primero:

—Nada especial, una película para niños…

Pero el abuelo ya ni nos escuchaba y tenía los ojos clavados en su ejemplar de *Il Mattino* mientras sorbía el café. Hice una seña a Sasà para que nos levantáramos, pero él, que siempre se lo pasaba pipa poniéndome en apuros, no me miró y salió con esta frase:

—Don Gennà, estábamos pensando ver ahora la película, ¿podemos o le molestamos?

El abuelo respondió sin levantar la cabeza:

—Pero qué me vais a molestar, chaval, haced lo que queráis…

Sasà se levantó y metió la cinta en el vídeo de segunda mano que papá había comprado en la tienda de Nicola, después de innumerables súplicas mías y de Bea. Me empezaron a entrar sudores fríos y fulminé a mi amigo con la mirada. Me preguntaba hasta dónde querría llegar.

—No entiendo por qué este chico tiene que escribir estas cosas… —prorrumpió de nuevo el abuelo, enmascarando el ruido de la cinta que se estaba rebobinando.

—¿Qué chico? —preguntó la abuela.

—El que vive aquí, el periodista del coche raro que tiene un hermano mayor. Un buen chico, con gafas, viven en la escalera de enfrente…

—No sé quién es…

—Pues dime tú… uno que escribe cosas peligrosas en el periódico.

—¿Peligrosas? —preguntó la abuela, llevándose las manos a su cara rubicunda.

—Ya, sí —intervino Sasà—, Giancarlo Siani. Nosotros lo conocemos, es simpático, pero tiene un coche demasiado feo. También papá dice que está loco porque escribe cosas que no se tienen que escribir…

Apenas escuchaba la conversación, atento solo a la cinta que iba ralentizando su carrera hacia atrás y que en breve se pararía. Ante mis ojos solo tenía la imagen de dos cuerpos apareándose entre gemidos y sobresaltos en nuestra cocina.

Tenía que hacer algo.

Me levanté de sopetón para apagar el vídeo, pero Sasà fue más rápido y dio al *play*. Contuve la respiración y miré a mi familia por el rabillo del ojo: el abuelo seguía leyendo el artículo, la abuela lavaba una tacita. Entonces apareció Superman en la pantalla, con su traje y su capa roja, y yo volví a respirar mientras Christopher Reeve y Margot Kidder se abrazaban. Dirigí una mirada atroz a Sasà que no debió de impresionarlo, porque se echó a reír.

—A mí este Superman no me gusta… —comentó al rato la abuela—, alguien que va por ahí vestido como un payaso…

—Pero abuela, ¡es un superhéroe!

—Mimì, pero qué superhéroe ni qué superhéroe, es una película. En esta tierra no hay héroes, hay quien de vez en cuando hace algo bueno y después vuelve a ser uno cualquiera, como los demás.

Me habría gustado responder y, si no recuerdo mal, estuve a punto de decir algo, pero el abuelo me robó la palabra; él, que ni siquiera había escuchado nuestra conversación.

—Incluso dice los nombres y apellidos de esa gente… —intervino, cada vez más concentrado en el artículo—. ¡Este chico, o está loco, o es un héroe! —añadió por fin.

Miré a ambos, al abuelo y a la abuela, con la expresión más adusta que pude, y dije:

—Es un héroe, ¡y es mi amigo! ¡Es un chico al que no le da miedo combatir el crimen para mejorar las cosas!

Sasà se quedó mirándome extrañado y la abuela Maria esbozó una especie de sonrisa que me hizo enfadar aún más.

—Yo, al contrario de vosotros, que ya no creéis en otra cosa que no sea el Padre Eterno, creo en los hombres. Giancarlo es alguien que no tiene miedo. Deberíais estar orgullosos de él. El mundo necesita héroes.

Fue el abuelo el que puso punto final a la conversación. Dio el último sorbo de café y dijo impaciente:

—Mimì, recuerda: quien va a por lana sale trasquilado. Necesitamos héroes, es verdad, pero que no vivan en nuestro edificio.

PROFESOR X

Tuvimos que esperar al sábado siguiente para colarnos en el «paraíso», como lo había llamado Sasà. Había llegado febrero y el frío no parecía querer abandonarnos. Aquella noche les dije a mis padres que estaría fuera con mis amigos; mamá respondió que tenía que volver a las diez, pero, por suerte, papá se metió de por medio:

—Loredà, déjalo, está aquí fuera, qué puede pasar... luego te quejas de que el chico está siempre solo...

El señor Esposito bajó el cierre metálico a las nueve, así que nos vimos obligados a quedarnos en la calle, sentados en el escalón de mármol de la charcutería de Angelo, esperando el momento adecuado, a pesar de que el viento nos obligara a tener que aguantar con la cara medio hundida en la cazadora. Una parte de mí seguía sospechando que Sasà me estaba tomando el pelo, así que aproveché la espera para retomar el tema.

—Te he dicho que las llaves me las dio Carmine, el hijo del portero. La tienda tiene una entrada lateral por el edificio. Y su padre tiene una copia en la portería.

—¿Y por qué razón te las ha dado a ti?

—¿Otra vez, Mimì? ¿Siempre con las mismas preguntas? Porque tengo que cogerle unas películas...

—¿Quieres robar? No hagas nada de lo que puedas arrepentir-
te, Sasà; una vez que cruzas la línea ya no puedes volver atrás…
—exclamé chafado.

Él se echó a reír.

—¡Qué pesado eres! Mimì, en esta vida hay quien nace para
morir y quien nace para ir tirando, ¿tú de qué lado estás?

Las preguntas filosóficas siempre me fascinaban, y el hecho de
que semejante pregunta proviniera de Sasà, que no era precisamente un pensador, contribuyó a dejarme sin saber qué decir.

—Solo le estoy haciendo un favor a Carminiello, que no se atre-
ve a entrar porque, si lo pilla su padre, lo muele a palos con el cinturón —prosiguió—. Por eso me he armado de valor y le he dicho que
iría yo. Él no estaba muy convencido, le daba miedo, así que he tenido que prometerle que le llevaría todas las películas que quisiera.

—¿Y qué películas desea? —pregunté.

—Porno.

—¡Cómo no! ¡No entiendo tanto interés por películas sin trama! —exploté.

Él me miró divertido, tomó aire y preguntó:

—Oye, Mimì, ¿no serás marica?

En ese momento me levanté y me alejé furibundo. Estaba nervioso, por supuesto, asustado por las consecuencias de si nos descu-
brían; pero principalmente me sentía decepcionado porque por la
tarde había visto a Viola volver a casa con un chico más mayor, uno
con un tupé a lo Nick Kamen (que en aquella época era muy popular en la tele, sobre todo gracias al anuncio de Levi's en el que se
quitaba los vaqueros en una lavandería y se sentaba tan tranquilo a
leer el periódico, indiferente a las miradas de las mujeres que tenía
al lado). Se habían quedado debajo del portal y él la había hecho
reír varias veces, mientras yo los observaba de lejos, maravillándo-
me de que existiera alguien sobre la tierra capaz de arrancar una
sonrisa a aquella musa triste y bellísima. No tenía nada que hacer
frente a él, era mucho mejor que yo. Así que por la tarde me había
hundido en una profunda crisis.

—Es el momento. Vamos —dijo Sasà, soltando una nube de vaho por la boca.

En la espalda llevaba una pequeña mochila en cuyo interior estaban las famosas llaves y un par de linternas robadas de la caja de herramientas de su padre. La plaza aún no estaba atravesada por los coches que subían desde el centro de Nápoles, como cada sábado por la noche, derechos a los muchos locales y discotecas del Vomero.

—Podemos elegir entre cientos de películas, ¡cómo mola! —comentó mientras avanzábamos con paso rápido hacia el videoclub.

Nos metimos en el edificio y llegamos ante la entrada secundaria del local. Sasà miró a su alrededor como un experto ladrón, metió las llaves en la cerradura y me hizo un gesto para que entrara. Dentro estaba completamente oscuro y nos vimos obligados a encender rápido las linternas. Mi amigo empezó a deambular por las estanterías de las películas y a sacar los VHS de las cajas. Me paré inmediatamente y me quedé mirándolo ceñudo, por lo que precisó:

—Solo las cojo prestadas.

Habría podido rebelarme, pero estaba demasiado ocupado con los cientos de cómics que tenía al alcance de la mano. Durante una decena de minutos permanecí completamente embelesado, vagaba de una estantería a otra, leía portadas, hojeaba las páginas con la única mano que me funcionaba sin atreverme a coger nada. Después me topé con un maniquí que llevaba puesto el disfraz de Spiderman y debí de emitir algún extraño grito de estupor, porque Sasà se me acercó sin que me diera cuenta, fascinado como estaba admirando el azul intenso de la tela, intercalado con el rojo fuego tatuado con el emblema de la araña en el pecho. Alargué el cuello para mirar el precio y los ojos se me desorbitaron: ¡ciento treinta mil liras!

—¿Por qué no te lo llevas? —preguntó Sasà. Yo me giré sobresaltado—. Estás obsesionado con el Hombre Araña, ¿no?

Me volví para mirar de nuevo el disfraz, desorientado, y por un momento pensé en hacer caso a lo que me decía.

—No puedo, sería un hurto… —logré decir, en cambio.

—Un préstamo, Mimì, un préstamo… —precisó él.

Un ruido sordo interrumpió nuestra conversación.

—Hay alguien… —comentó Sasà, abriendo bien los oídos.

Se llevó el índice a la nariz y me hizo una seña para que me callara. No había terminado de hablar cuando una palanca se coló por debajo del cierre metálico y lo levantó a la mitad. Abrí los ojos como platos y habría gritado si Sasà no hubiera pegado un salto y me hubiera agarrado por el brazo sano, arrastrándome hacia la salida lateral. En menos de dos segundos estábamos fuera, en el patio. Nos pusimos los gorros y salimos a la calle. Habían arrancado una esquina del cierre metálico de la tienda, pero aun así resultaba difícil percibir la presencia de los ladrones desde fuera.

Cuando llegué a casa, tenía el corazón a mil y la camiseta interior empapada de sudor. Sasà me dijo que se desharía de las llaves, que era demasiado peligroso, y que después se metería corriendo en la cama. También me dijo que tenía que mantener la cabeza fría y no contarle a nadie nada de lo que había sucedido.

—Como buenos ciudadanos tendríamos la obligación de avisar a las fuerzas del orden —balbucí, una vez llegamos al vestíbulo de mi edificio. Sasà, en cambio, vivía un par de edificios más allá, calle abajo.

—Pero qué policía ni qué policía, ¡así se darían cuenta de que estábamos dentro y nos pondrían también entre las rejas del reformatorio de Nisida! —respondió en voz baja, empujándome contra el mármol de la pared—. Mimì, mantén la calma, no hagas gilipolleces y cállate, que todo irá bien.

—¿Y el botín? —me salió espontáneo preguntar.

Él suspiró y respondió:

—No hay ningún botín, no me ha dado tiempo a coger nada.

Entonces me dio un cachete cariñoso y volvió a salir a la calle. Con trece años, Sasà ya era capaz de apañárselas solo, razonaba y se comportaba como un adulto. Debía fiarme de él y no decir ni pío. Y yo, en cambio, ¿crecería alguna vez? ¿Haría reír en algún momento a una chica como Nick Kamen hacía reír a Viola? No me dio tiempo a responder, porque cuando intenté quitarme la cazadora, me di cuenta de que en la mano tenía un cómic enrollado que, en la fuga, me había olvidado de dejar. Por un momento pensé en volver a salir para deshacerme de él, después miré mejor la portada y decidí instintivamente: no, me lo quedaría.

Fue mi primer acto de insubordinación.

Me tiré una hora en la cocina, de pie bajo la débil luz de la campana, consumiendo con avidez cada viñeta, atento a no despertar a mi familia; y cuanto más avanzaba en mi lectura, más me convencía de que era la historia la que había venido a buscarme, de que me estuviera hablando al corazón y de quisiera darme la clave para ayudarme a cambiar de vida, a echar por fin el guante a aquello que deseaba. Sí, solo era un cómic que hablaba de superhéroes; pero uno de ellos, de nombre Profesor X, no estaba dotado de los típicos poderes —la invisibilidad, la fuerza, el vuelo—, sino que tenía un don auténtico, real, algo al alcance de cualquiera, incluso de una persona normal como yo: la telepatía. Con el solo poder de la mente conseguía controlar el pensamiento de los demás, entrar en contacto con las personas. Me sentí fulminado. Nada de brujería, nada de fuerza física, solo capacidad de control y concentración, voluntad y firmeza. Todas, cosas en las que yo sobresalía.

Varias veces durante la lectura me paré a reflexionar, con la boca abierta, la mirada puesta en el reloj de encima de la ventana y los pies descalzos en contacto con las baldosas heladas, sobre cómo podría hacer mío aquel poder, cómo desarrollar y aprender la capacidad telepática. En realidad, aquello no nació de la nada; unos meses antes, de hecho, me había topado con un documental sobre la transmisión del pensamiento y me había quedado fascinado. Aquel cómic, meses después, había vuelto para despertar mi interés.

Me metí en la cama con los pies helados y la sonrisa en los labios, cerré los ojos y me perdí en mil conjeturas —hipotéticas teorías matemáticas a través de las cuales desarrollaría la fuerza— sobre cómo podría utilizarla; hasta que en cierto momento me dejé llevar por el entusiasmo, y la reflexión científica dio paso a las fantasías sobre Viola, a la que habría conseguido conquistar precisamente gracias a la telepatía. Me quedé dormido con las primeras luces del alba, destrozado pero feliz, cuando papá se puso de lado y dejó de roncar.

El secreto para dormir con él en la misma habitación era quedarse dormido antes. Mi madre lo sabía bien, así que por la noche se preparaba una tisana y a las diez menos cuarto ya estaba bajo las mantas. En cambio, papá se quedaba hasta las tantas delante de la tele, el sábado con los típicos programas de variedades, y entre semana cambiando continuamente de los canales nacionales a los regionales, hasta el punto de que a veces el abuelo se cabreaba y se iba a la cama refunfuñando. Y aquello empeoró cuando le entró la obsesión por *Quelli della notte*, que lo televisaban a las once y media de la noche, por lo que se iba a la cama cada vez más tarde. Las noches que me dejaba llevar un poco más por la lectura, ya sabía que después me quedaría despierto durante horas. Mientras iba en la Hispaniola cantando junto con el resto de la tripulación, él se quedaba sentado en la cocina, en su pequeño mundo, el único que conocía, en su silla de paja medio desenfundada, con las piernas apoyadas en la mesa, pasándoselo pipa con los chistes de Nino Frassica, con los abuelos que dormían a pocos metros de distancia y la cama plegable de Bea ya abierta y lista para cuando volviera de una de sus salidas. Una vez en la cama, le bastaban unos minutos para ponerse a roncar, así que a mí no me quedaba otra que pasarme la noche imaginando que estaba en aquel barco, en busca del tesoro; o encontrarme en el vientre de una ballena; o en el cono del famoso volcán islandés junto a Otto Lindenbrock, sudando la gota gorda para alcanzar el centro de la tierra.

Las pocas veces que, al contrario, era mamá la que se metía la última en la cama, entonces teníamos un serio problema. Por ejemplo, cuando papá pilló la varicela por culpa de Beatrice, fue un calvario: se tiraba todo el día quejándose y por la noche se iba prontísimo a acostar. Mamá se pasaba todo el tiempo resoplando y pegándole pellizcos en el brazo para obligarlo a ponerse de lado. Tras un par de noches en blanco, se decidió que Beatrice (que había sido la causante de todo) expiara sus culpas inmolándose por el bien común; la obligaron a dormir con papá, mientras que nosotros nos quedábamos juntos en el cuarto de estar, mamá en la cama plegable y yo en un colchoncito. En realidad, tampoco es que el abuelo se quedara atrás, así que al cabo de un par de noches mamá se rebeló.

—¿Y tú cómo haces? —preguntó a la abuela.

—¡Si ya no le oigo! —respondió esta última.

La única arma a disposición de la pobre abuela había sido la de aprender a convivir con el ronquido de su marido, hasta borrarlo de su mente. Con frecuencia he oído decir que de las virtudes y los defectos de quien tenemos al lado, desaparecen única y exclusivamente las primeras. En cambio, la abuela Maria era capaz de hacer desaparecer también los segundos.

Sea como sea, esta fue mi infancia, mi vida de adolescente: estar todos juntos, con la respiración del uno sobre la mejilla del otro, sin posibilidad alguna de tener un momento y un lugar que fueran realmente míos. Fue precisamente esa situación de estar siempre compartiendo la que me empujó a aislarme, a hacer que me refugiara en un mundo únicamente mío que vivía de manera propia; y en aquel mundo, en aquellas situaciones, aprendí a no notar el ronquido de papá, a no oír las telenovelas de la abuela, los debates políticos del abuelo o el rumiar ruidoso con el que Bea mascaba su típico chicle.

El día que pensé hacerme superhéroe, no sabía que, en realidad, en parte ya lo era.

HÉROES Y MITOS

Habría querido hablar inmediatamente con Giancarlo, el único que, en mi opinión, habría podido comprenderme y, si acaso, ayudarme. Pero como me lo encontraba de Pascuas a Ramos, a pesar de que por la noche intentaba quedarme siempre un poco más en la calle mientras la cabeza de mamá asomaba cada dos por tres por la ventana para avisarme de que la mesa estaba lista, me vi obligado a dirigir mis atenciones hacia Sasà. Es que necesitaba una persona de confianza, alguien que no me tomara el pelo o, peor, que no pensara que estaba loco. Sasà era prepotente, a veces, como ya he dicho, manilargo, siempre tenía un comentario estúpido sobre lo que fuera y decía muchas mentiras; pero frente a mis discursos científicos ni pestañeaba y me escuchaba con paciencia.

La primera vez lo había involucrado en mi búsqueda de micro-meteoritos, después de haberme topado con un interesante artículo que explicaba cómo recoger fragmentos de roca espacial. Al principio me había salido con una frase tipo: «Mimì, pero ¿a ti quién te cuenta estas gilipolleces?», pero después, al ver mi empeño, había empezado a ceder. Para convencerlo de que me ayudara, había tenido que ascenderlo al puesto de asistente: se ocuparía de recoger el agua de lluvia en un barreñito. Habíamos colocado la palangana en la azotea del edificio (que papá me había abierto solo después de mucho insistir) y habíamos tenido que esperar a que el tiempo alternara un día de lluvia con uno de sol, lo cual no era demasiado difícil en aquella época del año. Cuando habíamos subido en una bonita y tranquila tarde, y habíamos encontrado el barreño con una fina capa de agua de lluvia al fondo, Sasà se había puesto a reír entusiasmado, frotándose las manos en sus vaqueros raídos y chascando continuamente la lengua contra el paladar, presa de una emoción que no pensaba que pudiera sentir por la ciencia. Yo, en cambio, había logrado mantener un comportamiento más afín a un estudioso, y había permanecido todo el tiempo en silencio, intentando subrayar el más mínimo de mis movimientos para aumentar la tensión del momento. Se trataba de rascar el fondo del barreño con una aguja. Le había asegurado que en la punta de dicha aguja habría trazas de los meteoritos que en aquellos días habían pasado por la tierra. Él parecía alucinado con la hipótesis y permanecía encogido a mi lado, en silencio, emocionado porque realmente podría tocar un meteorito. Por eso, cuando me había visto obligado a desvelarle que, en realidad, los fragmentos se verían solo gracias a la ayuda de un microscopio y que, por tanto, tendríamos que encontrar la manera de conseguir uno, no había podido creer lo que estaba oyendo y me había mirado con aire asombrado.

—¡Mimì, pero si me habías dicho que veríamos meteoritos! —había explotado.

—Claro —había sido mi respuesta—, con la ayuda de un microscopio, me parecía obvio.

—Pero qué obvio ni qué obvio, Mimì, ¡me habéis hecho perder el tiempo tú y tu mierda de experimento!

Entonces se levantó y salió corriendo.

—Lo meteoritos están por todas partes, Sasà, quizá incluso en tu cabeza, entre el pelo.

Había intentado jugarme mi última carta para convencerlo de que se quedara, pero él había desaparecido por la caja de las escaleras.

Me lo había vuelto a encontrar más tarde delante del portal, de nuevo sonriente, con el experimento ya olvidado.

—Mimì, mira lo que tengo.

Y había sacado del bolsillo un cromo Panini.

Ninguno de los dos tenía el álbum, pero ambos coleccionábamos los cromos de futbolistas que íbamos pescando por ahí, sobre todo en el instituto.

—¿Y quién es? —había preguntado inocentemente.

Él había vuelto a perder la paciencia y me había plantado la imagen en las narices.

—¿Cómo que quién es? ¡Constanzo Celestini, un jugador del Napoli!

—¿Del Napoli? Guau —había contestado yo con mi típica expresión, aunque en realidad no tuviera ni idea de quién era el futbolista.

Así que, archivada para siempre la posibilidad de hallar trazas de meteoritos sobre nuestros balcones, había preguntado a Sasà por el cromo de Maradona, aquel que todos habrían querido tener.

—¿Maradona?

—Sí…

—¡Y quién ha visto el cromo de Maradona! Con tal de tenerlo en mis manos, te mataría al instante… —había respondido con expresión seria.

Nunca me creí aquella frase. Ya lo he dicho, Sasà era un mentiroso.

Empleé bastante tiempo y energía para persuadirlo de que participara en mi nuevo experimento: la transmisión del pensamiento. Porque sí, él me escuchaba, pero nunca mostraba ni interés real ni curiosidad por lo que, en cambio, a mí me motivaba. A Sasà solo le gustaban el fútbol, las chicas y las motos; de hecho, no todas las motos, solo las Harley. Le interesaban pocas cosas, algún ídolo futbolístico, y no tenía ningún mito a imitar, salvo uno: Arthur Fonzarelli, alias Fonzie, el de *Días felices*, que iba por ahí en cazadora negra de cuero, con el pulgar alzado y, por supuesto, con su inseparable motocicleta.

Había asistido a un encuentro entre Sasà y una Harley, cuando un tipo con una perilla larguísima y botas había aparcado la moto justo delante de la charcutería de Angelo. En realidad, su llegaba había sido precedida por un estruendo que había invadido toda la calle, tanto es así que D'Alessandro se había asomado y doña Concetta se había puesto a despotricar contra los jóvenes, aunque hiciera ya bastante que aquel tipo no era joven.

Sasà no podía creer lo que veían sus ojos: una Harley resplandeciente a pocos metros de él. Y, aun así, se había quedado inmóvil, con el balón en las manos, admirando su sueño sin atreverse a dar un paso.

—¿Es la moto de Fonzie? —había preguntado yo.

—Una de las primeras motos de Fonzie —había precisado—, antes de pasar a la Triumph…

Y había apoyado una mano en el sillín. Yo ni siquiera sabía lo que era una Triumph, y Fonzie no me caía especialmente bien.

—¿Por qué no intentas sentarte?

—¿Estás loco? ¡Me mataría!

Así que se había quedado quieto al lado de la motocicleta hasta que el tipo había vuelto y se había alejado con un rugido.

En cualquier caso, mientras intentaba llevarlo a mi terreno, estudiaba los pasos que debía dar; incluso había vuelto al videoclub de Nicola en busca de algún documental que abordara el tema de la transmisión del pensamiento, aunque de la tienda de entonces quedara poco: los ladrones habían arramplado con casi todo (entre lo que había quedado estaba el disfraz de Spiderman, que me provocaba pinchazos lancinantes en el estómago cada vez que lo tenía delante), y el pobre señor Esposito intentaba aguantar como buenamente podía con los exiguos títulos que habían escapado al robo. De documentales sobre telepatía, ni sombra, así que me las tuve que apañar yo solo. Decidí que intentaría una primera transmisión base del pensamiento: deberíamos estar solamente Sasà y yo, en la calma más absoluta, uno frente a otro, con los ojos cerrados. Primero probamos a refugiarnos en la portería, una tarde que papá estaba ocupado recogiendo las bolsas de basura de los descansillos, pero no habíamos hecho nada más que empezar cuando apareció Criscuolo y comentó: «Ey, chicos, ¿qué hacéis ahí dentro? ¿Sois los nuevos porteros? Vamos hombre, salid a jugar…», y batió las manos, que emitieron un ruido sordo.

Nos escabullimos y mi amigo respondió con un corte de manga al hombre que teníamos a nuestra espalda.

La segunda vez probamos en la charcutería de Angelo, a una hora tranquila. A casa de Sasà estaba prohibido subir —aunque él nunca me lo dijo abiertamente, era algo que había entendido yo. Creo que sus padres no querían a gente por ahí rondando, o algo así—, así que se nos ocurrió la charcutería, que desde hacía un tiempo solía estar vacía por la tarde, visto que la madre de Sasà ya no bajaba a trabajar y Angelo, sobre todo después de la comida, se sentaba en una caja de madera fuera de la tienda, con el cigarro entre los dedos y un boli detrás de la oreja, y nos miraba jugar al fútbol hasta que se quedaba frito. Angelo era un tipo un poco gruñón, y nunca me quedaba claro cuándo estaba de broma, porque sabía camuflar bien un chiste detrás de aquel rostro impasible que en ocasiones también infundía cierto temor. Algunas veces venía a recogernos al instituto con su 128 Coupé verde, año 1972, con la tapicería de cuero rojo, en el que me pasaba casi todo el tiempo mirando el espejo retrovisor del que colgaba un rosario enrollado y la foto de un futbolista.

—Mimì, ¿sabes quién es? —me preguntó un día, notando mi curiosidad.

Dije que no con la cabeza.

—Rudi Krol fue jugador del Napoli, ¡uno de los mejores centrales del mundo!

Me habría gustado preguntarle qué era un central, pero aquello me habría llevado demasiado tiempo y, sobre todo, me daba miedo perder la estima de Sasà, que no habría perdonado tan fácilmente semejante ignorancia. Así que desistí, entre otras cosas porque en poco tiempo la imagen del mejor central del mundo fue sustituida por la del mejor jugador del mundo, un hombre de pelo rizado y oscuro.

En cualquier caso, el motivo por el que la madre de Sasà ya no bajaba a la tienda era porque había descubierto que tenía un tumor en el cerebro. Oí a mamá hablar de ello con papá una noche en el baño, el lugar elegido por mi familia para confidencias y secretos. De vez en cuando, los dos se colaban a escondidas en el baño; entonces yo, cuando podía, cuando los abuelos estaban distraídos y Bea no estaba en casa, los seguía con paso sigiloso, acercaba la oreja a la puerta y escuchaba. Al principio había cogido también la costumbre de pegar el ojo a la cerradura, costumbre que se me había quitado inmediatamente después de asistir, con ni siquiera ocho años, a una, para mí entonces, indescifrable maraña de cuerpos desnudos.

Obviamente, no había podido comprender la gravedad de la situación, pero por los oscuros términos usados por mi familia aquella noche y, sobre todo, por la extraña aspiración que hizo mamá con la boca cuando papá le comunicó la noticia, comprendí que se trataba de algo grave. Y, sin embargo, viendo a Sasà, nada había cambiado, seguía siendo el mismo de siempre. Al menos conmigo, al menos al principio. Aquella tarde se me acercó y me dijo: «Mimì, es el momento, mamá no se siente bien tampoco hoy y papá está por ahí haciendo entregas…».

Las entregas a domicilio eran una tarea que le solía tocar a Sasà durante el verano, en cuanto terminaba el colegio, pero en aquel periodo solía apañárselas Angelo solo. Esperamos el momento adecuado y nos sentamos uno frente al otro. No teníamos demasiado tiempo a disposición, así que intenté no perder la concentración; pero apenas hube cerrado los ojos, apareció Viola por la tienda. Una vez más, una llamarada de calor me subió por la cara mientras ella volteaba sus pupilas hacia mí, un instante, antes de dirigirse a mi amigo.

—Querría doscientos gramos de jamón… ¿no está tu padre?

Sasà respondió con una breve inclinación y se metió en silencio detrás del mostrador, del cual sacó, no sin cierto esfuerzo, el muslo del cerdo.

—Mi padre está fuera con las entregas, estoy yo —respondió entonces, apoyando el jamón en la tabla de cortar.

Si había algo que hiciera cabrear a Angelo, era cuando Sasà se ponía a juguetear con la tabla de cortar; así que me levanté instintivamente para detenerlo, pero él me dirigió una mirada que no admitía réplicas. Viola nos observaba confusa.

—Quizá deberíamos esperar a tu padre… —probó ella.

Me quedé mirándola sin decir palabra, con mi típica pose de bobo, la cabeza entre los hombros, las gafas torcidas y la boca abierta, mientras Sasà se afanaba con la tabla de cortar cual charcutero experto.

—¿Qué te has hecho? —preguntó entonces ella, rompiendo el silencio. Me miraba a mí.

—¿Qué?

—En el brazo…

Dirigí un segundo solo la mirada a la escayola y levanté inmediatamente los ojos. Viola, viendo que no respondía, apremió:

—¿Cómo te lo has roto?

¿Qué habría tenido que decir? ¿Que iba corriendo hacia ella para ponerla a salvo y había tropezado? ¿Que aquel molde blanco estaba ahí para recordarme cada día lo mucho que la quería y lo inútil que yo era? Por otro lado, no sabía mentir y mi moral me impedía decir mentiras, así que estaba a punto de contar la historia de la famosa cadena de D'Alessandro que se me había enganchado al tobillo, cuando Sasà se entrometió en la conversación con una frase impactante.

—Se lo rompió el día que esos dos asquerosos te mangaron. Intentó detenerlos, ¡pero le dieron una patada!

Viola abrió los ojos como platos y contuvo la respiración.

—¿En serio? No recuerdo… —exclamó después.

—Para ser sincero… —intenté puntualizar, pero Sasà, una vez más, fue más hábil que yo.

—En serio, en serio. Tú estabas en estado de *shock*, por eso no te acuerdas; pero este Mimì está como una cabra. Está obsesionado con la justicia y los héroes. ¿Verdad, Mimì?

Me giré para mirar con cara de tonto a mi amigo.

—Oh…

—Eh…

—¿Es verdad que estás obsesionado con los superhéroes?

—Siempre estoy de parte de los más débiles, es verdad…

Afortunadamente, Angelo volvió antes de lo previsto, lanzó una mirada asesina a su hijo y de muy malos modos le ordenó que se fuera corriendo a casa.

—¿A vuestra edad todavía creéis en superpoderes y héroes? —preguntó Viola, una vez fuera.

—Yo no creo en ningún superhéroe, si es por eso —se apresuró a responder Sasà, herido en su orgullo de macho—, es Mimì el que está obsesionado con esas historias…

—Todos necesitamos creer en algo superior —me salió espontáneo—, amar a alguien grande, tener un ejemplo a seguir. ¿Tú no tienes un mito? —pegunté a Viola.

—No… ¿tú lo tienes?

—Pues claro —respondí todo tieso—, tengo muchos. Neil Armstrong, por ejemplo.

—¿Y quién es?

—El primer hombre que pisó la luna. Un héroe.

Ella se quedó en silencio.

—También tengo un amigo héroe —añadí entonces, emocionado por cómo transcurría la conversación.

—¿Ah, sí? ¿Y quién es?

—Giancarlo.

—¿Quién es Giancarlo?

—El periodista que vive en nuestro edificio y que con sus palabras combate a la Camorra. Es mi amigo…

Ella puso una sonrisita de cachondeo y dijo:

—¿Y eso qué tiene que ver con los héroes? Es su trabajo, le pagan…

—¿Desde cuándo eres amigo de ese? —se entrometió Sasà.

Empecé a sudar sin saber cómo salir de aquella, y al final fue Viola la que concluyó:

—Pues sí que eres raro. De todas formas, no me gustan los mitos, ni siquiera los héroes.

Y se alejó sin despedirse.

—Apuesto a que en la habitación tienes el póster de Simon Le Bon —gritó entonces Sasà.

Ella retrocedió.

—No, te equivocas —rugió poniendo una mueca—, encima de la cama tengo la foto de Vasco Rossi. No es un héroe, no ha hecho nada extraordinario, pero da sentido a mi vida. ¿Le conocéis? ¿Sabéis al menos quién es? ¿O todavía veis *Bim Bum Bam*?[3] Luego se marchó de verdad. Nos quedamos un rato mirando cómo se alejaba, y finalmente Sasà se dio la vuelta y me dijo:

—Pues claro que conozco a Vasco Rossi, ¿con quién se cree que está hablando esa niña de papá?

Pero yo ni siquiera lo escuchaba, concentrado como estaba en contener el impulso de salir corriendo tras ella para explicarle que yo era distinto al prepotente de mi amigo.

—¿Por qué le has contado todas esas mentiras? —le pregunté entonces, molesto—. No me gusta engañar al prójimo.

—Pues sí que hacían bien en llamarte cuatro ojos en el cole, a veces eres realmente estúpido. ¿Sabes de quién es hermana esa? —replicó él, indicando con el pulgar el punto donde poco antes estaba Viola.

—Claro, de Fabio.

—No, te equivocas. No de Fabio y punto. De Fabio Iacobelli, el que tiene el cuarto de juegos en casa.

<hr>

³ Programa infantil de televisión.

Y me volvió a guiñar un ojo.

—¿Y?

—Y… si la impresionamos y nos hacemos sus amigos, también podremos hacernos amigos de él.

Resoplé y me estiré los dedos de la mano que salían de la escayola. Luego tuve un conato de rebelión.

—Sasà —dije serio—, ese no es un motivo válido para tomar el pelo a la gente, si es que hay alguno.

—Venga ya, lo hago por una buena razón —rebatió sonriendo.

—No veo nobles propósitos en tu acción, lo siento. Además, no es verdad que no creas en superhéroes ni en mitos. ¿No tienes un póster de Fonzie en casa?

—Y qué tiene que ver, él no es un héroe…

—No será un héroe, pero es tu mito. Y a mí nunca se me pasaría por la cabeza deslegitimarlo…

—Mimì, escucha, ¿qué quieres de mí? Ni siquiera te entiendo cuando hablas…

—Lo que estoy intentando decirte es que de ahora en adelante ya no serás mi asistente.

Él inclinó la cabeza hacia la derecha y pareció pensárselo un instante, hasta que al final respondió:

—¿Ah, sí? ¡Pues entonces de ahora en adelante ya no somos amigos!

Y me dejó solo en la acera.

Me habría gustado volver a llamarlo, en el fondo era el único amigo que tenía; pero en aquel momento todos mis pensamientos se dirigían a una única persona: Vasco Rossi, el semihéroe que me conduciría a mi amada.

VITA SPERICOLATA

El sábado siguiente fue precisamente Giancarlo el que vino en mi ayuda. Estaba en la portería con mi padre —que no conseguía librarse de Criscuolo—, pensando en lo que echaba de menos a Sasà, que desde nuestra disputa de hacía unos días no había vuelto a dejarse ver, cuando el periodista salió del ascensor saludándome con un gesto antes de desaparecer fuera. No podía quedarme con los brazos cruzados, mi plan no podía esperar más, necesitaba convertirme en superhéroe para conquistar a Viola y dar un giro a mi vida. Así que salí deprisa y corriendo del chiscón de madera, pero cuando llegué a la calle, Giancarlo ya estaba en su Mehari, listo para encender el motor. Di dos pasos y probé a llamarlo, pero no debió de oírme, porque salió pitando. Me quedé mirando la parte trasera verde de aquella especie de Batmóvil que se alejaba, preguntándome cuándo conseguiría hablar con él y revelarle mis intenciones, con la esperanza de que me ayudara con mi experimento para desarrollar el pensamiento telepático.

Me tiré el resto del día esperando a que mi nuevo amigo volviera y fantaseando sobre Viola, apoyado en el muro donde un mensaje rojo hecho con espray rezaba *Ama*. Cuando por fin los faros del Mehari alumbraron la estrecha calle de debajo de casa, eran las nueve de la noche y mamá ya había salido un par de veces a llamarme. Corrí tras el coche sujetando con la mano izquierda las gafas, que me bailaban sobre el puente de la nariz, y esperé a que Giancarlo aparcara.

Él se giró de golpe y me vio.

—Hola —dijo entonces.

—Hola —respondí, y no añadí nada más, quedando como imbécil.

A pesar de que me había tirado toda la tarde repitiendo mentalmente el discurso que tenía que soltar, ahora que lo tenía delante no conseguía dar con las palabras adecuadas y me parecía que todo lo que tenía que decirle eran bobadas de críos. Entonces, de repente, de la radio del coche me llegó la voz de Vasco Rossi, que cantaba *Vita spericolata*, y quedé fulminado. Con Viola, después del encuentro en la charcutería, todo se había encallado. Me había pasado mucho tiempo delante de la radio con la esperanza de que alguna emisora transmitiera una canción del cantautor emiliano. De hecho, mi plan era grabar una casete con sus mejores canciones y regalársela a mi amada. Pero hasta ese momento solo había conseguido grabar tres canciones, y una ni siquiera entera, porque cuando había empezado *Albachiara* me encontraba delante de la puerta del baño, esperando a que el abuelo me dejara entrar.

No era casualidad que justo del hombre al cual había elevado a mito, a ejemplo a seguir, estuviera llegando la inesperada ayuda para hacer realidad un plan que, incluso teniendo que ver con cosas más terrenales que convertirme en héroe, me apasionaba.

Así que estaba a punto de preguntarle si era fan de Vasco cuando él se me adelantó.

—¿Dónde está tu amigo? —dijo mientras abría la puerta del coche.

—No está presente…

Giancarlo bajó, cogió un cuaderno rojo del asiento del pasajero y luego volvió a mirarme.

—¿Habéis aprendido a lanzar penaltis?

—El fútbol no tiene el poder de sacudir mis emociones —respondí serio.

Él me dirigió una mirada divertida y añadió:

—Creía que te gustaba, el fútbol, me refiero…

—Finjo interés para no disgustar a Sasà.

En ese momento se echó a reír y se agachó hacia mí, con las manos en las rodillas y la cara a un palmo de la mía.

—¿Qué le has hecho a tu brazo?

—A veces la vida te pilla desprevenido… —se me ocurrió decir.

—Cada vez te pareces más hablando a un viejo noble del siglo pasado… pero ¿cuántos años tienes ahora?

—Doce.

—Doce… ¡¿ya?! Recuerdo cuando eras así. —Y simuló la altura poniendo una mano en el aire. Después añadió—: Sea como sea, con doce años ya conoces el valor de la amistad. ¡Enhorabuena!

—Es un hecho irrefutable. Creo en la amistad y en la generosidad… ¡y en los héroes!

Giancarlo se quedó mirándome, quizá preguntándose si yo no estaría loco, así que aproveché para lanzarme.

—¿Te puedo pedir un favor?

—Dime.

—Necesitaría una casete del cantautor que estabas escuchando en el coche, el tal Vasco Rossi.

Giancarlo se giró instintivamente hacia el Mehari.

—¿Vasco? ¿Te gusta Vasco?

Habría podido asentir y pasar a otra cosa, pero, como ya he dicho, no estaba preparado para ir soltando mentiras.

—No sé mentir, así que me veo obligado a confesar la verdad: apenas lo conozco… ¡pero a Viola le gusta un montón!

Él pareció interesarse en la conversación.

—¿Y quién es esa Viola?

—Es la hija del señor Iacobelli, el piloto aéreo del séptimo…

El periodista me dirigió una mirada dubitativa, así que tomé aire y añadí:

—Vale, te la describo, no es posible que no la recuerdes, es la niña más guapa del mundo: tiene los ojos azul cobalto, como los elfos; el pelo color cobre, como las hadas; y la piel brillante, como las sirenas.

Giancarlo me miró maravillado y volvió a echarse a reír.

—Eres un tipo muy majo, ¿lo sabes? —dijo entonces.

Esta vez asentí.

—Y estás enamorado de esa sirena…

Dije que sí con la cabeza y añadí:

—Por ella me he roto el brazo…

No sé si fue porque necesitaba desesperadamente su casete, pero por primera vez en mi vida me sentí libre de desentrañar lo que nunca me había atrevido a contar a nadie. Creo que fue debido a la energía que emanaba de aquel chico lleno de vitalidad; tenía una sonrisa tan cautivadora y serena que casi te sentías en la obligación de hablar solo de cosas bonitas.

Cuando me apoyó la mano en el hombro para decirme que grabaría personalmente la casete para mí, estuve a punto de abrazarlo de alegría. Quizá se dio cuenta, pero no dijo nada.

—También a mi chica le encanta Vasco, ¿sabes? —precisó después. Me lo quedé mirando como si me hubiera revelado un grandísimo secreto—. Y también yo le grabé una casete con mis canciones preferidas. Es un gesto muy bonito, muy romántico…

—Sí, ya —comenté orgulloso.

—Pero deberías prepararte. ¿Qué haces, le regalas una casete llena de canciones que ni siquiera conoces?

Abrí los ojos como platos. En efecto, era un problema.

Él sonrió antes de contestar:

—No te preocupes, si acaso la escuchamos juntos alguna vez…

—¿En serio?

—Pero ahora déjame que me marche…

—Giancarlo…

—Sí…

Estaba de pie frente a él, con mi camiseta roja y arrugada de

Flash Gordon que asomaba por debajo de la cazadora, las manos en la cadera y la cabeza alzada para buscar su mirada.

—Tú combates el crimen, ¿verdad? —encontré, por fin, el valor de preguntar.

Él arrugó la frente y no respondió.

—¿Luchas o no contra los malvados?

—En cierto modo… —respondió entonces.

—Ya, lo sé. Eres una especie de superhéroe —añadí, y en ese momento lo vi reír con ganas.

—¿No eres un poco mayor para creer en superhéroes? Siento desilusionarte, pero los superhéroes no existen, Mimì —respondió, metiéndose el casete portátil bajo el brazo.

—Yo, en cambio, sí que creo que existan, y están entre nosotros.

Me coloqué las gafas y lo miré fijamente a los ojos.

—¿Ah, sí?

—Sí, y tú eres un ejemplo de ello.

Hubo solo un instante de embarazoso silencio, después contestó:

—Pero qué dices, yo no tengo nada de héroe, mira. —Y levantó el brazo para mostrarme su bíceps—. ¡Ni siquiera tengo músculos!

—No hacen falta músculos para ser un héroe… —respondí de inmediato.

Entonces él se puso serio y dijo tan solo:

—Me tengo que ir, te llamo cuando tenga la casete.

Dio dos pasos, luego se giró y, al ver mi cara de decepción, volvió atrás.

—Oye, yo no sé qué idea te has hecho de mí, si alguien te ha contado alguna chorrada. Yo solo soy un periodista sin licencia que intenta hacer bien su trabajo. Te aseguro que no tengo superpoderes, si no los usaría para que me hicieran un contrato indefinido en el periódico.

Y volvió a sonreír.

Pero yo no me reía en absoluto, así que volvió a apoyarme la mano en el hombro y añadió:

—Los héroes son otros, Mimì…

—Los héroes son aquellos que no tienen miedo de nada —respondí decidido.

—Solo cumplo con mi deber —repitió, y se dirigió hacia el ascensor.

Fui tras él. El vestíbulo estaba vacío y sus pasos resonaban en el mármol.

—Necesitaría tu ayuda —conseguí decir antes de que llegara a la cabina.

—¿Para qué?

—Un experimento —respondí, y mis palabras fueron cubiertas por el clang con el que se había detenido el ascensor.

—¿Qué experimento?

Y abrió la puerta.

Había creído y esperado que me escuchara con más atención, casi que le hubieran seducido mis palabras y que no hiciera como los demás, que cuando les hablaba de ciencia y magia se reían por lo bajini. Giancarlo no se estaba riendo, simplemente tenía prisa.

—Un experimento para la transmisión del pensamiento telepático.

Ante aquella frase, incluso a mi héroe se le escapó una sonrisa y luego respondió:

—Mimì, lo siento, ya te lo he dicho, no creo en los superpoderes. Deberías hablar de ello con Sasà, con chicos de tu edad. Quizá yo sea demasiado mayor, ¿no crees?

—Sasà no entiende ni papa de experimentos ni de ciencia, ¡y a los chicos de mi edad solo les interesa el fútbol!

En ese momento mamá abrió la puerta de casa.

—Ey —dijo—, ¿qué estás haciendo? Hace diez minutos que te estamos esperando, ¡la mesa está lista!

Me giré solo un segundo para mirar a mamá, que nos observaba desde el umbral, y susurré:

—¿Me prometes que te lo pensarás?

—¿El qué?

—Ayudarme con el experimento…

—Disculpe —intervino mi madre dando dos pasos adelante y agarrándome por la capucha de la cazadora—, Mimì es un gran charlatán.

Después me miró y añadió:

—¿No ves que el señor se tiene que ir? Vamos, ven a cenar.

Seguí mirando a Giancarlo, que al final me guiñó un ojo. Me lo había prometido.

Cuando entré en casa tenía en la cara algo muy parecido a la bonita sonrisa que siempre lucía él. La misma sonrisa que me acompañó en los meses sucesivos cada vez que tuve la suerte de encontrármelo.

Ya lo he dicho, Giancarlo te obligaba a estar alegre y a hablar solo de cosas bonitas.

Quizá porque en su otra vida, extraña para mí, solo hablaba, en cambio, de cosas feas.

Me lavé corriendo las manos (mamá no admitía objeciones al respecto) y me senté a la mesa. En la pequeña pantalla Pippo Baudo presentaba *Fantastico,* que desde hacía seis años amenizaba los sábados a los italianos, y que yo odiaba con todo mi ser. A decir verdad, odiaba todos los programas de variedades, a excepción de *W le donne,* con Amanda Lear. No, no hay ninguna explicación pseudointelectual (como habría dicho mi hermana) que justificara mi interés. La cuestión era mucho más profunda: se trataba de mujeres, y punto.

Me había topado con el programa por casualidad, una noche en la que la abuela había sintonizado Canale 5 a la espera de que las judías hirvieran. Y ahí había conocido a Sabrina Salerno, la mujer que pasaría por mi adolescencia como un tornado, haciéndome compañía en los momentos más difíciles, pero también en aquellos de felicidad. Apenas la había visto bailar y ya había notado cómo una llamarada de calor me subía de los genitales al pecho, y después a la cara.

Me sentía raro, lleno de una energía que no conseguía contener, y me habían entrado ganas de ponerme a correr y a saltar por la casa como hacía el personaje de *Bomb Jack*, el videojuego de una nueva sala de recreativos del Vomero. Solo que no conseguía apartar la mirada de Sabrina o, más concretamente, del pecho de Sabrina. Había algo que imantaba mis ojos a aquella hendidura, entre aquellas curvas sinuosas. Me había dado la vuelta para observar a mis padres: papá miraba la pantalla con más atención que de costumbre; mientras mamá, afortunadamente, seguía ocupada doblando bragas, porque si no lo habría captado. Ella siempre captaba todo.

Por eso me había dejado llevar por mi instinto y había salido corriendo al baño para quedarme inmóvil frente al espejo, con expresión de susto. A los pocos segundos, mi mirada había descendido hacia las partes bajas: tenía el pene duro como solo me ocurría cuando tenía que hacer pis o cuando me acababa de despertar. Me había bajado los pantalones y había alargado la mano antes de retirarla como si hubiera rozado un hornillo todavía caliente. Entonces había vuelto a mirar mi cara sudada, con la piel del mismo color que la de Alberto, el peluquero de mamá obsesionado con la estética, que ya en abril tenía un tono de piel perfecto porque se pasaba dos horas al día en el balcón con uno de esos paneles reflectantes y al menos un bote de crema de zanahoria. Entonces habían llamado a la puerta del baño. Estaba convencido de que era el abuelo, que se pasaba la vida en el servicio porque, quizá, ya estaba muy enfermo por su tumor. En cambio, era Bea. Me había subido los pantalones deprisa y corriendo, y me había escabullido hacia el cuarto de estar. Pero por la noche, no había pegado ojo por aquel fuerte dolor en el bajo vientre.

Ni hecho aposta, dos días después se había presentado en mi casa Sasà, tan nervioso que se comía las palabras más que de costumbre; él, acostumbrado a hablar deprisa, como si tuviera algo urgente que hacer. Me había arrastrado al baño (el lugar elegido por toda la familia para los secretos, como ya he dicho) y había sacado un ejemplar de *Gin Fizz*, un clásico para todos los adolescentes de la época, una revista llena de fotografías de mujeres desnudas. Otra vez, de improviso, me había venido a visitar la llamarada de calor, e inmediatamente después las palpitaciones. Y a pesar de que no era la primera vez que admiraba una revista pornográfica, era la primera que mi cuerpo reaccionaba de aquella forma.

—Guapo, ¿eh? —había comentado él, orgulloso de su revista.

Yo había sonreído, torpe. Entonces Sasà, como si tal cosa, me había confesado que se había tocado y que había sentido un increíble placer; luego me había agarrado del brazo y me había susurrado:

—¡Mimì, tú también debes hacerlo!

Me daba demasiada vergüenza como para responder de manera sensata, y aparte temía que llegase alguien de mi familia.

—¿Qué pasa? ¿No sabes cómo se hace? —me había preguntado, haciéndose el experto.

No sé por qué su ostentación había herido mi orgullo, así que me había lanzado a confesarle que yo también había experimentado aquella extraña sensación, pero que entonces había llegado mi hermana.

—¡Entonces te has perdido lo mejor! Tienes que continuar… —había contestado él, un segundo antes de que, como temía, llegara el abuelo.

Sasà se había metido la revista debajo de la sudadera y habíamos salido.

—¡Al baño van juntas las mujeres! —había sido el comentario contrariado del abuelo Gennaro mientras cerraba la puerta tras de sí.

—Piensa en Moana —me había sugerido mi amigo antes de marcharse.

Aquella misma noche había esperado el momento adecuado,

poco antes de la cena (cuando todos estaban ocupados con algo y el abuelo acababa de salir del baño), para volver a intentarlo y poner en práctica su consejo. Pero no había pensado en Moana, sino en Sabrina.

Tenía razón Sasà, tenía que continuar.

EL GOL DE SAQUE DE ESQUINA

A los pocos días —hacía nada que había terminado Carnaval—, estaba encogido a un lado de la escalera que daba acceso a mi edificio. Eran las dos de la tarde de un domingo de finales de febrero y acababa de dejar de llover, así que la acera estaba llena de charcos que reflejaban los bordes de los tejados y el cielo plúmbeo. En la mano tenía un platito de cartón con los restos de la comida que mamá me había ordenado que llevara a Bagheera, el cual, no sé cómo lo hacía, cada santo día festivo se plantaba debajo de nuestra ventana y empezaba a maullar hasta que alguien le hacía caso. «¡Un día de estos pateo a ese gato!», había dicho una vez papá, a lo que su mujer había respondido: «¡Y después te pateo yo a ti!».

Mamá estaba obsesionada con los gatos y, sobre todo, con Bagheera; y por la noche, especialmente en verano, se asomaba a la ventana del dormitorio para lanzarle jamón y pescado (a escondidas de su marido, porque si no habría empezado a gritar que la comida cuesta y que no crece en los árboles).

—Mamá, hay un ejemplar de *Felis catus* fuera de la ventana que te reclama —le decía de vez en cuando para tomarle el pelo, y ella siempre se daba la vuelta con la misma expresión dudosa en la cara.

—¿Y qué es un *Felis cactus*? —me había preguntado la primera vez.

—*Felis catus*, no cactus. —Y me había reído—. Es el nombre científico del gato doméstico.

—Ay, Mimì, conmigo tienes que hablar en italiano, ya sabes.

En cualquier caso, aquel día había terminado de comer, me había puesto el traje de Carnaval y había salido a la calle para enseñar al que se lo hubiera perdido (en realidad no había ni un alma debajo del edificio) mi nuevo disfraz. Para ser sinceros, yo seguía detrás del traje de Spiderman, que no me podía permitir, pero que habría podido birlar aquella noche en la tienda, de haber tenido el valor. No digo que me arrepintiera, porque seguiría siendo robar, pero no conseguía quitarme de la cabeza aquel traje con el que habría sido un superhéroe de lo más molón.

Mientras pensaba en cómo juntar el dinero para comprar el ambicionado disfraz, mamá y la abuela habían llegado en mi ayuda «obligándome» a disfrazarme de Popeye. Según ellas, estaría monísimo, así que habían estudiado muy bien el traje del personaje con la idea de reproducirlo tal cual. A mí, en realidad, Popeye me parecía un viejo chocho sin la profundidad y el atractivo de Spiderman. Pero ellas parecían tan convencidas que al final había aceptado.

El trabajo se había revelado mediocre, sobre todo si lo comparábamos con el de mis compañeros de instituto, que desfilaban con capas y máscaras de todo tipo. Si el babi tenía y tiene la función de anular las posibles diferencias sociales entre niños, el disfraz de Carnaval, por el contrario, fue inventado precisamente para volver a poner las cosas en su sitio: ricos por una parte y pobres por otra. Entre los ricos estaba, obviamente, Fabio, que llevaba una coraza de caballero medieval con capa, yelmo, espada de plástico, cota de malla que imitaba el hierro, penacho (que no creo que tuvieran los caballeros) y guantes. Entre los pobres, en cambio, estaba Sasà, que en su cabeza iba vestido de futbolista, y que llevaba puesta una camiseta hecha jirones del Napoli, encima de un pantaloncito negro y unas zapatillas de gimnasia blancas. A quien le había hecho observar que el Napoli no llevaba pantalones negros, le había respondido como le había sugerido su padre (estaba presente en la conversación que había tenido lugar en la charcutería), diciendo que, en realidad, el Napoli de Ramón Díaz sí que había llevado pantalones negros durante una temporada, al igual que el mítico Uruguay, campeón del mundo de los años treinta.

Vamos, que Sasà había acabado claramente entre los pobres, como yo, por otro lado, que llevaba unas medias rosas rellenas de algodón para imitar los antebrazos del viejo «comeespinacas»; el gorro blanco de papá de cuando, de joven, estuvo trabajando durante un tiempo de *pizzaiolo* en un local de Cilento; un pañuelo rojo al cuello; y colgando de la boca una pipa de juguete que me había comprado mamá en el quiosco de la plaza, una de esas que soplas por el tubo y una bolita de plástico empieza a rodar suspendida en el aire.

Estaba debajo de casa, esperando a que alguien que pasara admirase mi disfraz; y mientras tanto pensaba en Viola, a la que no me había vuelto a cruzar, y sobre todo en Sasà, que no me había vuelto a dirigir la palabra. No estaba acostumbrado a semejante comportamiento por su parte, era normal que discutiéramos y que al día siguiente él actuara como si no hubiera pasado nada. Con trece años le gustaba hacerse el chulito con la gente bien, pero en realidad no era más que un chavalillo que intentaba llevar lo mejor que podía una vida extraña y difícil, con una madre enferma y un padre que hablaba poco. La verdad es que crecíamos más rápido de lo que creíamos, y él, quizá, incluso más rápido que yo. De hecho, en medio de aquel fatigoso y arduo camino que va de la infancia a la adolescencia, había una cosa que mi amigo ya había entendido, y es que no hay que darles demasiado peso a las palabras, sino a los actos. Por eso, aunque alguien lo mandara a tomar viento, Sasà se echaba unas risas. Su escala de valores era un poco diferente a la mía, y me di cuenta de ello unos días después, cuando me pude acercar a él y comprendí que, en su extraño mundo, mi comportamiento había supuesto una grave ofensa, una herida que aún tenía que cicatrizar.

—Tú y yo somos como hermanos. Si quieres, puedes hablarme

mal, pero no se te ocurra mantenerme apartado de ti. ¡No lo vuelvas a hacer! —me dijo con tono grave después de pedirle perdón.

Aquella vez comprendí que Sasà se quedaría para siempre como mi asistente, que seguiría mis experimentos, mis pasiones y mis proyectos más absurdos, incluso no creyendo en ellos y fingiendo secundarme, solo porque donde iba yo, iba él.

—Ey, Mimì —interrumpió mi melancolía doña Concetta desde el otro lado de la calle, que también los domingos se quedaba vendiendo cigarros de contrabando—, ¿a qué viene esa carita tan triste?

—Nada preocupante, señora, meditaba sobre el valor de la amistad y la adolescencia —respondí serio mirando hacia ella.

En realidad, sin gafas solo distinguía la silueta de la anciana, pero no alcanzaba a las expresiones del rostro. De todas formas, me tendría que apañar, porque nunca se había visto un Popeye con gafas.

Ella se quedó mirándome un instante y se echó a reír.

—Niño, cuando hablas no te entiendo, ¡eres demasiado complicado para una vieja como yo!

Le sonreí apurado mientras la voz de los comentaristas llegaba hasta nosotros. Era el día del Napoli-Lazio, partido que pasó a la historia porque, para la ocasión, Maradona logró su primer triplete con la camiseta azul. Como ya he dicho, no me gustaba especialmente el deporte, consideraba que era una pérdida de tiempo; además, aquel día tenía otras cosas en las que pensar. Pero, no obstante, la euforia de mi familia no me dejó en absoluto indiferente. De hecho, al primer gol papá salió a la calle y dijo:

—Niño, Mimì, ¿qué haces ahí solo? ¡Ven, que hace frío y Maradona ha marcado!

Al segundo abrió la ventana y gritó:

—¡Mimì, Maradona ha marcado de cuchara desde mitad del campo!

—¿En serio? Me quedo corto si digo que es arduo marcar desde tan lejos —dije mientras entraba en casa con la cabeza gacha.

—Ya, así es —replicó él, y advertí que el abuelo asentía serio y se llevaba el índice a la nariz para pedirnos que nos callásemos.

Los domingos en casa de los Russo eran un acontecimiento que se repetía siempre igual, como un ritual. A mediodía estábamos sentados a la mesa, y a la una y media delante de la radio, una hora antes de que empezara el partido, porque el abuelo decía que había que prepararse mentalmente, como si también nosotros tuviéramos que bajar al campo. El abuelo Gennaro se acomodaba, como siempre, en su sillón beis de terciopelo, con el paquete de More, el cenicero en el reposabrazos y el cigarro apagado en la boca (no se le permitía fumar, ni siquiera en esos casos). Papá, en cambio, se apoyaba en la mesa con el *Corriere dello Sport* abierto por el partido del domingo, el boli listo para apuntar los resultados de los otros equipos, y la quiniela puesta con cuidadito bien a la vista. Yo, por mi parte, me tumbaba entre sus pocos intercambios de palabras y, en cierta forma, me sentía protegido.

Antes del pitido de inicio comenzaba la típica escenita: papá que quería escuchar *Tutto il calcio minuto per minuto* para tener más controlada la quiniela, y el abuelo que, al contrario, sostenía que Ciotti y Ameri eran gafes y, por tanto, solo se podía escuchar a los comentaristas del Napoli. Yo conseguía mantener la concentración durante pocos minutos, luego empezaba a pensar en todo menos en el fútbol. Porque la televisión tenía los colores que te mantenían pegado, el campo, las camisetas, las banderas; pero en la radio no había nada y había que imaginárselo. El abuelo, para eso, era un monstruo, y nada más terminar la jugada, te la explicaba como si hubiera estado ahí viéndola, algunas veces incluso insultando al jugador porque, en aquella posición en particular del campo, habría tenido que pasar la pelota en lugar de intentar tirar.

Yo, en cambio, prefería emplear mi energía en materias científicas, en vez de en cosas que no consideraba a mi alcance; y la imaginación que me había sido concedida la utilizaba solo para hipotetizar sobre mi vida de adulto: sería científico, o doctor, como decía mamá; o incluso astronauta, y dejaría mi huella en algún planeta desconocido, plantaría la bandera de Italia en aquella tierra árida e inhóspita, y volvería a casa con un montón de piedras para analizar, no antes de haber saludado a mi familia, obviamente, y a Sasà, que se sentiría orgulloso de mí. A saber si incluso Viola me vería por televisión y se acordaría de aquel cuatro ojos que hablaba de manera extraña y que se había convertido en un héroe.

Estaba pensando en esto cuando Maradona marcó su tercer gol desde saque de esquina, y esta vez el abuelo se cayó al suelo junto a la radio, los More y el cenicero, que se hizo mil pedazos.

Y mira que papá había hecho siempre todo lo posible para transmitir a su único hijo varón su pasión por el fútbol. Un año antes, cuando había empezado a circular por los barrios de la ciudad la noticia de que el mayor jugador del mundo acababa de fichar por el Napoli, nadie se atrevía a creer lo que oían sus oídos. Me contaron que la gente se miraba incrédula, sin comprender el alcance real de la noticia, y seguía repitiendo que había que esperar y no dejarse llevar por falsos triunfalismos. Entre ellos estaba el abuelo, que, decepcionado por sesenta años de amor no siempre correspondido, no podía creer en lo increíble.

En cualquier caso, yo ya estaba durmiendo cuando se confirmó la noticia, mientras que papá y el abuelo Gennaro estaban delante de la tele cambiando una y otra vez de canal, a la espera de que alguien se decidiera a hacerlo oficial. A las once y media de la noche había aparecido un mensaje en sobreimpresión en todas las emisoras locales: *¡Maradona es jugador del Napoli!* El abuelo se había echado a llorar, liberándose así de la enorme tensión acumulada durante un mes, desde que habían empezado las negociaciones con el Barcelona; papá, en cambio, había saltado de la silla, había sacado la botella de Asti, que guardaba para las ocasiones especiales, y se había acercado donde estaba yo con el vaso aún lleno.

—¡Mimì, despierta, que papá te va a enseñar algo bonito!

Mi madre, detrás de él, con las manos en la cadera y el entrecejo fruncido, se había entrometido:

—Rosà, ¿a ti te parece bien? Luego no le entra sueño…

—No pasa nada, el niño tiene que participar en la fiesta, ¡es un acontecimiento histórico! ¡Menuda emoción para él!

Dicho esto, me había cargado a su espalda para bajar a la calle y asistir a la celebración. Con nosotros había venido toda la familia, salvo la abuela Maria, que se había despedido desde la ventana meneando la cabeza en señal de desaprobación. En cambio, mamá, después del primer descontento, se había dejado llevar por el delirio popular; como Beatriz, que, aunque adormilada, siempre se sentía feliz de formar parte del jolgorio. Nos habíamos metido en el Simca familiar y habíamos llegado, no sin esfuerzo, a *piazza* del Plebiscito, que ya estaba invadida por centenares de hinchas. El abuelo iba sentado al lado de papá, tenía los ojos brillantes y de vez en cuando se giraba hacia mí y decía: «¿Has visto, Mimì, qué bonito? ¡Tú también podrás ver a Maradona en el estadio! ¡Es un milagro!».

Carruseles de ciclomotores por todas partes, coches llenos de gente que agitaba banderolas y bufandas, y que gritaban coros incomprensibles. *Via* Toledo era una riada de gente que saltaba, cantaba, se abrazaba. Al llegar a *piazza* Trieste e Trento, papá había sacado una bandera que hasta entonces había estado escondida a saber dónde, y el abuelo, con medio cuerpo fuera de la ventanilla, se había lanzado a cantar como un poseído, mientras daba la mano y sonreía a las personas que se bañaban en la fuente.

—¡Quizá vea una copa antes de morir! —había sentenciado al volver a casa.

Y estuvo muy cerca.

MORLA

Llegó marzo y mi vida no cambió ni pizca, salvo que me quitaron la escayola sin que nadie, aparte de la fantasmagórica Debora, me la hubiera firmado. Lo intenté también con Sasà, pero me respondió que eran cosas de chicas. Con mi amigo había vuelto a la relación de antes, nos veíamos por la tarde y hablábamos de todo, nos intercambiábamos los típicos cromos y nuevos sueños. Él siempre tenía un proyecto entre manos, y en aquel periodo le había dado por el *pressing catch*, que acabada de desembarcar de América y del cual yo no sabía nada. De vez en cuando me saltaba a la espalda, me agarraba por el cuello con el brazo haciendo como que me ahogaba, y me obligaba a sujetarme las gafas con una mano porque si no se me habrían caído al suelo, mientras con la voz imitaba la de un comentarista que, como loco, se emocionaba con cada movimiento.

—¡Ey, ey —gritaba entonces doña Concetta desde la esquina de la calle—, que os vais a hacer daño!

Pero nadie prestaba atención a sus quejas.

Como ya he dicho, a Sasà le gustaba eso de emplear las manos, y sus dibujos animados preferidos eran *Máscara de Tigre*, que a mí me parecían aburridos y poco coloridos. Cada mañana nos jugábamos llegar tarde a clase porque él, mientras desayunaba, tenía que ver el capítulo entero que ponían en el canal regional. Recuerdo también que fue uno de los primeros en hablarme de un tal Hulk Hogan, que solo después entendí que se trataba de uno de los personajes más destacados de *Rocky III*, película que tanto me había gustado, sobre todo porque en el papel de Michi, el entrenador, había encontrado, quizá sin tan siquiera darme cuenta, la misma dulzura oculta tras la expresión gruñona que distinguía al abuelo.

En resumen, las cosas marchaban como siempre, aunque de Giancarlo y Viola, ni sombra. A ella ya solo la veía de lejos en el instituto, por la tarde no bajaba nunca; mientras que él, en cambio, siempre estaba en la calle.

—¿Adónde vas? —le había preguntado una tarde.

—A Torre Annunziata —había dicho sin pararse—, trabajo allí.

Luego, un segundo antes de meterse en el Mehari, se había dado la vuelta y había añadido:

—No me he olvidado de la casete.

Por eso esperaba, y mientras tanto había vuelto a trastear con la radio intentando grabar alguna canción que pusieran de Vasco. Por otra parte, en casa había pocos vinilos, y de Vasco Rossi ni uno. Nuestra madre no era una gran entendedora de música; de hecho, las pasadas Navidades me había pedido que la acompañara a comprar el regalo de Bea, que había pedido expresamente una casete de Madonna. Mamá había tenido que apuntar el nombre en un papel, porque ni siquiera sabía quién era Madonna.

—Es el disco del momento —le había explicado el dependiente, mostrándole la fotografía de la cantante.

Ella había puesto cara extrañada y había comentado entre dientes:

—Pero, mírala, ¡si parece una puta!

Bea adoraba a Madonna y la imitaba, como todas sus compañeras, por otra parte. En cambio, Loredana Russo la cogió con Lady Ciccone, sosteniendo que llevaría a los chicos por mal camino. Pero luego, a fuerza de escuchar las canciones que ponía todo el tiempo su hija, empezó a canturrearlas sin darse cuenta, y en breve se hizo también fan, ella, que solo escuchaba canciones de Baglioni, sobre todo *Questo piccolo grande amore*, que una vez me había confesado que había sido su canción de los primeros años con papá.

A veces me quedaba un rato en el comedor delante de la foto en blanco y negro en la que salían los dos apoyados en un viejo coche con matrícula «Na», con el sol cortando a mitad la carretera, mientras se abrazaban y se miraban con ojos cargados de amor y esperanza. Mamá tenía la cara salpicada de pecas y sus bucles cobrizos le envolvían el rostro; estaba guapísima, con una camiseta que daba paso a una falda larga que se abría sobre dos bailarinas claras. Él, en cambio, llevaba unos vaqueros de pata de elefante y una camisa de cuello desmesurado, y tenía el aspecto del macho que se siente orgulloso de la belleza que tiene al lado.

Estudiaba con atención los detalles de la imagen y pensaba en el fotógrafo que había visto brotar de la nada aquel abrazo. Me preguntaba si también él, en aquella época, se habría dado cuenta de que en los rostros de ambos anidaba el futuro amor que los uniría; si habría notado que en un pliegue de la sonrisa de mamá parecía estar ya escrito su destino, mi presencia y la de Bea; si bajo los ojos de papá, entornados por el sol, habría entrevisto la conciencia de un hombre que sabe que aquella será la compañera de su vida.

Por último, me preguntaba si también a mis padres se les habría ocurrido pensar que el mágico momento de su encuentro no hubiera sido solo fruto de la casualidad; si también ellos, de vez en cuando, se habrían dejado llevar por la idea de que el universo hubiera empezado a girar justo en aquel preciso instante.

La monotonía de aquellos días había sido en parte interrumpida por la novedad de las visitas a casa de los Scognamiglio, un vecino excomandante de la Marina, jubilado, que había decidido poner en venta su apartamento para marcharse junto a su primogénita, que se había trasladado a Palermo. Por eso, en aquellos meses del 85, más o menos cada dos o tres semanas, el matrimonio Scognamiglio solía cerrar la casa y dejar las llaves a mi padre, para montarse en el primer barco que los conduciría a la gran isla a los pies de la Bota y así poder pasar unos días en compañía de sus nietos. En su ausencia, papá tenía la tarea de subir cada tarde cuando se ponía el sol para regar las plantas (la terraza que daba directamente a la plaza estaba llena de ellas) y comprobar que todo estuviera en orden.

En cuanto supe la noticia, me había presentado voluntario para acompañarlo en sus visitas. La verdad es que, en el séptimo, justo enfrente de la puerta de los Scognamiglio, vivía la familia Iacobelli. Vivía Viola. La primera vez tuve que esperar a que papá terminara de escuchar el pedante sermón del administrador Criscuolo (quien sostenía que las bolsas de basura no deberían dejarse tiradas en el descansillo fuera del horario establecido) antes de poder subir, con una excitación pintada en la cara que apenas podía camuflar, y sin aliento, como si hubiéramos subido a pie. En realidad, en aquellos meses nunca se dio la casualidad de que la puerta de la casa de Viola se abriera, pero yo continué impertérrito yendo con mi padre todo el invierno, y después, yo solo, todo el verano, porque aquella casa resultó ser un gran tesoro, el más preciado regalo que podía haberme hecho la vida.

El comandante era un ávido lector, y en el pasillo daba buena muestra de ello una librería atestada de novelas, sobre todo clásicos. La primera vez me había quedado boquiabierto, hasta que papá me había empujado diciendo:

—Ey, Hemingway, no te quedes ahí como un bacalao seco, ayúdame a regar la terraza.

Lo acompañé al gran balcón donde, entre tantas plantas, vivía una tortuga de tierra; y no pude por menos que esbozar una sonrisa mientras me acuclillaba junto al animal.

—Mimì, déjala en paz, que como le pase algo, ¡a ver quién aguanta a Scognamiglio! —había comentado papá.

—¿Cómo se llama?

—¿Quién? ¿Scognamiglio? Edoardo...

—No, no Scognamiglio, la *Testudo hermanni*...

Él me había mirado perplejo antes de responder:

—¡Ah! Madre mía, Mimì, a ti siempre hay que descifrarte. Pero ¿no puedes hablar en italiano? De todas formas, no lo sé, nunca se lo he preguntado, no es mi tipo... la tortuga, quiero decir.

Y se había echado a reír.

—La llamaré Morla —había exclamado yo entonces.

—¿Morla? ¿Y qué nombre es ese? —había replicado él de espaldas, concentrado en regar una bonita maceta de lavanda.

—La tortuga de una novela de Ende, *La historia interminable*, así se llama. ¿No te acuerdas? La vimos en el cine. La viejísima y gigantesca tortuga que vive en los Pantanos de la Tristeza. «El ser milenario», lo llaman en la película, porque ahí es macho...

—¿Una tortuga macho? —había sido la única información que le había interesado.

—Claro, ¿según tú las tortugas son solo de sexo femenino?

—¿No? —había preguntado él divertido, antes de atacar con un «*Catarì, Catarì, pecché me dici sti parole amare...*», la letra de *Core 'ngrato*, que a veces silbaba incluso dentro de su pequeño chiscón de madera.

La película estaba basada en una de mis novelas preferidas, y habíamos ido a verla porque a papá le había regalado las entradas precisamente Scognamiglio, que habría llevado a sus nietas si el barco que venía de Sicilia no hubiera sido bloqueado por el mal tiempo. Así que el sábado por la tarde nos habíamos subido al coche con destino al cine Ariston, en el barrio alto de San Martino. Antes de entrar en la sala, papá había comprado un trozo de *pizza* a su mujer y unos bombones helados a mí. Parecía orgulloso de llevar a su familia al cine, aunque se hubiera cabreado con Bea porque no había querido venir.

—Por una vez que hacemos algo juntos... —había dicho mamá.

Y Beatrice había respondido:

—Eso, justo, por una vez. No me habéis llevado nunca al cine cuando era pequeña, ¿y ahora queréis que vaya a ver una película para niños?

Y, efectivamente, la sala estaba hasta arriba de familias y chicos de mi edad, y todos hablaban antes de que empezara la película. Mamá estaba feliz, se había maquillado y llevaba el vestido rojo de las grandes ocasiones que a papá no le gustaba demasiado porque «se le veía todo».

—Oye, Rosà, ¡este tengo y este me pongo! —había precisado ella, y la discusión había terminado nada más iniciarse.

Papá no era un tipo alegre, no solía sonreír y casi nunca gastaba bromas, como a veces hacía Angelo. Pero en aquella terraza se transformaba, cogía la manguera e iba de acá para allá con una sonrisa en los labios y cara de libertad. Cuando terminaba de regar, se quedaba con el cigarro en la boca (fumaba poco, pero siempre en el balcón de los Scognamiglio), con las manos mojadas en las caderas y la mirada perdida en el horizonte durante unos segundos; después se asomaba y terminaba de fumar mirando la plaza que tenía debajo, que desde aquella altura parecía perder toda su arrogancia y se nos mostraba como suspendida, con los coches del tamaño de una uña de meñique y el tumulto que llegaba hasta nosotros como un eco lejano y quedo.

En aquellos momentos nunca dijo nada, y su cara nunca vio nacer la envidia; simplemente, procuraba utilizar el poco tiempo que tenía a su disposición para saborear aquella belleza que no le pertenecía, una bocanada de aire antes de volver a sumergirse en el mundo de abajo, el único que conocía, quizá el único que, en el fondo, sentía realmente suyo.

LA PRIMERA GRIETA

El agente inmobiliario me deja paso y me invita a entrar, después cierra la puerta tras de sí. El apartamento está oscuro y silencioso, y en el aire hay olor a rancio. Las casas deshabitadas las reconoces rápido, llevan consigo el olor del abandono. Sí, son el moho y el polvo los que llegan primero a las fosas nasales, pero inmediatamente después los más observadores percibirán también aquella tufarada antigua impregnada de vida vivida, de recuerdos.

Quizá nada sea verdad, quizá sea mi imaginación, quizá el moho sea solo moho y los recuerdos no tengan aroma. Pero, aun así, en la penumbra, casi me parece sentir el perfume a tierra mojada que se expandía por la casa después de que papá regara las plantas; y también advierto el olor a lluvia estival, aquella mezcla de alquitrán, asfalto y siroco que nos encontrábamos cuando, después de uno de tantos aguaceros, subíamos a comprobar que Morla y las plantas estuvieran bien. Igualmente, y esto es más fácil, noto el olor de los grandes muebles antiguos del cuarto de estar, que a mis ojos de niño parecían viejos y majestuosos árboles, y casi me parece volver a ver la inmensa librería del pasillo y el piano del dormitorio.

Quizá porque el apartamento estaba colmado de plantas de todo tipo, la sensación que se tenía, una vez cruzado el umbral, era la de entrar en la jungla, en una selva tropical, un lugar encantado hecho de olores, colores y juegos de luces, en el cual un pequeño rayo de sol conseguía golpear justo aquella gran hoja en el muro de mármol que separaba el dormitorio del pasillo. En resumen, era un lugar mágico, y no solo por las plantas. Por eso he vuelto, para ver si aún queda algo, porque siempre hay necesidad de magia: te permite no creer demasiado en el mundo que hay fuera, que necesita tan solo un segundo para desteñirte el alma.

El joven agente se apresura en correr hacia la ventana del cuarto de estar, la abre de par en par y sube la persiana. La reverberación ferrosa del cielo de febrero tiñe la habitación de gris y barre los olores que anidan en la oscuridad. Siempre ha sido la luz la que ha dado vida a la casa. Recuerdo que la orden que habían dado a papá era de no bajar nunca las persianas, porque las plantas necesitaban sol. Una vez intentó objetar que era peligroso, que alguien podía colarse por el tejado y que entonces solo tendría que romper los cristales para entrar en casa; pero el señor Scognamiglio había resoplado diciendo: «Anda ya, Rosà, ¡qué ideas se te ocurren! Además, tú estás siempre aquí, ¿no? Quién quieres que entre en el edificio…».

—Como puede ver, la casa es superluminosa, a pesar de que hoy no haga sol. Esta es la zona de día, un estupendo salón doble con las ventanas que dan al amplio balcón, que en realidad es más una terraza a nivel, si lo preferimos así. Pero la terraza la veremos al final.

Mi Virgilio parlotea, pero yo no lo escucho.

Un día vino con nosotros también Sasà, por desgracia. Le presenté a Morla y él empezó a girarla en las manos dándole pequeños golpecitos en el caparazón al tiempo que decía: «Eh, ¿hay alguien ahí?», y reía como imbécil.

Le quité de las manos de malos modos a mi pequeña amiga y le dirigí una mirada de resentimiento, intentando explicarle que en invierno las tortugas entran en letargo y se mueven y comen poquísimo. Entonces Sasà se echó a reír y pasó a visitar la casa, y en cada habitación le oía repetir: «Guau, qué casa; guau, qué suerte; guau, ¡qué envidia!».

Necesité dos días para recuperar la confianza de Morla, que se quedó con la cabeza metida en su caparazón todo el tiempo, aterrorizada por la sola idea de escuchar la voz de aquel monstruito de Sasà. Y es que, para ser sinceros, mi amigo humano era simpático y leal, pero no estaba dotado de sensibilidad hacia los animales. Lanzaba piedras a los perros y preparaba emboscadas a los gatos, sobre todo al pobre Bagheera, que en más de una ocasión había pegado algún brinco del susto, cual Sara Simeoni, la atleta a la que la familia Russo al completo había animado apasionadamente en las olimpiadas de Los Ángeles el año anterior.

—Por aquí, en cambio, está la cocina comedor —dice de pronto mi acompañante.

«Habré estado por lo menos treinta segundos mirando al vacío —pienso mientras lo sigo—, a saber qué idea se habrá hecho de mí».

—Aquí tenemos una ventana —y la abre mostrándome involuntariamente el mural de Giancarlo, veinte metros más abajo—, que da a la calleja interior; y aquí hay también una pequeña despensa empotrada.

Y abre hacia sí una puerta blanca de madera que chirría y hace que me sumerja de nuevo en mis recuerdos.

Era verano, quizá mediados de junio, y la ciudad empezaba a vaciarse los fines de semana. Los Scognamiglio ya estaban de vacaciones y papá subía cada noche a regar las plantas. Sin embargo, aquel día había ocurrido un infortunio: el señor Criscuolo, sí, justo él, se había quedado encerrado en el ascensor y había empezado a apretar como loco la campanilla de alarma. Por eso, a las dos de la tarde nos habíamos visto obligados a salir al vestíbulo para averiguar qué estaba pasando, y habíamos oído los gritos del viejo, que seguía repitiendo que la culpa la tenían los que usaban la cabina como montacargas.

Papá se había dejado los *rigatoni* con tomate en el plato y, todavía con gotas de salsa en el bigote, había bajado al cuarto de máquinas para intentar devolver a Criscuolo al suelo. Pero aquello no había resultado tan sencillo y al final, como el ascensor se había bloqueado entre dos pisos, el administrador había tenido que tumbarse para escapar por la pequeña ranura. El resto de la tarde papá se lo había pasado intentando tranquilizar al viejo, mientras esperábamos a los técnicos del ascensor para que lo arreglaran. Por eso, en determinado momento, él había cogido las llaves de casa de los Scognamiglio y había dicho: «Mimì, esta noche te toca a ti».

Habría podido subir solo, entre otras cosas porque sabía el riesgo que corría volviendo a llevar conmigo a Sasà; sin embargo, no tuve el valor de decirle que no, ni la capacidad, una vez más, para encontrar una excusa. El resultado había sido que, presa del entusiasmo de tener toda la casa a su disposición, se había vuelto loco de alegría. Yo acababa de lanzar una hoja de lechuga a Morla y me estaba dedicando a pasar la manguera por el cemento aún al rojo por el sol, cuando el mismo chirrido, que con años de distancia ha hecho el agente inmobiliario, llamó mi atención. Salí de la cocina y me encontré a Sasà con los mofletes redondos y las manos llenas de galletas.

—Pero ¿qué haces?

No me pudo contestar porque tenía la boca pastosa. Me miraba y sonreía, indiferente a mi bronca. En aquellos pocos minutos había metido mano por todas partes en la despensa. Al menos, eso es lo que yo creía. En realidad, días después me confesó otras tantas gamberradas:

—Hice pis en el jabón del baño, me limpié el culo con la funda de la almohada, metí un moco debajo de las mantas y escupí en el colutorio.

Me lo había quedado mirando espantado.

—¿Por qué? —había preguntado entonces yo con expresión decepcionada.

—Me estaba aburriendo —había respondido él, por fin, alzando los hombros y alejándose.

—Y ahora pasemos a la zona de noche —dice el agente, mirándome fijamente.

Le dedico una sonrisa perpleja y dice:

—¿Todo bien? ¿Le está gustando la casa?

«Siempre me ha gustado», debería responder. En cambio, voy tras él sin abrir el pico.

En mi opinión, Sasà no se estaba aburriendo: estaba gritando.

Gritaba contra su padre, que ya no reía y solo le dirigía la palabra para darle órdenes. Contra su madre, que se pasaba todo el tiempo en la cama a oscuras y cada vez adelgazaba un poco más. Contra la vida, que a algunos les regala cosas y a otros se las quita.

Lo suyo no era aburrimiento, ni siquiera envidia.

Era la primera grieta.

SUPERHÉROES Y SINDICALISTAS

Como empezaba a pensar que Giancarlo quizá me estuviera evitando adrede, con la excusa de que estaba hasta arriba de deberes, me refugié en la portería, desde donde podía tener controlado todo lo que pasaba en el edificio. Solía estudiar en el chiscón de papá, sin duda más tranquilo que nuestra casa, donde, al contrario, siempre estaba encendida la televisión y la abuela siempre estaba entre fogones, cortando, desmenuzando, enrollando, abriendo y cerrando puertas, encendiendo el fuego, y luego el grifo y el frigo; mientras yo me quedaba en la única mesa, buscando un poco de concentración.

Por desgracia, tampoco aquel truco surtió el efecto deseado y al tercer día, ya desilusionado, decidí volver a casa, entre otras cosas porque la abuela me estaba llamando con un hermoso cuenco de crema en las manos: por televisión estaba a punto de empezar *Derrick,* que a mi familia le gustaba mucho. En realidad, le gustaba sobre todo a ella, mientras que el abuelo y yo preferíamos *Colombo,* que en cambio la abuela criticaba porque, en su opinión, aquello de que en la primera escena ya se conociera la cara del asesino le quitaba intríngulis al asunto. Así que con frecuencia me encontraba yo solo viendo *Colombo,* ya que la abuela se levantaba contrariada a los cinco minutos y el abuelo puntualmente se quedaba dormido.

***

En cualquier caso, lo que está claro es que no había abandonado mi idea de la telepatía y de los superpoderes, lo único es que Sasà no había querido volver a saber nada de intentarlo de nuevo, y si probaba a hablarle de ello, se irritaba. «Mimì, ¿te enteras o no de que los superpoderes no existen?», repetía siempre, y luego soltaba un resoplido.

Pero, a pesar de ello, no desistí y, a la espera de volverme a encontrar con Giancarlo, decidí hacer la prueba con mi familia, la cual, quitando a papá, siempre me animaba a estudiar nuevos experimentos. La última vez había sido con la abuela, que me había dado vía libre para comprobar la combinación de gravedad y modo giratorio de un biscote en el que había procedido a untar mantequilla en uno de sus lados. Sabía que el biscote caería siempre al suelo por el lado de la mantequilla, pero tenía que probarlo para creerlo. Con la primera comprobación, la abuela aplaudió y dijo que era «¡un científico!»; con la segunda se rio y comentó que su nieto era «¡un genio!»; en cambio, con la tercera exclamó: «Mimì, lo hemos entendido, el experimento funciona, pero ¿quién friega ahora el suelo?».

Por suerte, la transmisión del pensamiento no le requería a nadie ningún sacrificio, salvo el de perder un poco de tiempo. El problema esta vez fue la elección de los candidatos que había que someter al experimento. Con papá era impensable hablar de ciencia y cultura en general, sus únicos intereses eran la política, el fútbol y los motores, entendiendo por estos los automóviles de los demás, obviamente, porque él casi nunca usaba el coche y el estudio donde trabajaba mamá estaba en *piazza* Medaglie d'Oro, a cinco minutos a pie. La abuela seguía mosqueada por lo de la mantequilla untada en las baldosas de la cocina, y el abuelo siempre tenía algo que hacer, incluso sin hacer nada.

No sé de cuántos trabajos había cambiado a lo largo de su vida. Una vez me había hablado de cuando trabajaba como obrero y se había enfrentado a la empresa con una dura huelga; otra vez me había confiado que, cuando era joven, su madre lo mandaba a aprender «el oficio» con un tapicero, pero que a él no le gustaba. Después, una noche que había bebido un poco más de la cuenta, me había hecho una seña para que me sentara a su lado y me había contado cuando vendía zapatos a las señoras y que, según él, una mujer con clase es la que sabe caminar y ponerse los zapatos con gracia. Me lo había confesado en voz baja, guiñándome un ojo, para evitar que lo oyera la abuela.

Vamos, que nunca he sabido cuál era el verdadero trabajo del abuelo, aunque con frecuencia, mientras veía el telediario, soltara su típica frase: «Yo tendría que haber sido sindicalista, habría puesto el mundo patas arriba y lo habría vuelto más justo».

Una noche, en la cama, había abierto el diccionario y había buscado la palabra *sindicalista*: «persona activa en el sindicalismo», venía escrito. Había buscado el término *sindicalismo*: «conjunto de doctrinas y movimientos que tienen como fundamento y como fin la organización de los trabajadores y la tutela de sus derechos e intereses económicos».

—Se me escapa algo —le había dicho entonces—. Siempre dices que, si hubieras sido sindicalista, habrías puesto patas arriba el mundo, pero ¿qué hace un sindicalista?

—Protege a los más débiles.

—¡Entonces es un superhéroe! —había gritado entusiasmado.

—No —había respondido el abuelo serio—, es solo un comunista.

Elegí a Bea para mi experimento de telepatía.

—Solo si el sábado por la noche me cubres —precisó rápidamente.

—¿En qué sentido?

—He dicho a papá que salgo con Mauro…

—¿Y quién es Mauro?

—Mi novio.

—¿El chico de la moto?

—Sí, pero también tiene coche. Es mayor… —añadió entonces con sonrisa triunfante.

—No comprendo mi papel en tal conversación…

—Papá ha insistido, lo quiere conocer y no consigo quitármelo de encima. Por eso, esta noche Mauro vendrá a saludar a nuestra familia y después bajaremos los tres. Les he dicho que te llevamos al cine.

—¿Al cine? —dije con ojos desorbitados.

—Cálmate, no es verdad, es una bola que le he contado a mamá y a papá.

Mi expresión de desilusión le hizo aclarar.

—Escucha, Mimì, no puedo pasar mi primera salida oficial como novios yendo al cine contigo. Lo entiendes, ¿verdad? —Me esforcé en asentir—. ¡Es que estoy hasta las narices de tener que discutir con ese facha!

—Papá no es fascista —precisé—, es democristiano.

—Eso, peor aún —rebatió—, ¡y no vayas siempre del listillo que todo lo sabe!

—Perdona.

Bea sonrió:

—Entonces, ¿me cubres?

—¿Cuál sería mi función?

—Fingir que vienes conmigo.

—¿Y en cambio?

—Y en cambio salimos con la moto de Mauro. Y tú, al doblar la esquina, haces lo que te dé la gana. ¡Noche libre!

—¿Y adónde voy?

—Jopé, Mimì, y yo qué sé, ¿no tienes un amigo? ¿No puedes quedar con Sasà?

—Sasà ya no sale, tiene que ocuparse de su madre.

—Bueno, pues tú verás, lo importante es que a medianoche en punto estés en la gasolinera de la plaza para volver juntos a casa. ¿Vale?

Me quedé pensando un segundo y respondí:

—¿Has oído hablar alguna vez del poder telepático?

El experimento fue un desastre. Nos encerramos en el dormitorio, uno enfrente del otro, y durante más de media hora intenté en vano transmitirle tres imágenes: la cara de Viola, el disfraz de Spiderman y el Mehari verde de Giancarlo. Ella me dijo que no veía nada y que se estaba aburriendo. Comprendí que había hecho elecciones demasiado complejas; tenía que practicar con cosas más simples, al alcance de cualquiera, tenía que pensar como el hombre medio. Y Bea era perfecta para ese papel. Intenté pensar en la frívola vida de mi hermana y me imaginé una fotonovela. Nada. Después pensé en la moto de Mauro y ella respondió que había visto una botella; así que dibujé en mi mente su diario, siempre lleno de notitas de colores, pero fue igualmente inútil.

Un día, un par de años antes, había acabado, casi sin querer, pasando delante y detrás las páginas de su diario, que había dejado abierto por la mitad en la mesa de la cocina, y me había topado con no sé cuántas fotos de Simon Le Bon enmarcadas con un montón de corazoncitos. Ni por un instante se me había ocurrido pensar que estuviera cometiendo una grave infracción. Pero cuando levanté la vista, ahí estaba Bea de pie, a mi lado, observándome con aire incrédulo y furibundo al mismo tiempo. Al final había lanzado un grito, me había agarrado por un mechón de pelo y había vuelto a coger su diario. Ni era ni soy bueno con las manos, pero después de la turbación inicial, había notado cómo me subía por la tripa una extraña rabia y me había abalanzado sobre ella. Fue nuestra madre la que nos separó con un grito y la que nos alejó, después se nos quedó mirando horrorizada, sin saber qué decir. Era la primera vez que nos peleábamos.

—Me ha robado el diario —había bramado Bea, intentando justificarse.

Pero mamá ni la había escuchado, nos había agarrado por el brazo y nos había obligado a sentarnos, para después comentar:

—La próxima vez que os vea hacer algo así, llamo a papá ¡y allá os las apañéis!

Habíamos agachado la cabeza al unísono y nos habíamos quedado en silencio. Entonces había añadido:

—Sois hermanos, os tenéis que querer, porque el día de mañana os necesitaréis el uno al otro. ¡Tenéis que darme la tranquilidad de que os querréis!

Ninguno de los dos había levantado la cabeza, aunque yo me había puesto a mirar por el rabillo del ojo la cara de Bea.

—Adelante, ¡daos un beso y haced las paces! —había continuado diciendo con los ojos brillantes y la voz pastosa.

Me había acercado a mi hermana, pero Bea no se había movido. Una vez más, había sido nuestra madre la que había intervenido:

—¡Tu hermano te quiere dar un beso! —había pronunciado con firmeza.

—Me ha robado el diario —había vuelto a precisar ella.

—No lo harás más, ¿verdad, Mimì? —Yo había asentido—. Adelante, ¡daos un beso y haced las paces!

Entonces Beatriz se había dejado besar, pero no me dirigió la palabra durante dos días, a pesar de mis sonrisas a distancia.

Una de las últimas enseñanzas que me inculcó el abuelo Gennaro fue sobre las mujeres: «Mimì, escucha, el día de mañana, cuando te cases, si tu mujer se pone a gritar, tú no digas nada, no contestes, cierra la puerta de casa tras de ti y salte a fumar un buen cigarro. ¡Una mujer enfadada es como la mar picada!».

El abuelo nunca fue sindicalista y no sé qué trabajo desempeñó realmente, pero había entendido bastante bien la vida.

MEHARI

Y entonces llegó el día.

Giancarlo me llamó al telefonillo después de comer y me pidió que bajara. Cuando salí del edificio, me estaba esperando en su mítico Batmóvil verde y me sonreía desde lejos, como siempre. En su capó se había posado Bagheera, al que parecía traérsela al fresco nuestros movimientos. Le devolví la sonrisa y corrí hacia él.

—¡Mimì, campeón! Venga, sube —me indicó con la mano.

Lo miré radiante y di la vuelta para sentarme a su lado. Desde dentro, el coche me pareció aún más inverosímil.

—¿Conoces a Bagheera? —le pregunté. Él arqueó las cejas—. El gato, Bagheera...

—Ah, ¿así se llama este pillín?

Asentí y respondí:

—Como la pantera de...

—¡*El libro de la selva*, uno de mis preferidos!

—Increíble —me sobresalté—, ¡es también una de mis novelas preferidas!

Él parecía divertirse.

—Pues sí, lo conozco, diría que demasiado bien, visto que ha elegido mi coche como cobijo nocturno. Me lo encuentro todas las mañanas roncando en el asiento de atrás...

—Deberías trazar un plan, podrías desenrollar el techo…

—Sí, ya, lo que pasa es que está llegando el verano…

—Me causa curiosidad saber el motivo por el que decidiste comprar un automóvil tan extraño… —pregunté mientras miraba a mi alrededor.

—¿No te gusta?

—Me resulta muy interesante el hecho de que seas el único en tenerlo.

—En realidad, alguien más hay, pero tienes razón, somos pocos. En cualquier caso, fui hasta Bologna a por él.

—¿A Bologna?

—Sí. Tardé diez horas en traerlo aquí.

—¿Diez horas? —repetí incrédulo.

—Sí —rebatió apoyando las manos en el volante—. ¿Sabes lo que significa Mehari?

Dije que no con la cabeza.

—Es una raza de dromedarios. Este coche es tan resistente como ellos.

—Entonces tendría que ser del color del desierto —comenté mientras él sacaba del bolsillo de su camisa una casete en la que estaban escritas a lápiz una veintena de títulos de canciones. Me la pasó y dijo:

—Aquí la tienes, como te había prometido.

Di vuelta en las manos a la casete y oí como mi boca pronunciaba la frase:

—Gracias, Giancarlo, ¡eres un auténtico amigo! Y yo que creía que te habías olvidado…

Él sonrió.

—Es lo que sostiene con frecuencia mi novia. Lo que pasa es que he estado ocupado, las cosas del periódico me tienen bastante absorbido, la gente dice que siempre estoy con la cabeza en las nubes…

—No —contesté decidido—, a mí no me lo parece. Sea como sea, me alegra que ahora seamos amigos de verdad…

—¿Ah, sí? —dijo él divertido—. ¿Ahora somos amigos de verdad?

—Sí, yo te he confesado el amor que siento por Viola. Esto solo se hace con los amigos, ¿no?

—Sí, claro, así es...

—Además, si no fuéramos amigos de verdad, no me habrías regalado la casete. Porque la casete me la regalas, ¿no?

—Claro.

—¿Claro que me la regalas o claro que somos amigos de verdad?

Giancarlo volvió a sonreír mientras Bagheera, al otro lado del parabrisas, empezaba a chuparse una pata.

—Las dos cosas.

—Entonces, visto que somos oficialmente amigos, me gustaría aprovechar para pedirte si me ayudas con aquel experimento...

—¿Qué experimento?

—El poder telepático.

—¿Otra vez con los superpoderes? —Y giró la llave en el bombín bajo la mirada indiferente de Bagheera—. Mimì, los superpoderes no existen, ya te lo he dicho. Existen personas que tienen más talento que otras en algo, personas mejores que otras, más justas, más rectas, más buenas. Pero ninguna tiene superpoderes, ¡esos solo se encuentran en los cómics o en las películas!

—El poder telepático no es un superpoder como los que se han inventado en los cómics, es algo distinto, es una percepción extrasensorial. Desde el siglo XIX se estudia la capacidad del hombre para transmitir el pensamiento. Solo usamos una pequeñísima parte de nuestro cerebro, muchos de sus potenciales siguen ocultos y ni siquiera los conocemos.

—Pero ¿qué sabrás tú de esas cosas?

Y se dio la vuelta de golpe.

—Estudio —respondí sibilino.

Él pareció pensárselo.

—Además, en el caso de que existiera —me provocó—, ¿de qué te serviría? ¿Cómo lo usarías?

Por un instante temí que precisamente él, que negaba la existencia de la telepatía, fuera capaz de leerme la mente y de ver la imagen que desde hacía poco yo veía: Viola desnuda en la cama, seducida gracias a mi poder.

—Podría arrebatar sus secretos a las personas malvadas, anticiparme a sus movimientos, ¡en ese momento sería un verdadero superhéroe!

—Ah, claro —respondió—, sobre esto no me cabe duda.

Después me miró y añadió:

—¿Has visto alguna vez la película *Empezar desde tres*, de Troisi?

Dije que no con la cabeza.

—Entonces tienes que verla. El protagonista, Gaetano, está convencido de que puede mover objetos con el poder de la mente.

—Eso es telequinesia —respondí de inmediato—, no tiene nada que ver. Además, no hay experimentos que demuestren su existencia.

—¿Por qué, hay experimentos que demuestren la telepatía?

—Existe el método Ganzfeld. Un sujeto es aislado, poniéndole en los párpados pelotas de pimpón y en las orejas cascos que producen un ruido de fondo constante. Según el experimento, en semejantes condiciones, el sujeto consigue recibir imágenes o información enviadas por otros.

—¿Te lo has aprendido de memoria?

—Claro, ¿por qué?

Giancarlo esbozó una expresión extrañada y respondió:

—En cualquier caso, no me parece complicado. Nada te impide probar.

—Sí, ya, lo que pasa es que me falta un requisito fundamental: un conejillo de indias.

—¿Y tendría que ser yo tu conejillo de indias?

—Más o menos esa es mi idea…

Y sonreí.

El silencio que siguió fue roto por el gruñido del Mehari. Un segundo después, Giancarlo respondió:

—Mimì, estas cosas debes hacerlas con chicos de tu edad, yo no tengo tiempo…

—Pero no conozco a nadie que sea un héroe —solté—, ¡nadie es capaz de percibir nada, porras! Yo creo que, con una persona tan especial como tú, el experimento tendría más probabilidad de éxito.

Él apoyó el brazo sobre el respaldo de mi asiento y se giró para dar rápidamente marcha atrás. Después dijo:

—No soy una persona especial, Mimì, no sé cómo decírtelo. Te has hecho una idea equivocada, soy un chico como tantos otros, un chico normal, alguien a quien le gusta la vida, salir a comer *pizza*, divertirme con los amigos, ir a la playa en verano. No tengo nada de especial, mi vida no tiene nada de especial. Lo siento…

Me quedé en silencio, sin saber qué decir. Entonces él pensó que era mejor proseguir:

—Pero tengo una idea…

Y asomó el morro del Mehari fuera del hueco donde estaba aparcado.

—¿Qué idea?

Y me giré para mirarlo, esperanzado. La idea de un héroe no podía no ser una óptima idea.

—Podrías contarle a Viola lo que me acabas de contar a mí, podrías pedirle que participe en el experimento, sería una forma de conocerla, de haceros amigos. Se lo podrías pedir después de darle la casete. Te aseguro que sabes ser bastante convincente.

Me quedé mirándolo un rato antes de llevarme la mano a la cara y responder:

—En efecto, me parece realmente una óptima idea. Podría cautivarla con mis teorías y con los experimentos. ¡Podría ser justo el amor por la ciencia lo que nos uniera!

—Sí, eso es, y matarías dos pájaros de un tiro, como se suele decir…

—No entiendo qué tienen que ver los pájaros…

—Nada, Mimì, nada.

Y volvió a sonreír. Estábamos parados en medio de la calzada, pero al ser la nuestra una calle sin salida, y tratándose de un sábado por la tarde, no había más coches.

—Pero antes de dirigirte a ella, escucha las canciones. Y si acaso, escríbele también una dedicatoria…

—¿Dónde?

—Aquí, dentro. —Volvió a coger la casete y la abrió—. Aquí, ¿ves? Aquí le escribes tu dedicatoria…

—¿Qué dedicatoria?

—Ahí no te puedo ayudar, tienes que ser tú.

—En mi repertorio musical solo existen tres canciones de Vasco, tengo gustos un poco más clásicos, vaya… —comenté entonces.

—¿Tres? Ya es algo… —respondió, cada vez más divertido.

—Disculpa la pregunta, quizá demasiado directa, pero ¿cuál de estas es tu preferida? —pregunté.

Él me miró directamente a la cara y dijo:

—Si vienes conmigo, te la pongo para que la escuches.

—¿Contigo? ¿Dónde? No sé si…

No me dio tiempo a responder y preguntó:

—¿Te gusta el voleibol?

—¿Qué?

—El voleibol.

—Nunca he tenido la oportunidad de profundizar en el tema. El profesor de educación física sostiene que no tengo el físico adecuado y que llevo gafas…

—No son motivos suficientes para que no te guste ese deporte —replicó molesto—. ¿Qué te apuestas a que lo consigo? —dijo inmediatamente después.

—¿Qué?

—Que te enamores del voleibol. O, al menos, de Vasco…

Luego metió primera y dio un suave golpe de claxon para que Bagheera se lanzara, por fin, del coche. Inmediatamente después, el Mehari se movió con un ligero gruñido que le hacía parecerse más a una cafetera al fuego que a un dromedario.

—No he avisado a mi madre, no puedo alejarme así, sin más… —murmuré mientras el viento me sacudía en la cara sus ganas de verano.

—Dos horas y te traigo de vuelta a casa —respondió Giancarlo, encendiendo la radio—. ¡Y ahora escucha esto en religioso silencio!

Todavía hoy, cuando pienso en aquella fantástica tarde en el Mehari, tengo la impresión de sentir las mismas sensaciones de entonces: el viento que me despeinaba el pelo y venía acompañado de una sensación de desconocida libertad, la mano soldada a la estructura del coche para hacer frente a los baches de la calle que desde arriba parecían abismos, un adulto que me trataba como adulto, la ciudad que se despertaba lentamente después de un largo invierno, y aquella espléndida canción en los oídos que me sigue desde entonces.

CANIS LUPUS FAMILIARIS

Antes de hablar del día en que por fin conseguí volver a encontrarme con mi sirena y darle la casete de Giancarlo, tengo que contar el extraño encuentro que tuve aquella misma noche, el sábado en el que había prometido a Beatrice seguirle el juego con nuestros padres, que le permitiría salir sola con el fantasmal Mauro, quien resultó ser un chico muy simpático. Era un tipo alegre y siempre con la broma lista, muy seguro de sí mismo, con una cazadora de cuero que le hacía parecerse a Fonzie, el héroe de Sasà. Y precisamente a Sasà me habría gustado presentárselo, porque estaba seguro de que se habría enamorado de él, de su potente moto, de su mirada segura y de su chicle en la boca. Pero entonces intervino Bea, que sostenía que se estaba haciendo tarde y que teníamos que marcharnos.

—¿No teníamos que llevarlo al cine? —preguntó Mauro, una vez en la calle.

—¡Pero qué cine ni qué cine! —soltó ella—, era una mentira para mis padres. ¡Tú ahora me llevas a bailar!

—¿A bailar? —dijo él.

—¿A bailar? —repetí yo.

—Sí, a bailar, ¡has oído bien!

Beatrice llevaba puesta una cazadora corta fucsia abierta, por la que asomaba su gran pecho. Se había pasado una hora en el baño cardándose el pelo con el secador, y ahora lo llevaba hacia arriba gracias a la laca y a una cinta del mismo color que la cazadora. Iba maquilladísima y mascaba chicle con la boca abierta. Nunca antes se había parecido tanto a Cindy Lauper.

—¿Y él? —preguntó entonces Mauro.

—Y él que vaya donde le dé la gana, ¿verdad, Mimì?

Y me guiñó un ojo.

—Sí, sí, vale, yo ya me voy —dije.

Fonzie me dio un cachete en la mejilla y me chocó los cinco, después se montó en la moto y empezó un largo coqueteo con su cara en el espejo retrovisor antes de partir. Cuando me quedé solo, me dirigí hacia el edificio de Sasà.

—No puedo bajar —dijo—, estoy ayudando a papá a planchar las camisas.

«¡Pero si tu padre lleva todos los días la misma camiseta!», me habría gustado decirle, pero desistí y me encaminé hacia la plaza, donde me detuve delante del videoclub de Nicola Esposito. La tienda volvía a estar surtida como antes del robo, y en el escaparate el ojo se me fue, como siempre, hacia el disfraz de Spiderman, que cogía polvo en una esquina. Me parecía todo tan injusto: habría dado lo que fuera por tener el disfraz y, en cambio, a nadie parecía gustarle. La verdad es que el señor Esposito, con su proverbial avaricia, lo había puesto en venta a un precio fuera de mercado.

—En el Bùvero lo encuentras tres veces más barato —había comentado papá después de comunicarle el precio.

El Bùvero era un barrio del centro donde cada día se montaba un mercadillo en el que se podía encontrar de todo. Así me lo había explicado el abuelo, que se había apresurado a matizar:

—Pero llegar hasta allí es un jaleo, demasiado tráfico y ningún aparcamiento.

Vamos, que mi sueño estaba destinado a permanecer tal cual, así que aparté la mirada hacia unas películas que acababan de salir, expuestas en primera fila. De *Érase una vez en América* había leído una entusiasta crítica, así que me metí la mano en el bolsillo y saqué tres mil liras. Quizá me diera para alquilar la película por un día. Después mi mirada se posó en el último VHS de la fila, en cuya carátula resaltaba Lino Banfi con la mano hacia delante y un montón de balones en la cabeza. Sin duda no era mi género, pero a Sasà le gustaría, a él le encantaban las comedias y el fútbol.

—Ey, Mimì —dijo el señor Esposito en cuanto entré—, ya no se te ve como antes...

—Estoy ocupado estudiando —respondí tímidamente.

Desde la famosa noche del robo intentaba no toparme con el señor Esposito, por miedo a que supiera algo y estuviera simplemente esperando a que yo diera un paso en falso. Así que me quedé todo el rato con la vista agachada para no cruzarme con sus ojos, mientras pedía *L'allenatore nel pallone*. Él desapareció por la parte de atrás y solo entonces aproveché para mirar a mi alrededor: a pesar de ser sábado, solamente había una pareja que estaba echando un vistazo a unos títulos de terror, y, en la otra punta de la tienda, un chico un poco más mayor que leía de pie un cómic.

—Aquí está, una película estupenda, para morirse de risa —comentó Nicola. Saqué el dinero y él cambió de expresión—: El alquiler son cinco mil...

—No poseo cinco mil liras —dije de sopetón—, pero mañana por la mañana le traigo la película.

—Mañana es domingo.

—Entonces el lunes, antes de ir al instituto.

Él hizo una mueca, soltó un suspiro y me arrebató los billetes. Solo cuando salí de la tienda volví a respirar. La plaza empezaba a vaciarse y el ruido de los cierres metálicos de las tiendas inundaba el espacio. Los letreros de neón de un par de bares salpicaban la acera, mientras los adoquines húmedos en el centro de la calle estaban teñidos por la luz amarillenta de las farolas encendidas desde hacía varias horas. En breve me quedaría solo. Habría hecho bien en comprar un cómic en lugar de gastarme el único dinero que tenía en un regalo para Sasà, que probablemente ni siquiera bajaría a hacerme compañía. Fui de nuevo a llamarlo por el telefonillo, y en aquella ocasión respondió Angelo, quien llamó a voces a su hijo sin tan siquiera saludarme. Me quedé sin saber qué hacer, atemorizado, así que instintivamente alcé la vista al cielo y me di cuenta de que el señor D'Alessandro me miraba desde el primero. Sasà levantó el auricular:

—Mimì, ¿qué pasa? No me puedes llamar por el telefonillo cada dos por tres… mamá está durmiendo…

—Perdona.

—¿Qué pasa?

—Tengo un regalo para ti.

—¿Un regalo?

—Sí, una película.

—¿Una película? ¿Qué película?

—Baja un segundo.

—No puedo, Mimì.

Resoplé. Empezaba a sentirme solo.

—Entonces abre el portal, la meto en el ascensor.

—No, es tarde, papá está cabreado como una mona. Mañana me la das. Adiós.

Y colgó.

Me alejé consternado, había tirado el único dinero que tenía para alquilar una película que no me gustaba y que nunca vería. Volví a la *piazza* Leonardo y tomé *via* Suarez, con la intención de vagar un poco a la espera de que llegara la hora de mi cita con Bea delante de la gasolinera. Sin embargo, por la calle me topé con un gran perro parecido a un pastor de Maremma, parado en la acera. A diferencia del famoso ejemplar de raza, era negro y tenía el pelo más corto, pero, a pesar de ello, era de una belleza extraordinaria y permanecía sentado observando a los viandantes con la lengua fuera. Me acerqué lentamente para intentar acariciarlo y una voz detrás de mí me hizo sobresaltar.

—Ey, amigo, ¿te gusta Beethoven?

Me giré asustado y me encontré enfrente a un hombre desdentado, con el pelo cano desgreñado y una larga y blanca barba algodonosa, sentado en un cartón con las piernas cruzadas y los ojos cerrados. A primera vista parecía un viejo, pero, mirándolo con mayor atención, debía de tener la edad de mi padre. Él tuvo que intuir mi confusión y se apresuró a añadir:

—El perro se llama Beethoven porque me encanta su música. ¿Conoces a Beethoven?, ¿sabes quién era?

—¿Beethoven? Sí, claro —respondí con cierto orgullo—, pero nunca he tenido la oportunidad de escucharlo, mi padre no es un amante de la música clásica.

El viejo contestó, todavía con los párpados bajados:

—Amigo, si me lo permites, tu padre no entiende *nichts*. ¿Nadie te ha hecho escuchar a Ludovico Van? ¡Pero qué mundo es este! Ven aquí.

Y me hizo un gesto para que me acercara.

Un segundo después estaba sentado en la acera, en compañía de un hombre sucio que apestaba a vino, escuchando música de Beethoven en una vieja radio destartalada, mientras acariciaba la cabeza de otro Beethoven, peludo. Durante el tiempo que duró la sinfonía, el hombre continuó sonriendo y meneando la cabeza como si estuviera bailando al compás de su melodía, mientras con su mano arrugada y temblorosa mantenía la ruedecilla del volumen, quizá por miedo a que algo no funcionara y la pieza se interrumpiese. De vez en cuando alguien se paraba y lanzaba una moneda en el sombrero que había a nuestros pies, pero apenas me daba cuenta, porque el tipo era tan extraño y diferente a las personas con las que yo solía ir que el resto pasó a un segundo plano.

—¿Por qué no abre los ojos? —pregunté cuando se detuvo la música.

—Lo haría con muchísimo gusto —respondió él—, pero no puedo.

Nunca había conocido a un ciego y mi curiosidad se apoderó de mí. Me quedé mirándolo de reojo durante un rato, hasta que él dijo:

—Amigo, te puedes tirar dos horas mirándome, que lo único que verás será un *mann*, un hombre cansado.

—Disculpe… —balbucí.

—Me llamo Matthias —dijo, y alargó el brazo. Titubeé más de lo adecuado y él se dio cuenta—. Chico, deberías aprender a fiarte de la humanidad, ¿sabes? Apartar la mano no te traerá *nichts* bueno en la vida. Si algún día eres feliz, y te lo deseo de todo corazón, será solo gracias al apretón de otra mano.

—Tengo que irme —respondí, alzándome de golpe.

Aquel hombre me fascinaba y me infundía temor al mismo tiempo. A los pocos pasos me lo pensé mejor, volví corriendo y dije:

—Mimì.

Y entonces le tendí la mano sin dudarlo. Él sonrió y me intercambió el saludo.

Mi amistad con Matthias y Beethoven fue un tornado que llegó de improviso a mi tan poco emocionante vida. Cada día, al volver del colegio, me paraba a charlar con ellos, y Beethoven parecía muy feliz cuando le rascaba debajo de las orejas. Sasà, en cambio, dijo que el perro no le gustaba, que, según él, estaba lleno de garrapatas, y que el viejo apestaba y era alcohólico.

—Pasa de ellos, Mimì —me exhortó—, eres demasiado bueno, ¡eso es lo que ocurre! Deberías estar del lado de los vencedores, no de los perdedores.

—Solo charlamos —respondí ofendido.

—En cualquier caso, *cuidadín* —rebatió él.

Matthias siempre reía, siempre tenía una palabra amable para todo el mundo y un gesto de cariño para su perro. Y no es que le fueran precisamente bien las cosas. Me contó que venía de Alemania del Este y que no tenía hijos ni parientes.

—La única *frau* a la que he amado está confinada tras el *mauer*, un muro sobre el que no puedo trepar —me confió una tarde.

En efecto, había conseguido escapar de Berlín Este en el lejano 1962, gracias a un túnel.

—Pero ella, en el último momento, no quiso venir conmigo, no tenía valor para abandonar a su *mutter*, su madre, y me dio la espalda. Desde aquella noche de verano del 62 no volví a tener noticias suyas. Se habrá casado, me imagino que habrá rehecho su vida, tendrá *dei kinder*. O quizá ahora esté *tot*, muerta. No sé —dijo mientras acariciaba al perro.

Debería haber sido un hombre triste, había llevado una vida desgraciada; en cambio, a su modo, parecía feliz, sereno, y era justo esto lo que yo no me podía explicar. No entendía cómo podía apañárselas sin madre, padre, abuelos, mujer, hijos, sin casa, aunque fuera minúscula como la mía. A veces dormía en un almacén cerca de la estación, junto a unos polacos; otras, en cambio, tenía que pasar la noche en un banco, calentado solo por el cuerpo de su fiel amigo. Me dijo que no necesitaba una casa y que le bastaba con Beethoven. En lo que a mí respecta, hacía todo lo que estaba a mi alcance y siempre le dejaba algún céntimo, un poco de pan o comida para Beethoven; hasta que un día mi madre se me acercó y exclamó:

—Mimì, tenemos que hablar. —La miré en silencio—. Pero ¿qué estás haciendo? Sasà me ha dicho que andas con un mendigo y con su perro.

—Mamá, no es un mendigo. En cualquier caso, son mis amigos, no comprendo dónde está el problema —respondí con aire desafiante.

Ella pareció pensárselo un segundo y añadió:

—Mimì, yo me fío de ti, sé que eres un chico con la cabeza en su sitio; pero a veces el mundo de ahí fuera es un asco, ¿sabes? ¿Qué hacéis juntos?

Me encogí de hombros y respondí:

—Él me cuenta sus experiencias en la vida mientras yo paso el rato con Beethoven.

—¿Beethoven?

—Un ejemplar de *Canis lupus familiaris*.

Mamá sonrió y me acarició la mejilla antes de añadir:

—¡Mira tú el hijo que me ha ido a tocar, uno que habla en latín y le gusta estar con mendigos!

—Me veo obligado a repetirte que no se apostrofa a un hombre con semejante término vulgar y despectivo. Como mucho, se le llama indigente —respondí molesto.

Pero ella no pareció impresionada por mi explicación.

—Sí, sí, como tú digas —rebatió—, pero para mamá sigue siendo un mendigo.

EL REY, EL JUGLAR Y LA PRINCESA

Me la encontré a la tarde siguiente, el día de Pascua. Y fue gracias a Sasà.

Estaba con él en la calle, justo después de la comida del domingo, cuando en el aire de Nápoles flota el olor a frito y de las ventanas abiertas llega el ruido de los cubiertos en los platos. Un par de días antes había visto una esquela en *viale* Michelangelo que me había dejado de piedra: el muerto se llamaba Patrizio el Dobberman, con dos bes. Incluso Sasà se había quedado fascinado con aquel apodo tan agresivo y había decidido echarme una mano para despegar el papel de la pared. Por desgracia, no habíamos conseguido nuestro propósito, porque el cartel se había rasgado por la mitad. Así que volvíamos derrotados y en silencio a casa, mientras al fondo las voces de los comentaristas del Gran Premio de Brasil se escapaban de las viviendas y acompañaban nuestros pasos.

—De mayor seré futbolista, o piloto. Y si no lo consigo, ¡trabajaré en una gasolinera!

—¿En una gasolinera? —respondí sorprendido.

—Sí, esos siempre están forrados. ¿No ves cómo se meten fajos enrollados de diez mil liras? Con el petróleo se hace dinero, hazme caso. ¿Sabes lo que haría yo con todos esos billetes?

—¿Qué harías?

Él pareció pensárselo un momento y respondió:

—Era un decir. ¡Cuántas preguntas haces, Mimì, madre mía! Con dinero se puede hacer de todo.

No tenía ninguna noción de economía y me la traía al fresco «hacer dinero», como decía Sasà, así que rebatí:

—¿Y la charcutería?

Esta vez se detuvo y me miró con cara de malas pulgas.

—¿La charcutería qué?

—Eres hijo único, algún día será tuya.

—¡Pues ese día la quemaré! —rebatió y salió corriendo.

—Yo, en cambio, sueño con llegar a ser astronauta —dije tras él. Acabábamos de salir a *piazza* Leonardo—. Vagar por el espacio en busca de otras vidas, explorar mundos desconocidos.

—Mimì, yo es que no te entiendo con esa historia del espacio. Que ya eres mayorcito, ¿todavía perdiendo el tiempo con esas gilipolleces? Deberías pensar en algo más concreto, si no corres el riesgo de convertirte en alguien que no sabe hacer nada; como mi tío Michele, que papá dice que es un *tontolaba* que lleva toda la vida queriendo ser músico, toca en bodas por cien mil liras y no le da ni para comprarse un coche y mantener a su familia.

—No siento ningún interés por el dinero, Sasà, ni tampoco por los coches.

Él se quedó mirándome serio.

—Sin dinero, nunca podrás tener una mujer.

Estaba a punto de rebatir que, si era así, entonces no quería una mujer, pero mientras tanto habíamos llegado a casa y de mi edificio había salido Fabio Iacobelli. Sasà fue corriendo hacia él para chocarle los cinco, luego le apoyó una mano en el hombro y lo condujo hacia mí.

—Mimì, ahora Fabio es nuestro amigo —dijo—, forma parte del equipo.

No debí de poner una cara muy convincente, porque él apenas me saludó. Es que el chico no era muy simpático, siempre iba por ahí con unos aires jactanciosos y arrogantes que me ponían de los nervios. Además, para ser sinceros, también me sentía un poco celoso al ver que Sasà babeaba por él.

Fabio llevaba el pelo de punta apelmazado con una gomina que apestaba a un metro de distancia, tenía la nariz de patata y los ojos pequeños, y aun así se creía guapísimo. También aquel domingo, para bajar un poco a la calle, se había vestido de punta en blanco: sudadera Americanino, vaqueros Turquoise con los famosos calcetines Burlington, cazadora sin mangas de Moncler y, en los pies, unas Timberland. Estoy seguro de que el valor de lo que llevaba puesto superaba con mucho el último sueldo de papá y de Angelo juntos. Sasà, en cambio, llevaba un chándal sucio una talla más grande (seguro que comprado en el mercadillo de Antignano), y al lado de Fabio desentonaba como una mancha de vino sobre un mantel blanco. Pero a Sasà todo eso le daba igual, su objetivo era hacerse amigo de aquel chico, que representaba todo aquello a lo que él siempre había aspirado, todo lo que no era y, quizá, nunca sería.

Fabio se puso a jugar con nosotros, aunque se veía a la legua que nunca había dado una patada al balón. Y, de hecho, casi inmediatamente intentó desviar la conversación hacia lo que más le gustaba.

—¿Habéis visto el Gran Premio? —preguntó mientras jugábamos con la pelota.

Dije que no con la cabeza y Sasà respondió:

—No, ¿quién ha ganado?

—El gran capullo de Prost. Alboreto ha llegado segundo.

—A mí me gusta Prost, me parece simpático, como todos los franceses, por otra parte. Me gusta cómo se expresan, el sonido musical de sus discursos —comenté.

—Pero ¿qué dices? —dijo inmediatamente él, y se quedó mirándome dubitativo.

—Mimì está obsesionado con la lengua, los libros, la cultura. Es un poco raro, pero es una especie de genio. Lo dicen hasta los profesores. ¿Verdad, Mimì?

Fabio no me dejó tiempo para responder, porque volvió a la conversación anterior. Evidentemente, se la traían al fresco mis estudios.

—Yo odio a los franceses. Odio a todos los que no sean italianos. Nosotros somos los mejores.

Y endureció la mirada.

—Ya, y los napolitanos incluso mejores que los italianos —replicó Sasà riendo.

Los dejé hablar un rato sin entrometerme, entre otras cosas porque la discusión no tardó en desviarse hacia las motos. Me habría marchado de allí al poco, porque el aburrimiento estaba ganando terreno a los celos que me habían hecho permanecer hasta aquel momento; pero habría cometido el mayor error de mi vida. De hecho, la naturaleza había decidido venir en mi ayuda: a lo lejos, un borboteo nos anunció que en nada llegaría la lluvia, el cielo se había oscurecido y un viento frío que te cortaba la cara empezaba a soplar con vehemencia. Fabio alzó un instante la mirada y salió con una frase que me hizo sobresaltar:

—¿Qué os parece si subimos a mi casa y jugamos un poco a videojuegos?

Era lo que Sasà esperaba desde hacía tiempo, el motivo por el que en el último periodo había puesto aún más empeño en aquel despiadado cortejo. Por eso esbozó una gran sonrisa y corrió a abrazar a su nuevo amigo antes de dirigirse hacia mí.

—¿Tú qué haces? —preguntó, y en su pregunta me pareció percibir cierta resistencia, como si esperara que yo renunciara y les dejara campo libre.

En cambio, fui rápido y respondí inmediatamente que sí, que yo también iría. Arriba estaba Viola. ¿Cuándo me volvería a surgir semejante ocasión?

Antes de subir con ellos al último piso, dije que tenía que ir a por las llaves de casa, así que me dio tiempo de coger la casete de

Vasco. La casa de los Iacobelli era tan grande como la de los Scognamiglio, pero tenía peores vistas y era mucho menos acogedora, sin plantas y con una decoración moderna cuyos colores predominantes eran el blanco, el beis y el gris.

En el salón vino hacia nosotros su caniche, que, a pesar de llevar un lazo rosa como una gran dama, se puso a ladrar como una endemoniada hasta que Fabio la cogió en brazos.

—Guau —exclamó Sasà en cuanto estuvimos dentro, robándole una sonrisa presuntuosa a su nuevo amigo, que se lanzó sobre el gran sofá esquinero de cuero blanco.

Yo, en cambio, me quedé en la puerta, intimidado, pero también atento a cada detalle. Esperaba que de un momento a otro apareciera Viola, aunque en realidad no parecía haber rastro ni de ella ni del resto de la familia.

—Mis padres siguen en casa de mis abuelos —explicó el amo de la casa mientras preparaba las consolas.

Sasà estaba como loco y no conseguía parar quieto ni un minuto: se puso en cuclillas en la gran alfombra de pelo sintético que ocupaba todo el salón y empezó a frotarse nerviosamente las manos en el pantalón del chándal mientras repetía «Hala, cómo mola, cómo mola» a cada cosa que le mostraba Fabio. No sé si se sentía incómodo en aquella casa o con el chándal que llevaba, la cuestión es que aquella tarde se puso a hablar en dialecto más que de costumbre y, cuando entendió que estábamos solos, empezó a soltar una ristra de palabrotas todas seguidas y sin razón aparente, quizá solo para divertir a Fabio, que se reía con gusto. Parecían el rey y su juglar de corte.

En lo que a mí respecta, me sentía tan decepcionado por el hecho de que Viola no estuviera que me senté en el sofá sin participar en los juegos y me quedé dormido en la segunda pantalla del *Donkey Kong*. Me desperté media hora más tarde, mientras los otros dos jugaban a *BurgerTime*. Me levanté de sopetón y dije:

—Me voy.

Pero ni Fabio ni mucho menos Sasà me respondieron. Se contorsionaban delante de la tele como si estuvieran poseídos por el diablo, dando vida a monstruosas expresiones de la cara, con la lengua fuera como los reptiles y los ojos hundidos en los pómulos.

Fui hacia la puerta, pero justo en ese momento volvió lo que faltaba de la familia Iacobelli: padre, madre e hija. La caniche empezó a ladrar de nuevo, y en aquella ocasión fue Viola la que se tuvo que ocupar de hacerle los debidos mimos para calmarla.

—¿Todavía delante de ese cacharro? —soltó la señora.

Fabio apretó la pausa y se giró.

—Ellos son mis dos nuevos amigos —dijo entonces.

—Encantado —respondió Sasà, y saltó en pie tendiendo la mano con una gran sonrisa.

A pesar de sus buenos propósitos, su intento no tuvo éxito. De hecho, la señora lo saludó con tono frío y expresión glacial en la cara, y retiró inmediatamente la mano, como si le hubiera dado calambre. En efecto, no es que Sasà prestara demasiada atención a su higiene; siempre iba con las uñas largas, bajo las cuales se depositaba un estrato negro que él, riendo, llamaba *lutillo*.

Entonces la madre de Fabio se dirigió a mí:

—Tú eres el hijo de Rosario, ¿verdad?

—Encantado… —dije, agachando la cabeza mientras sentía una gélida gota de sudor descender por mi brazo.

El piloto, en cambio, no nos saludó y desapareció por el largo pasillo, idéntico al de los Scognamiglio si no fuera porque allí había una larguísima librería de haya que ocupaba el camino y aquí una simple vitrina plantada en medio, con un juego de té de plata en su interior.

Miré a Viola, que se había quedado en la puerta, y susurré un tímido «hola». Ella me hizo un gesto con la mano antes de escapar hacia su habitación. La señora Iacobelli nos preguntó si nos apetecía algo, pero ni siquiera Sasà tuvo el valor de pedir nada, así que la mujer se disculpó y desapareció también.

Me volví a quedar con los dos poseídos, absortos en hacer caer algunos ingredientes dentro de un bocadillo intentando que no les comieran unas salchichotas que andaban en vertical, y me di cuenta de que aquella sería mi única posibilidad de darle mi regalo a Viola. Me limpié las gafas empañadas con la camiseta, me sequé la frente con el brazo y me lancé furtivamente al pasillo. Pasada la vitrina, la primera habitación que me encontré fue la de Fabio: estaba hasta arriba de juguetes y en una esquina, bajo una ventana, estaba el fuerte de los Playmobil que tantas veces me había parado a admirar en el escaparate de Corsale —una conocida tienda de juguetes de la zona—, con la estacada de madera, el letrero *Fort Eagle*, el cactus, la bandera americana, los caballos y varios nordistas en torno a un cañón. El centro de la habitación, en cambio, estaba ocupado por el Go Dawn, el dominó de colores que me volvía loco. Las piezas estaban desperdigadas por el suelo como si hubieran explotado, y por un instante tuve la tentación de poner en orden la composición.

La habitación siguiente era la de los padres de Viola. El señor Iacobelli estaba tumbado en la cama leyendo el periódico y meneando los pies sin, creo, escuchar lo que su mujer le decía desde el baño (que estaba fuera de mi campo visual, pero que debía de encontrarse a la derecha, porque justo de ahí era de donde provenía el haz de luz amarilla). Si el piloto se hubiera fijado en mi cabecita, seguro que se habría puesto hecho una furia y, quizá, las cosas habrían tomado otro rumbo. Por suerte, fui rápido y seguí adelante, intentando sopesar cada paso.

Pero no había pensado en la caniche. Me la encontré de frente, mirándome con aire de malas pulgas. Me llevé el índice a la nariz y le hice un gesto para que se estuviera callada, pero la perra, por toda respuesta, empezó a gruñir. Estaba jodido. Di otro paso adelante y ella gruñó aún más.

—¡Shelly, cállate! —gritó el padre de Viola desde la cama, pero la perra me miraba cada vez con más odio, casi a punto de atacarme.

Avancé un poco más e intenté ofrecerle la mano en señal de paz, pero la perra no se contentó con mi rendición y de un salto se me enganchó a la manga del jersey.

—Qué cojo… —oí decir al piloto mientras intentaba defenderme del despiadado ataque.

Unos segundos más y me habría encontrado al señor Iacobelli a mis espaldas. Sacudí el brazo con fuerza y Shelly salió como un misil en dirección a la pared. Antes de que la pobre perra lanzase un terrible aullido, yo ya estaba delante de la habitación de Viola, en cuya puerta danzaban cinco letras que formaban su mágico nombre. No me lo pensé dos veces y acerqué los nudillos a la madera. Sentía el corazón en la garganta y tenía las manos empapadas de sudor; pero aun así tuve la lucidez de ajustarme las gafas, que, como siempre, me colgaban torcidas a un lado de la cara, y contuve la respiración.

Ella abrió la puerta y, al verme, dio un paso atrás, como asustada. Luego preguntó:

—¿Qué pasa?

—Te quería regalar una cosita… —conseguí responder—, ¿puedo?

Viola me hizo entrar y se lanzó en la cama sin dignarse a mirarme. Sobre la pared del cabecero había una foto de Vasco que cantaba inclinado hacia el público, con el pelo empapado que le caía sobre los hombros y ojos de endemoniado. Y entonces, de improviso, se me escapó una sonrisa, porque pensé que tenía la llave justa para llegar a su corazón, y me pareció como si el miedo ya no me diese miedo. Y volví a pensar en las palabras de Giancarlo después de haberle pedido consejo sobre cómo revelar a Viola mi amor: «Hay momentos en los que tenemos el deber de decir lo que se nos pasa por la cabeza —había respondido—. No tenemos que hacerlo por los demás, sino por nosotros mismos. Si no eres capaz de hablar, escribe. Escribir es más sencillo, nos permite decir cosas que con la voz, quizá, no seríamos capaces de decir».

Ella, mientras tanto, había empezado a mirarme sin abrir la boca, con las manos cruzadas sobre el pecho y los hombros caídos. Con tal de no mirarla a la cara y captar emociones que no quería captar, dirigí los ojos hacia un pez rojo que nadaba en una pecera de cristal sobre la cómoda de debajo de la ventana.

—¡Bonito ejemplar de *Carassius auratus*! —exclamé de un tirón.

Mi musa me miró sin comprender.

—El pez rojo —me vi obligado a precisar con una sonrisa. Creía impresionar con mis conocimientos, pero lo único que había conseguido mi estúpida improvisación era ponerla aún más a la defensiva.

—Se llama Red —precisó entre dientes Viola.

Llevaba unas Dr. Martens negras, unos vaqueros del mismo color rasgados por las rodillas y una sudadera oscura con capucha.

—No querría decir una estupidez, pero tu forma de vestir recuerda el punk —comenté instintivamente.

Ella abrió los ojos como platos y finalmente me sonrió, aunque solo fuera un instante. Y entonces lo vi, vi el aparato que le ocupaba toda la boca y comprendí por qué evitaba hablar y mirarme, y por qué, quizá, no me la había vuelto a encontrar en la calle, ni a ella ni al Nick Kamen aquel al que tanto había odiado.

Después se volvió a poner seria y dijo:

—Puede ser. ¿Por qué, qué tienes contra el punk?

—Nada, siento fascinación y atracción hacia el punk, un mundo para mí extraño. Y el negro te favorece, contrasta con tu piel lechosa y fluorescente —repliqué mientras cerraba la puerta.

En realidad, no sabía si me gustaban los punks, papá los odiaba y cada vez que veía uno repetía siempre la misma frase: «¡Este mundo se ha vuelto loco!».

En cualquier caso, dije mi primera mentira romántica sin ni siquiera darme cuenta, concentrado como estaba en conquistar el corazón de mi amada, esperando gustarle y despertarle curiosidad. Me resultaba difícil reconocerlo, pero quizá tuviera razón mi hermana Bea: a veces las mentiras son útiles, sirven para sostener la esperanza, como un soplido alimenta la carbonilla.

—¿Tengo la piel lechosa?

Y se echó a reír con la mano delante de la boca para esconder su evidente apuro.

—Toma.

Y le tendí la casete.

Viola arrugó la frente.

—¿Qué es?

—Es para ti… la he grabado yo.

Dio vueltas a la casete entre los dedos y recorrió con satisfacción la lista de canciones.

—Dijiste que Vasco daba sentido a tu vida…

Ante aquellas palabras, levantó la mirada, con sus ojos en forma de almendra y del color de los pistachos, los párpados pintados de violeta como si una buganvilla hubiera trepado hasta ahí arriba, y la boca en forma de nuez. Y yo, en ese preciso instante, comprendí que ya no olvidaría aquel rostro, a pesar de los típicos discursos de los adultos de que los amores infantiles no son amores de verdad y de que, terminado el verano, se pasa página; que la vida, en el fondo, no es más que un cúmulo de rostros sin nombre que dejamos atrás.

«Mimì —decía siempre la abuela—, hazme caso, que soy vieja: no pierdas el tiempo con el amor, ¡que siempre la palmas y te encuentras sin nada en las manos!».

Palmar quiere decir perder en algo. La abuela estaba equivocada: todo lo que creía haber perdido, relacionado con el amor, siempre lo he vuelto a recuperar después, con el paso del tiempo, como una moneda que vuelves a encontrar por casualidad en el bolsillo de un pantalón que ya no te valía.

LA LIBERTAD ESTÁ SOBREVALORADA

«Tienes que aprender a observar el mundo que te rodea. Usa los ojos para mirar de verdad, no hagas como la mayoría de la gente, que ni siquiera sabe si el cielo es azul o gris, o de qué color es el pelo de la mujer con la que está hablando. Los poderes telepáticos no sirven, Mimì, lo único que sirve es saber mirar, solo eso».

Me lo había dicho Matthias una tarde al volver del colegio, y sus palabras aún resonaban en mis oídos mientras hablaba con Viola. Con el alemán, un poco como me ocurría con Giancarlo, sentía que podía hablar libremente de mis cosas, de mi gran amor no correspondido, de lo que me costaba comunicarme con los demás (que de verdad parecían no comprender mi necesidad de diferenciarme, de hacerme notar de alguna forma), y de cómo esperaba entrar en sintonía con Viola y con la gente gracias al desarrollo del poder telepático. Él me había escuchado todo el tiempo sin decir palabra, de vez en cuando se encendía un cigarro, luego me interrumpía con un eructo, pedía una moneda a una pareja que paseaba, agarraba el hocico de Beethoven y se lo apretaba fuerte hasta que el perro emitía un aullido y entonces lo llenaba de besos. Y yo me quedaba ahí, con las ideas confusas, buscando encadenar mis pensamientos, porque en lo más profundo de mi corazón empezaba a esperar que aquel hombre ciego que parecía ver mejor que muchos otros y que escuchaba más que los demás no hubiera llegado a mi vida por casualidad, sino para enseñarme a ver y a escuchar como él.

—¿Cómo puedes hablar de estas cosas, tú que eres ciego? —había objetado en cuanto se había pronunciado.

—Soy mucho menos ciego que muchas de las personas que están pasando por la acera en este momento, créeme. Mucho menos ciego que tú.

Me había quedado mirándolo para descifrar su expresión. De hecho, no entendía si me estaba tomando el pelo.

—Tu Viola te lanzará miles de señales, es a ti a quien le toca captarlas, verlas.

—¿Cómo?

Y me acerqué.

—Cada uno de nuestros comportamientos genera una reacción. Lo importante es no permanecer inmóviles. Debes actuar, lánzate y haz que nazca en ella una respuesta que tú deberás saber *lesen*, leer.

—No se me da bien la gente… —había susurrado.

—Pues tendrás que aprender a que se te dé bien, Mimì. La gente es lo único por lo que merece la pena perder nuestro *zeit*, créeme.

Me había quedado atontado observando su rostro, sus ojos entornados y unas gotitas de cerveza perdidas en los largos pelos de su barba. Mientras seguía acariciando a Beethoven (que había aprovechado nuestra conversación para apoyar el hocico en mi pierna y ahora roncaba como un oso), le había preguntado finalmente:

—¿Cómo perdiste la vista?

—Una infección —había respondido seco, sin añadir más detalles.

Era evidente que no le apetecía hablar de ello. Pero al notar mi silencio, se había sentido en el deber de precisar.

—Creo que fue por culpa del túnel que excavamos. Aquel gran acto de rebelión fue mi ruina.

—¿Lo excavaste tú personalmente?

—Claro, ¿quién si no?

—¿Y cómo?

—Éramos unos cuarenta, y trabajábamos *tag und nacht*. Teníamos que picar ciento treinta metros para alcanzar la libertad. Salimos del sótano de un local y nos colamos por las entrañas de la *stadt*, de la ciudad; nos faltaba el aire, y a cada golpe que dábamos con el pico se abrían grietas y llegaba el agua, que lo inundaba todo. Aun así, al final lo conseguimos y hundimos el suelo de un sótano de Berlín Oeste. Habíamos conquistado la *freiheit*, la libertad…

—Guau —había gritado extasiado. Me parecía estar viendo uno de esos documentales de historia que tanto me gustaban—. No sería mala idea escribir una novela sobre esa historia…

Él había frenado de inmediato mi entusiasmo.

—En realidad, nunca dejaré de maldecir aquel túnel… —Me lo quedé mirando sin contestar—. Me quitó a la única persona que contaba en mi vida.

—Bueno, pero ahora eres un hombre libre, estás aquí, has atravesado Europa…

—Y mira dónde me ha traído la libertad, Mimì. La libertad está sobrevalorada. Lo que cuenta es la gente… nada más. Hazme caso.

No había sabido qué responder. En el fondo, seguía siendo un crío al que le interesaba la ciencia y la astronomía, y aquellos discursos filosóficos y sin esperanza no hacían más que aumentar mis ya de por sí tantas dudas.

—Pero no quiero aburrirte con historias tristes. Tú eres joven, tienes derecho a creer en la mejor *leben*, vida, posible. Y la mejor vida posible, al menos en este momento, es junto a la chica que amas. Por eso, ve y declárate.

—No sé si seré capaz, me parece una empresa muy difícil…

—Bueno, seguro que más fácil que leer el pensamiento.

Y su boca se alargó en una gran sonrisa.

***

Así, mientras Viola, delante de mí, me hablaba de Vasco y del instituto, yo intentaba tener presentes los consejos de Matthias. La observaba y escuchaba, pero ella hacía todo lo posible para escapar a mi control, sus ojos nunca estaban fijos en un punto, y cuanto yo más intentaba anclarlos, ella menos me lo permitía: se levantaba de sopetón, se daba la vuelta, miraba al suelo. Entonces intenté estudiar los movimientos de su cuerpo y me fue un poco mejor. Era evidente que Viola estaba muy nerviosa: se frotaba las manos; golpeaba el suelo con los pies; se colocaba todo el rato un mechón de pelo detrás de la oreja; se levantaba de la cama y se sentaba detrás del escritorio, y luego otra vez en la cama. Yo me quedé todo el rato de pie, con las manos en los bolsillos de los vaqueros, intentando aparentar que tenía la situación bajo control, aunque en realidad tuviera la boca seca y hubiera dado lo que fuera por un refresco.

En determinado momento, ella explotó:

—¿Paras ya?

—¿De qué?

—De mirarme. Me siento observada.

Al no saber qué responder, fingí un violento golpe de tos; pero Viola no reculó, es más, prosiguió:

—¿Siempre haces lo mismo con las chicas?

—No, disculpa —intenté decir.

—Me incomodas.

—Perdona.

Y agaché la mirada.

El consejo de Matthias había resultado ser un fracaso total. En consecuencia, ya estaba listo para abandonar la escena y desaparecer para siempre de la vida de Viola, pero ella salió de inmediato con esta frase:

—¿Cuál es tu preferida?

Y señaló los títulos de las canciones de la casete. Sus manos parecían de niña, con los dedos pequeñísimos y las uñas cortas.

Alcé de nuevo la mirada sonriendo e hice caer el índice en la pieza que había escuchado en el Mehari, la preferida de Giancarlo. Viola me devolvió la sonrisa y comentó:

—¡Venga ya, es también la mía!

Entonces abrió la funda de plástico y se encontró la frase que había escrito en su interior. Me había costado dos noches de insomnio y un dolor de cabeza colosal, pero al final podía sentirme satisfecho.

Si fuera un superhéroe, mi única misión sería protegerte.

Ella dejó de sonreír y plantó finalmente sus ojos brillantes en los míos durante un largo e inolvidable instante.

Tenía razón mi amigo Giancarlo, una simple frase escrita había llegado allí donde las palabras y los gestos no llegarían nunca. Me río yo del poder telepático.

DÍA A DÍA

Volví a casa con un entusiasmo que no era capaz de controlar, y mamá se dio cuenta de inmediato.

—Eh, Mimì, ¿a qué viene esa cara?

—¿Qué cara? —pregunté preocupado.

—No sé, tienes una expresión nueva esta noche… —contestó, echándose a reír.

—Déjalo, Mimì, tu madre ha bebido más de la cuenta, eso es todo… —intervino papá en tono jocoso, y ella le dio un manotazo en el hombro.

Aún seguían todos a la mesa desde la comida, zampando nueces, avellanas y pistachos. En nuestra casa era así los días de fiesta: se empezaba a comer a las tres y se continuaba hasta la noche. Sobre el típico hule de florecitas resistían los vasos de papel sucios del vino; algunas migas de pan; una cesta llena de frutos secos; y, en el centro, lo que quedaba de la *zoccola*, es decir, la tarta de la abuela Maria: una masa de galletas Oro Saiwa, mantequilla y cacao, con un nombre ciertamente vulgar («puta»), pero que a nosotros nos parecía mejor no solo que la típica *colomba* que algún inquilino regalaba siempre a papá y que al final solo se zampaba el abuelo, sino también que la *cassata* siciliana que nos traía el señor Scognamiglio cada Navidad.

—Te digo yo lo que pasa —se metió Beatrice en la conversación—, el señorito aquí presente ha estado hasta ahora en casa de los Iacobelli, ¡con su amada que se hace la punk!

—¿Cómo lo sabes? Eres inoportuna —respondí con ímpetu y con la cara roja.

—Lo sé, lo sé. Seré todo lo inoportuna que quieras, pero es la verdad —replicó con sonrisa burlona.

—¿Ah, sí? Entonces me veo en la obligación de contrarrestar tu ataque gratuito… —y miré a mis padres a los ojos antes de añadir—: Que sepáis que vuestra hija os cuenta trolas. La otra noche no me llevó en absoluto al cine, sino que prefirió irse a bailar montada en la motocicleta de Mauro.

Mamá, que efectivamente tenía coloretes y la mirada turbia, se giró de golpe hacia Bea. Papá, en cambio, se atragantó con una nuez y comenzó a toser como poseído.

—Estás muerto, patético cuatro ojos… —exclamó mi hermana mirándome con expresión feroz.

—Eh, ¿qué modos son estos? —prorrumpió la abuela.

Mientras mamá se giró hacia su marido y comentó seráfica:

—Ya te decía yo que nos estaba mintiendo…

—Y qué quieres que haga —respondió él, atusándose el bigote—, dime tú… estoy cansado, he comido demasiado, tengo sueño y todavía tengo que subir a casa de los Scognamiglio.

—Voy yo —intervine rápidamente—, no te preocupes.

Y me levanté de sopetón, no sin antes cortar un trozo de *zoccola* para llevármelo.

—Ni que tuviera nieve en los bolsillos —dijo el abuelo.

—Pero qué rico es nuestro Mimì —oí, en cambio, que decía la abuela.

—Es un jeta —fue el comentario seco de Beatrice.

El asunto, por increíble que parezca, se zanjó aquella noche. No sé si porque mi familia estaba harta de luchar contra la rebelión cada vez más acentuada de su hija o porque, en el fondo, Mauro les había causado buena impresión: era de buena familia, educado, cumplido y, algo que a papá no se le debía de haber escapado, con una floreciente situación financiera a sus espaldas.

En cualquier caso, no dijeron nada, y a partir del día siguiente Mauro se convirtió en presencia fija cada noche a las siete bajo nuestra ventana. Llegaba rugiendo como un guepardo, tocaba el claxon y Bea, hiciera lo que estuviera haciendo, salía escopetada como si hubiera una bomba en casa. Alguna vez ocurría que ella aún no estuviera lista, sin maquillar o con las zapatillas de andar por casa; entonces Mauro se veía obligado a pasar al menos diez minutos (el tiempo que necesitaba Bea para darse los últimos retoques) charlando con Sasà de motores, aceleración, adherencia de carretera y otras cosas incomprensibles. Mi amigo, como yo había pronosticado, lo había elegido como su mito personal. Además, tenía una moto potente, una cazadora de cuero a lo Fonzie y dinero que le salía por las orejas: para él, el prototipo de un hombre perfecto.

Solo cuando Sasà no estaba por los alrededores, Mauro se dirigía a mí y me hablaba del viaje por Europa que estaba organizando con unos amigos para el verano. Hablaba con tal entusiasmo que casi me parecía que tuviera que partir con él, a pasear por las calles de París o entre los prados floridos de Holanda.

—¿Va contigo Bea?

—No, somos todos chicos. Pero ella aún no sabe nada, así que te lo pido por favor, chitón.

Y me guiñó un ojo.

Habría tenido que ponerme de parte de mi hermana y revelarle el oscuro plan de Mauro; pero él me caía bien y, además, desde que Bea se había echado novio, nunca estaba en casa, lo que era una ventaja para todos, teniendo en cuenta el exiguo espacio. Vamos, que me daba miedo que, si se enteraba de la noticia, lo dejara; Beatrice no era de las que aguantaban pasivamente semejante afrenta. Así que permanecí mudo como un muerto y los dos siguieron saliendo juntos. Ella iba corriendo a abrazarlo, con la sonrisa en la cara y su gran pecho que se bamboleaba bajo la camiseta; después se besaban durante un buen rato mientras Sasà y Fabio se quedaban mirando la escena como si fuera una película porno.

Desde hacía un tiempo me había dado cuenta de que los dos habían echado el ojo a mi hermana, y cada vez que estaba por los alrededores los veía confabular, reír como estúpidos, darse codazos. Un día me acerqué a Sasà y le pedí explicaciones:

—Mimì, no te mosquees —dijo sin malicia—, ¡es que tu hermana tiene dos tetas así!

E imitó el gesto llevándose las manos a los pectorales.

Fabio se echó a reír y yo me quedé con la boca abierta, sin argumentos válidos con los que rebatirle. Así que, por la noche, en la cama, no logré que me entrara sueño, ocupado en intentar sacar de mi mente la imagen de mis amigos fantaseando, en la intimidad de sus baños, con amorosas aventuras en compañía de mi hermana, justo como hacía yo con mi amada Sabrina.

Me había quedado en aquella noche especial de Pascua. Subí a casa de los Scognamiglio y me quedé un rato con Morla antes de dedicarme a las plantas. Le di la monda de una manzana mientras yo, sentado en el suelo y con la espalda apoyada en la pared, engullía el trozo de tarta y leía las aventuras del perro Buck entre los hielos de Canadá en *La llamada de la selva*, de Jack London, una de las novelas que faltaban en mi colección y que había encontrado en la librería del dueño de la casa.

Cuando Morla hubo terminado también de mordisquear el último bocado, se quedó un rato quieta y después emitió un ruido extraño, que quizá fuera un reclamo, una petición, un agradecimiento o, quizá, solamente un eructo. Cerré el libro y pasé a hablarle del fantástico día que había tenido, de la cara de Viola y de sus ojos brillantes, de cómo sus deditos se habían puesto a temblar después de haber leído mi dedicatoria. Le conté lo diferente que me sentía, más maduro, como si el solo hecho de haber conseguido hacerme notar, pasando media hora con la chica de mis sueños, le hubiera dado por fin sentido a todo.

Con frecuencia estamos demasiado ocupados yendo detrás de nuestros sueños, los perseguimos cada día con la cabeza gacha y ni siquiera nos damos cuenta de lo que nos cuesta esa persecución; ni siquiera comprendemos que sí, que soñar es importante, pero que aún más importante que soñar es hacer, porque, en el fondo, la vida es algo sencillo, solo días tras días. Así que debemos estar atentos a no llenar todos esos días únicamente con sueños, sino también con emociones verdaderas, con vida vivida. Y el día que había pasado junto a Viola sabía mucho a vivido.

Morla casi pareció comprender lo que le decía, me miraba con el cuello estirado y con aquellos ojos suyos viejos y sabios. Tenía treinta años, al menos eso me había dicho papá, así que era mucho mayor que yo, con mucha más experiencia de la vida, con tantos días tras días a sus espaldas. No podía contarme nada de esos días, pero a mí me parecía realmente verlos uno por uno en su mirada calma, e intentaba imaginarme cómo tendría que ser su vida en aquella terraza, me preguntaba si sería feliz, si pasaría bien su existencia.

Estaba absorto regando las plantas cuando, a lo lejos, divisé a Matthias y Beethoven acurrucados en el sitio de siempre. Solo quedaba un poco de polvo color albaricoque danzando sobre los tejados de los edificios, y mis amigos eran dos sombras que se ahogaban en la oscuridad de la calle. Pensé en llevarles algo para comer, pero después tendría que responder a demasiadas preguntas por parte de mi familia. Así que apoyé los codos en la balaustrada de ladrillo y cerré los ojos para disfrutar de la insólita sensación de libertad y de embriagadora felicidad, mientras un viento cálido que parecía provenir de las espaldas del Vesubio me azotaba la cara.

Aquella noche me sentí como papá, que no volvía a casa hasta después de haberse fumado allí su cigarro. Tampoco es que fuera un lugar tan especial, no había una vista imponente, apenas se vislumbraba la cima del volcán y una pizca de mar que los días de sol brillaba a lo lejos. Pero se veían un montón de techos que se sucedían uno tras otro, hasta la colina, y cada uno estaba tapizado de antenas con las más extrañas formas: algunas se perfilaban rectas en el crepúsculo; otras, al contrario, se plegaban sobre sí mismas, enrolladas y debilitadas por la intemperie.

Tenía una sensibilidad demasiado desarrollada y una imaginación ferviente que ni siquiera era consciente de poseer, así que me perdí en aquella sucesión de antenas y me imaginé que fueran reales, humanas, que sintieran la vida como nosotros, que hablaran entre sí, que fueran felices e infelices. En resumen, en aquella alfombra de árboles de metal que llegaba hasta donde alcanzaba la vista, yo encontré a la humanidad que me rodeaba cada día; volvía a ver a Sasà, Fabio, Viola, Angelo, a mis padres, Matthias, Giancarlo. Como aquellas antenas que vivían su vida quince metros más cerca del cielo, también nosotros, abajo, nos enfrentábamos a nuestros días, al viento y a nuestras inquietudes, cada cual a su manera, algunos intentando permanecer en pie, otros arrugados, otros haciéndose añicos y otros cayendo.

La única diferencia entre nosotros y ellas, pensé, es que a nosotros nos han dado brazos.

Nosotros podemos tender la mano.

Volví a casa. Papá estaba ayudando a la abuela a limpiar la cocina porque mamá estaba piripi y se había tenido que tumbar en la cama. Bea ya había bajado con Mauro y el abuelo dormía delante del telediario. Me acerqué furtivo a la mesa y robé un trozo de tarta, mientras que del frigorífico cogí un paquete de salchichas. Después abrí la puerta de casa y salí. La calle estaba desierta, a pesar de ser solo las ocho de la noche, y Matthias estaba doblando el cartón que usaba como alfombra para volver a casa, si el almacén en el que dormía podía llamarse casa.

—¡Ey, amigo! —dijo en cuanto me tuvo cerca.

Le tendí la tarta y me sonrió.

—*Danke*, Mimì.

Y me alborotó el pelo.

Por último, saqué las salchichas y se las ofrecí a Beethoven, el cual me saltó encima de emoción.

—Feliz Pascua —exclamé entonces.

—También para ti —respondió el alemán—, eres realmente un buen chico.

—¿Te vas?

—Voy a dormir, Mimì, ¿qué si no? No te preocupes por mí, nos vemos mañana.

Llamó a Beethoven con un silbido y juntos se alejaron hacia *via* Salvator Rosa. Me quedé mirándolos un rato, con ganas de correr tras ellos y gritar: «Venid con nosotros, que tenemos un montón de comida y una bonita mesa con flores. Nos apretamos y pasamos una bonita velada juntos. ¡Sois mis amigos y no os merecéis pasar así un día de fiesta!».

En cambio, no grité nada de nada porque sabía que mi familia, sobre todo papá, no lo permitiría. Aquella noche sentí que era diferente a él y a los demás miembros de mi familia, que rezaban a su dios cada día para traicionarlo al minuto siguiente, sin ni siquiera darse cuenta.

Antes de volver a casa, me senté en la entrada del edificio y dejé que el viento cálido me azotara un poco más la cara. Entonces no podía saberlo, pero había venido a decirme que el invierno estaba desapareciendo para dejar paso, por fin, a la estación estiva: a nuevos días hechos de camisetas de tirantes, de fruta de colores y de Sprite, de mañanas en la calle persiguiendo un balón, de escaladas por la paredes de tova que se desmoronaban bajo nuestras manos, de noches al aire libre, de lucha contra los mosquitos, de días de zumo de sandía que me resbalaría por la barbilla, de sudadas en el Simca de papá, de pecas que explotaban como palomitas en la cara de mamá, de Beatriz y de Viola, días de melenas que se volvían más claras al sol, de paseos con Sasà y Fabio, de noches en la terraza de los Scognamiglio mirando las estrellas y de tardes en el Mehari hablando con Giancarlo de sueños y proyectos.

No podía imaginarlo aquella noche, pero el siroco había llegado antes que de costumbre para anunciarme la gran noticia: en poco tiempo, por fin, yo también empezaría a llenar de vida mi día a día.

VERANO

LAS HADAS NACEN DE UNA CARCAJADA

—Al final del pasillo está la zona de noche, con los dos dormitorios. Sígame —dice el agente inmobiliario.

Se mueve por la casa con cierta seguridad y esto le infunde confianza. Se lee en su cara que está contento de cómo está gestionando la visita y de su actitud apremiante, pero no invasiva. Pobrecillo, si supiera que solo lo estoy utilizando…

—Aquí había una gran librería… —dejo escapar mientras voy tras él.

El chico no se gira y responde:

—Bueno, sí, puede ser. —Como si la mía fuera una pregunta.

Era de madera clara y cubría toda la pared. Recuerdo la sensación de cuando recorríamos el pasillo de vuelta del baño y a nuestro lado desfilaban cientos de libros. Ahora el blanco sucio de la pared acentúa la sensación de vacío en el estómago que me acompaña. Doy un paso tras otro, me doy la vuelta para mirar a mi derecha, y es como si la librería todavía estuviera ahí, con todos aquellos volúmenes extraños sobre arte contemporáneo y sobre jardinería que tanto le gustaban al señor Scognamiglio. Y luego estaban las novelas, delante de las cuales Viola permanecía inmóvil durante largos minutos.

—Están divididas por autores —me dijo una vez, mientras estudiaba los lomos.

—¿Por orden alfabético? —pregunté.

—Sí.

—Yo los subdividiría por título o por editorial... —comenté.

Ella apuntó con el índice a las baldas más altas y lo hizo correr lentamente hacia la derecha, con los talones levantados unos centímetros del suelo y la frente arrugada. Aquel día llevaba gafas y recuerdo que me había confesado que no se las ponía nunca porque se veía fea y que ya tenía bastante con el aparato.

—Pero eso no me lo puedo quitar —había rebatido con una sonrisa melancólica.

Desde el punto de vista del carácter, parecía más mayor de su edad y, sobre todo, no parecía hermana de Fabio. A él, como a Sasà, no le interesaba nada más que los motores, las marcas y los videojuegos; ella, al igual que yo, no prestaba mucha atención a la ropa (a pesar de tenerse por punk) y amaba los libros y la música. Quizá fuéramos realmente almas gemelas, aunque ella aún no lo supiera. Me acerqué para leer el título que había sacado: *Peter Pan*, uno de mis preferidos, de los que me sabía de memoria. Me lo habían regalado unos Reyes mis padres, que como no tenían dinero para hacernos un verdadero calcetín, usaban su imaginación: las medias solían ser de nuestra madre, y dentro no había ni huevos Kinder Sorpresa ni bombones Gianduiotti ni tampoco Baci Perugina, que costaban un ojo de la cara; sino carbón (que nunca faltaba), unos caramelos sueltos, los plátanos de chocolate que vendía el bar de la plaza, galletas, los merengues que hacía la abuela, y en la mía nunca faltaban las reproducciones de plástico de los bollitos que salían de los paquetes de Mulino Bianco, guardadas dentro de una cajita de cartón con encima dibujado el célebre molino. Mamá sabía muy bien que yo las coleccionaba, a pesar de que en casa los productos de la famosa marca estuvieran prohibidos, bien fuera porque, como decía papá, no era comida sana; bien porque eran demasiado caros, razón por la cual, una vez que conseguíamos despistar la vigilancia del cabeza de familia, la abuela apuntaba a dulces de marcas desconocidas, tipo la crema Tigrella, que de vez en cuando asomaba por la despensa y que, frente a la Nutella, por desgracia, solo tenía la misma desinencia. A veces, papá también metía en el calcetín un billete de mil liras para después mirarnos de arriba abajo como si el suyo hubiera sido el gesto más generoso que jamás haya existido. Por su parte, de vez en cuando nuestra madre nos añadía una notita con su caligrafía menuda: *A mi genio, ¡que me hace sentir una mamá orgullosa!*, recuerdo que me había escrito una noche. En la notita de Bea, en cambio, aparecía la frase: *A mi guapísima princesa*. Beatrice había torcido el morro, porque sostenía que de ella nunca estaba orgulloso nadie; yo, en cambio, porque nunca me decían que fuera guapo.

—¿Sabes cómo nacen las hadas? —pregunté de improviso a Viola, que tenía las aventuras de Peter Pan debajo de las narices. Ella sé giró mirándome con ojos curiosos—. Cuando el primer niño rio por primera vez, su carcajada se desmenuzó en miles de fragmentos que se dispersaron por acá y por allá. Así fue como nacieron las hadas.

Ella sonrió genuina y preguntó:

—Pero ¿cómo haces para saber esas cosas? ¿Te has inventado tú esa historia?

—No, es de Barrie, está en el libro que tienes en las manos...

Y le devolví la sonrisa.

—¿Te lo sabes de memoria?

Y levantó la novela en el aire.

—Sí, y no es el único.

—¿Es decir?

—Bueno, repito de memoria una treintena de libros. Casi todos los clásicos juveniles.

Parecía asombrada.

—No me lo creo.

—Nunca te diría una mentira —respondí serio.

Viola arrugó el ceño, me dedicó una mirada desafiante, cerró el libro de golpe (y una nube de polvo se alzó con un resoplido) y dijo:

—Muy bien, veamos…

Y se puso a buscar una nueva novela para poder comprobar mi capacidad. Parecía divertirse, y yo con ella. Había empezado nuestro juego, el que nos mantuvo ocupados y nos unió durante todo aquel verano mágico y despiadado.

—¿Señor Russo? ¿No me sigue? Por favor, por aquí, hay otras habitaciones por ver…

Alargo una mano como para querer tocar a Viola, como si la niña de entonces estuviera aquí, delante de mí, bailando de puntillas en busca de la novela adecuada.

—Voy —contesto—, solo un segundo.

El tiempo para recordar.

El tiempo para volver a encontrar.

Para sonreír a un hada.

10 DE JUNIO DE 1985

Cuando abrí la puerta de casa, me recibió la oscuridad. Todos estaban ya en la cama, y la única luz provenía de la ventana de la cocina. El silencio de la noche quedaba perturbado por el estruendo de un camión que recogía la basura a pocos metros, y por el rumor del ventilador que seguía girando de un punto a otro de la habitación, aunque ya nadie le hiciera caso.

Llegado el verano, en mi familia empezaban las discusiones sobre la posibilidad de dejar abiertas las ventanas durante la noche. A favor de esta hipótesis estaban papá, el abuelo y Bea, que decían que no podían dormir por el calor, que ya hacía mucho a esas alturas. En cambio, nuestra madre y la abuela preferían cerrar, no solo por los ruidos de la calle que nunca paraban, sino también porque de esta forma, cada noche, empezaba la guerra personal del abuelo contra los mosquitos, guerra que normalmente terminaba implicando a toda la familia, obligada a despertarse por el alboroto que organizaba.

—Pero ¿es que solo los ves tú, esos mosquitos? —había preguntado una mañana mamá, somnolienta.

—¡Vosotros no os dais cuenta porque me atacan todos a mí! —había respondido el abuelo, enojado.

—Pues cerramos las ventanas.

—Entonces no duermo por el calor —había sido la inmediata respuesta del abuelo Gennaro.

Aquella noche nuestra madre había vuelto con un espray antimosquitos.

—Toma —había dicho poniéndoselo en la mano cuando se habían apagado las luces de la casa—, ¡así esta noche dormimos un poco!

—Malditos mosquitos —había comentado él—, pero ¿qué pintan sobre la tierra, si no sirven para nada? Solo para tocar los…

—Gennaro —había intervenido inmediatamente la abuela para callarlo.

—Estás cayendo en un error, abuelo —había sido mi repentina respuesta—, también los *Culicidae* tienen su papel en nuestro ecosistema. Son un óptimo alimento para los pájaros, por ejemplo, y los peces necesitan sus larvas, que comen en abundancia.

—¡Piero Angela, danos un respiro! —había puesto fin a la discusión mi hermana, que acababa de llegar a la cocina descalza, con el pelo desgreñado y el pantaloncito del pijama metido entre las nalgas.

Tuve que esperar paciente a que el camión terminara sus operaciones para encontrar un poco de paz; aunque después, claro está, no se hizo el silencio, el del campo, para entendernos, roto por el tenue canto de los grillos y por el sonido lejano de una lechuza. No, aquí los ruidos no se iban nunca, te seguían a cada paso, formaban parte de ti, hasta el punto de que llegabas a no oírlos. También aquella noche estaban todos presentes a mi lado, en la cocina de casa: el alboroto de una vieja motocicleta que rebotaba sobre el adoquinado de la plaza, el pregonar de un coche a lo lejos, la carcajada de una chica posiblemente sentada en las rodillas de su novio, una alarma antirrobo que a saber de dónde llegaba, los gritos de dos gatos que se analizaban justo debajo de nuestra ventana. Y el ronquido del abuelo, solo una octava más bajo que el de papá.

El abuelo Gennaro se despertaba continuamente emitiendo ruidos extraños, como si estuviera a punto de ahogarse; se levantaba en plena noche y metía el vaso bajo el fregadero. Luego iba al baño y entonces podías oír el chorro intermitente de su pis durante larguísimos minutos. Cuando había terminado, a veces se sentaba a la mesa de la cocina y hojeaba las revistas de la abuela.

—Pero ¿qué andas enredando toda la noche? —le había preguntado una mañana mamá, visiblemente contrariada.

—Loredà, no consigo dormir, tengo como unos nervios raros en el cuello... —había respondido él.

—Ahora que habíamos acabado con los mosquitos, empezamos con los nervios —había dicho la abuela.

—¡Cómo no, si te pasas el día en ese sillón! —había sido el comentario de mamá.

—Claro, ¡duermes de día y luego la noche se va de paseo! —había vuelto a replicar la abuela, que cuando se trataba de meterse con su marido nunca perdía la ocasión.

—Pienso en cosas...

—¿Y en qué piensas, papá?

—Yo sé... —había farfullado él, y se había salido a fumar al balcón de la cocina, que daba a un pequeño patio que separaba nuestro edificio de la construcción adyacente.

No sé lo que le pasaba por la cabeza, lo que sé es que una tarde me acerqué para pedirle que me hablara de la Segunda Guerra Mundial, y él suspiró y respondió:

—¿La guerra, Mimì? Yo participé y te aseguro que esta guerra es peor, la que luchamos cada día. ¡Me río yo de los alemanes!

Fue la única vez que se abrió de tal manera. Por lo general no hablaba mucho y una de sus máximas era: «En boca cerrada no entran moscas».

A papá, en cambio, no lo despertaban ni a cañonazos, se pasaba la noche en una única posición, con el brazo apoyado en la frente y la boca abierta, y vestido solo con calzoncillos y una camiseta de tirantes blanca. Mamá, al contrario, se acurrucaba de lado, con la combinación beis de la que asomaban sus piernas aún musculosas y suaves. Algunas veces me la quedaba mirando mientras un rayo de luz le iluminaba la cara que reposaba tranquila, y la encontraba bellísima: la respiración regular y silenciosa, la boca carnosa, el pelo suelto sobre la almohada (por la mañana solía recogérselo con aquellos bastoncitos que se ponía en la cabeza), los pies siempre cuidados. No éramos ricos, pero, sin embargo, ella llevaba con elegancia y decoro la pobreza; al contrario de papá, que llevaba escrita en la cara su vida matadora y llena de sacrificios.

He oído decir que las penas se te quedan grabadas en la cara y te roban la sonrisa; en cambio, yo creo que son mucho más reconocibles las renuncias. Son ellas las que te deforman los rasgos, con frecuencia endureciéndolos; son ellas las que se llevan un trocito de piel cada vez.

Recuerdo que aquel día era diez de junio, porque cuando volví a casa me encontré el periódico abierto sobre la mesa, cosa rara, ya que generalmente papá se los llevaba a la portería por la tarde. Me quité las zapatillas y me acerqué al frigorífico descalzo: tenía que aprovechar aquel alboroto para abrir la puerta chirriante. Saqué la bolsa de leche, me serví un vaso y luego me senté a la mesa para sorber la bebida fresca mientras hojeaba *Il Mattino*. El camión se alejó por fin con un último resoplido, y en la pequeña cocina, iluminada tan solo por la tenue luz proveniente de la campana, quedó una especie de zumbido, como si al acecho, por fuera de la ventana, hubiera un ejército de mosquitos listo para atacarnos. Mis ojos fueron a parar casi de inmediato sobre un artículo del periódico; o, mejor dicho, mi mirada no cayó sobre el artículo, sino que fue captada por el nombre que cerraba el texto: Giancarlo Siani.

Di otro sorbo de leche y me limpié la barbilla con el brazo mientras acercaba los ojos al papel. *Podría cambiar la geografía de la Camorra después del arresto del fugitivo...*, así empezaba el artículo de mi amigo. Aparté un poco la cabeza para que la luz de la campana diese justo en la hoja, y continué leyendo. *Después del 26 de agosto del año pasado, el capo de Torre Annunziata se había vuelto un personaje incómodo. Su captura podría ser el precio que habrían pagado los propios Nuvoletta para poner fin a la guerra con el otro clan...* Leía aquellas palabras tan fuertes y al mismo tiempo sentía cómo un escalofrío me recorría la espalda, como si fuera pleno invierno. La razón era que, en mi pequeño y angosto mundo, que venía representado únicamente por mi familia, nunca se hablaba de Camorra y de sucesos. Quizá porque teníamos la suerte de vivir en el Vomero, y por eso, en cierto modo, nos sentíamos protegidos, alejados de lo que sucedía en los barrios más populares; quizá porque los mayores siempre me soltaban el rollo de que uno tenía que ocuparse de sus propios asuntos y no chismorrear de los demás; quizá porque cada vez que en la tele alguien empezaba a hablar de disparos u homicidios en Nápoles, el abuelo se ponía hecho una furia y papá empezaba a sentenciar que la prensa del norte la había cogido con nosotros porque solo mostraba una cara de la ciudad, que Nápoles no era únicamente Camorra y que, de hecho, la mayoría de la gente vivía de un trabajo honrado. En resumen, el hecho de que alguien que yo conociera, un amigo, encontrase el valor para hablar de aquello de lo que nadie hablaba me despertaba un sentimiento de admiración infinito.

Unos días después de haber entregado la casete a mi amada, Giancarlo, al verme encogido y ensimismado con un Bic y una hoja, se había parado y me había preguntado.

—Escribo —había contestado yo, seráfico.

Él se había sentado en el bordillo de la acera, acariciando con la mano a Bagheera, que ronroneaba a mis pies, y con la mirada fija en la hoja que yo tenía en la mano. Me había parado instintivamente, pero él había seguido mirándome sonriente.

—Si quieres escribir, tienes que aprender también a hacerte leer —había comentado con su típica cara alegre, el mechón de pelo negro que le cortaba la frente y las gafas redondas que le daban un aspecto bonachón.

—Querría escribirle una carta a Viola, pero me está resultando difícil —había respondido, tendiéndole el trozo de papel.

Me moría de vergüenza mientras mi amigo leía las pocas líneas que había garabateado. Si hubiera podido, me habría largado. Me gustaba escribir, en cierta forma me hacía sentir libre, me daba la oportunidad de exteriorizar lo que tenía dentro, mis pensamientos, mi mundo interior, que no lograba valerse de la palabra de manera fluida; pero el hecho de que alguien pudiera invadir aquel mundo me parecía insoportable y fascinante al mismo tiempo.

Como no conseguía controlar mi ansiedad, había dirigido la mirada más allá, a la entrada al edificio, donde papá estaba charlando con Criscuolo de los posibles fichajes del Napoli, que, según vaticinaban los rumores, estaba cerrando un acuerdo para Pecci, del Bologna, y para Claudio Garella, que en breve se convertiría en el gran portero de la primera copa. Un poco más lejos, doña Concetta estaba distraída vendiendo un paquete de Merit a un chico con barba.

—Eres bueno, se ve que has leído mucho, aunque tienes que aprender a servirte de las palabras, buscar la frase perfecta. No te conformes con lo primero que te venga a la mente, espera y vuelve a intentarlo. La escritura también es estudio.

—No sé —había suspirado—, a veces me parece que no consigo decir lo que realmente siento, ni siquiera con palabras…

—¿Por qué no hablas también de otras cosas, en lugar de escribir solo cartas de amor?

—¿Y de qué?

—De lo que se te pase por la cabeza…

—¿Tú escribes de lo que se te pasa por la cabeza?

—Yo soy periodista, es diferente, tengo que escribir sobre lo que sucede a mi alrededor, tengo que captar las señales, tener la mirada atenta, tengo que saber decir a la gente lo que no sabe, informarla, contarle la verdad de manera que puedan valorar, elegir. Y también tengo que ayudar, en la medida de lo posible.

—¿Ves como tenía razón? Ayudas a la gente y no tienes miedo de nada. ¡Eres un superhéroe!

Y había sonreído.

Él me había alborotado el pelo y había respondido:

—Como sigas repitiéndomelo, ¡empezaré a creer de verdad que tengo superpoderes! —Después se había puesto serio y había añadido—: En cambio, Mimì, siempre es importante recordar que somos humanos y que no disponemos de ningún poder, que no somos infalibles, que nos equivocamos y que, con frecuencia, pagamos caras nuestras equivocaciones. Sentirse invencible no es bueno, porque te lleva a cometer errores, a infravalorar las señales, a no darte cuenta de la precariedad de las cosas. Lo que nos hace humanos, y por tanto especiales, querido Mimì, son precisamente nuestras debilidades, nuestros defectos, si quieres llamarlos así.

Entonces se había alzado con un saltito, me había guiñado un ojo y había concluido:

—Entrénate cada día…

—¿A escribir?

—A ser humano. Aprende a apreciar tu vulnerabilidad. Te servirá también en la escritura. Créeme.

Tres días después se había presentado con un cuaderno rojo parecido al suyo.

—He pensado que te vendría bien un cuaderno en el que anotar lo que tengas que decir…

Y me había tendido el paquete.

Le había dedicado una mirada perdida y él se había sentido en el deber de precisar:

—Es un regalo, Mimì, de alguien que escribe a alguien que quiere aprender a hacerlo.

Yo había tragado saliva, me había ajustado las gafas torcidas y, finalmente, había conseguido susurrar un tímido «gracias».

—No comprendo las dinámicas del periodismo… —había declarado un segundo después.

—¡Y quién te ha dicho que tengas que ser periodista! Que no solo escriben los periodistas, ¿eh? Eres un gran lector, te encantan las novelas; puedes inventar historias, cuentos. Quizá el día de mañana puedas escribir un libro…

—¿Un libro? —había repetido, más a mí mismo que a él, como si solo en aquel momento me hubiera dado cuenta de que la escritura servía para crear también aquello que más amaba.

—Siempre estás hablando de superpoderes… la lectura y la escritura son los poderes más potentes de los que disponemos, nos abren la mente, nos hacen crecer, nos hacen mejores, a veces nos iluminan y nos hacen tomar nuevos caminos, nos permiten cambiar de idea, nos dan valor para hacer lo que deseamos. —Hablaba gesticulando y tenía una extraña luz en los ojos. Tras una breve pausa, prosiguió—: La verdad es que el mayor poder del que dispone el hombre, querido Mimì, el que nos hace realmente grandes, es la cultura. Y tú deberías saberlo…

Un ruido me hizo girarme de sopetón e hizo que se esfumaran mis recuerdos. Era el abuelo, que, sentado en la cama, intentaba meter los pies en sus pantuflas. Se levantó con esfuerzo y se acercó donde yo estaba, luego colocó el vaso habitual (que guardaba en el frigorífico) debajo del grifo, sacó una silla de la mesa y se sentó a mi lado.

—Pero ¿qué hora es?

Apreté el botón de mi Casio con calculadora (el regalo de mi familia por mis doce años) y la pantalla se iluminó con una luz azulada.

—Medianoche y diez —respondí, y volví a leer el artículo.

Una hipótesis sobre la que están indagando los investigadores y que podría suponer también un giro en las alianzas de la «Nuova famiglia». Un acuerdo entre Bardellino y Nuvoletta que habría tenido como precio precisamente la eliminación del capo de Torre Annunziata y una nueva distribución de los grandes intereses económicos del área vesubiana.

—¿No está demasiado fría esa leche? —preguntó él.

Dije que no con la cabeza, totalmente atrapado por lo que contaba Giancarlo. Cuando hube terminado el artículo, miré al abuelo y no logré contener una sonrisa de satisfacción.

—Es mi amigo —dije orgulloso.

—¿Quién?

—Giancarlo.

Y le mostré el periódico.

Él ni siquiera lo miró y respondió:

—Los amigos son como los paraguas: cuando llueve, nunca los encuentras…

—¿Qué significa?

El abuelo Gennaro se rascó su desaliñada barba y respondió:

—¡No es un buen amigo, Mimì!

—¿Por qué? De vez en cuando nos quedamos a charlar, incluso me ha llevado a dar una vuelta en su Mehari y me ha regalado un cuaderno. ¡Y también hemos ido a ver un partido de voleibol!

—Tendrías que ir con niños de tu edad, él es mayor…

—¿Y qué? Es simpático y amable —respondí a la defensiva.

—¿Has visto lo que escribe?

Miré el periódico que tenía en las manos.

—Claro.

—¿Sabes qué es la Camorra, Mimì?

—Claro —volví a responder, aunque, para ser sinceros, no es que lo tuviera tan claro.

—¿Y qué es? —prosiguió él.

La abuela se movió en la cama.

—Es algo malo que intoxica a la gente…

—Eso, algo malo, Mimì, y sería mejor que no tuviéramos nada que ver con ella…

—Giancarlo la combate.

—Tu amigo, por sí solo, no puede hacer nada… —respondió serio—, solo se arriesga a meterse en un buen lío…

—No se meterá en ningún lío, puedes tenerlo por seguro. Él es un héroe, o, mejor dicho, ¡un superhéroe!

—Sí, cómo no…

—Si todos pensaran como tú, ¡no habría gente como Giancarlo!

—Es tarde, Mimì —respondió impaciente—, vete a la piltra. Di el último trago de leche.

—¿Tú no duermes? —pregunté entonces.

—No tengo sueño…

—¿Y cómo piensas pasar el tiempo?

—Bueno, me quedo aquí, después salgo al balcón y me fumo un cigarro, sin que tu abuela me esté llamando cada dos por tres. La noche es el mejor momento del día, el único en el que puedes estar tú solo con tus pensamientos, para encontrar un poco de paz…

—Y luego te tiras todo el día en el sillón delante de la televisión.

—Mimì —respondió él—, es una forma como cualquier otra de pasar el día…

—Pues yo no la considero una buena forma… —intenté responder, pero él se levantó para coger el paquete de cigarros.

Desde la otra habitación llegaban claros y fuertes los ronquidos de papá.

—Buenas noches —dije entonces, y me metí furtivo en la habitación de mis padres.

Mientras escuchaba la melodía del pipí intermitente del abuelo, le di vueltas a la conversación que acababa de terminar, al hecho de que mi héroe hubiera podido meterse en problemas, y por un instante tuve miedo por él. Después, sin tan siquiera darme cuenta, mis pensamientos cambiaron lentamente de dirección hacia Viola, con la que me había pasado la tarde hablando de viajes en la terraza de los Scognamiglio, a pesar de un primer momento de apuro (que afortunadamente no había dejado secuelas) del cual hablaré después. Ella también le había ofrecido una hoja de lechuga a Morla, que la miraba extrañada, quizá preguntándose quién era aquella hada que había llegado hasta ahí arriba para romper la monotonía de sus días.

—¡Antes del final del verano la libero! —había exclamado yo en determinado momento mirando la tortuga.

Ella no había dicho nada.

—No es justo que se pase el día aquí arriba, enjaulada —había añadido entonces—, todos tenemos derecho a vivir lo mejor posible nuestra vida. Yo de mayor me iré, me marcharé con una mochila a la espalda. Nunca he viajado, apenas he visto el centro de Nápoles, ¿no crees que es justo intentar conocer el mundo?

Viola se había puesto a acariciar el caparazón del animal y había respondido:

—Yo, en cambio, he viajado bastante. Incluso he estado dos veces con mi familia en América. Papá es piloto...

—¿Y cómo es?

—¿El qué?

—América...

—Enorme...

Me había quedado un rato en silencio, intentando imaginar qué se sentía al caminar por los lugares donde se habían rodado las películas que más me gustaban; luego ella había dicho:

—Yo también me marcharé, me iré a estudiar al extranjero, quizá a Londres.

—Entonces puede que nuestros caminos se crucen también allí, en tierra británica —había respondido yo—, me gustará visitar la ciudad de Sherlock Holmes...

—Pues sí que eres diferente a tu familia, ¿eh? —había dicho ella.

—¿En qué sentido?

—Bueno, eres culto, curioso, estudioso, nunca se diría que eres hijo de un portero...

En ese momento había sonreído, porque la frase me había parecido un cumplido. Por eso, cuando finalmente el abuelo hubo terminado de hacer pis, me hundí en un sueño tranquilo, a pesar de los ronquidos de papá, sin tan siquiera imaginar el daño que la estúpida respuesta clasista de Viola me haría a mí y a mi familia.

Sin saber que se la repetiría a mi padre en un momento de rabia, unas semanas después. Sin imaginarme ni de lejos que con aquel artículo, que había leído rápido sin comprenderlo del todo, mi querido amigo Giancarlo, con solo veinticinco años, había firmado su sentencia de muerte.

PARA ELISA Y EL CONCILIO DE TRENTO

Viola y yo éramos ya amigos, nos veíamos casi todos los días, aunque, en realidad, ella seguía saliendo con el tipo que se parecía a Nick Kamen. Una tarde me había preguntado por él.

—¿Qué te parece Samuel?

Y se había quedado mirándome como si mi opinión fuera importante para ella. Me había encogido de hombros y había respondido:

—No sabría qué decirte, no puedo expresar mi juicio sobre una persona que no conozco, no me parecería correcto…

—¡Jopé, Domenico, qué petardo eres! Solo te he pedido tu opinión, sin más.

Me la había quedado mirando y ella había añadido:

—Es mayor que nosotros. Y es inteligente, ¿sabes?…

A saber por qué quería que a mí me pareciera el mejor chico que había sobre la tierra. Así que no me había podido aguantar y había respondido con aire despectivo:

—Pero ¿de verdad te seducen chicos como ese?

Viola no se lo había tomado a mal y había rebatido la idea con firmeza:

—Me hace reír.

—No es un buen motivo para pasar tiempo con una persona.

—¿Y cuál es un buen motivo? ¿Tú lo sabes?

Habría tenido que pensármelo bien antes de responder. Estábamos sentados en un muro (ni hecho aposta, justo delante de la pared de toba en la que destacaba el mensaje escrito con espray rojo *ama*), yo con unas bermudas y mis viejas y odiadas sandalias (las alpargatas estaban para lavar), y ella con una falda vaquera. El tiempo del punk había terminado para Viola.

—Un buen motivo es quererse, tener al lado un hombre que te respete y te proteja...

Y le había agarrado la mano.

Ella se había zafado rápidamente respondiendo:

—Domenico, ya lo hemos hablado, tú y yo solo somos amigos...

Y me había regalado una sonrisa melancólica en la que no parecía creer realmente.

Yo había intentado recuperar un poco la dignidad.

—Sí, lo sé. Es solo que me preocupo por ti, te merecerías algo mejor. Alguien que te quiera...

Y había señalado con la barbilla el mensaje a pocos metros de nosotros.

Ella ni siquiera había alzado la mirada.

—Sé lo que me merezco, no te preocupes.

—Puedes tirarte toda la vida babeando detrás de mi hermana, que ella nunca se dejará, tiene las miras más altas —había dicho un día Fabio.

—Pero ¿qué formas de hablar son esas? ¡Muéstrale un poco de respeto! —había gritado casi sin darme cuenta, a lo que él se había encogido de hombros y había respondido:

—Yo la respeto, lo único que te digo es que estás perdiendo el tiempo.

Y luego había centrado para Altobelli, el delantero del Inter.

Eran los años en los que el Subbuteo estaba súper de moda y no había tienda de juguetes que no tuviera en el escaparate al menos un par de equipos con las camisetas más famosas. A Fabio, como es obvio, sus padres le habían regalado, *ipso facto*, el tablero de juego, las porterías, dos equipos (uno rojo y otro azul) y un set de balones ajedrezados.

Volviendo a Viola, no he dicho que aquella noche del diez de junio me había atrevido a dar un paso importante: unos días antes le había hablado de Morla, de todas aquellas plantas extrañas en el salón de los Scognamiglio, de la gran librería y del piano del dormitorio. Cuando había oído la palabra «piano», sus ojos se habían iluminado con una luz que yo no conocía.

—¿Tienen también un piano? Nunca los he oído tocar… —había comentado.

—Sí, claro, en el dormitorio.

—¿Y por qué no en el salón?

Me había quedado pensándolo un segundo y había respondido:

—No sé, quizá porque ya está lleno de muebles.

—¿Me llevas? —había pedido entonces, y yo no había conseguido esconder una vistosa sonrisa de satisfacción.

El proyecto no era de difícil ejecución, me bastaría con esperar a después de la cena para robar las llaves de la portería. De hecho, al terminar el colegio, por las noches nos veíamos todos en la calle: yo, Viola, Fabio y Sasà, el cual había vuelto a bajar con más frecuencia. Un día me había atrevido a hacerle la pregunta que no debería ser hecha, aquella que mamá había tenido la precaución de prohibirme.

—¿Cómo está tu madre? —le había preguntado mientras metíamos absortos una moneda en la máquina distribuidora llena de bolitas de colores situada fuera de la charcutería.

Entre mis muchas colecciones no podían faltar, obviamente, las canicas, que guardaba en una vieja caja de zapatos que me había regalado la abuela en gran secreto. Tiempo atrás, allí dentro habían estado los mocasines buenos del abuelo Gennaro, que se ponía solo en las ocasiones importantes y que ahora, en cambio, habían acabado en una bolsa. «¡No le digas nada a ese viejo quejica!», había exclamado ella mientras me entregaba la caja con una sonrisa.

Sasà me había respondido sin apartar la mirada de la máquina distribuidora, mientras chupaba un Calippo de Coca-Cola, acompañándose de grandes sorbetones.

—Como siempre.

—¿Es decir? —había presionado, no satisfecho.

En ese momento él se había dado la vuelta.

—Mimì, pero ¿qué te pasa esta noche? Venga, vamos a jugar, ¡que hoy no quiero pensar en nada!

Lo había seguido y nos habíamos reunido con los hermanos Iacobelli, que nos esperaban en el muro un poco más allá. Entonces me había quedado en silencio mientras los dos chicos intentaban convencer a Viola de que fuera la cuarta jugadora en la partida de futbolín en el bar de la plaza.

Fue la única vez que intenté hablar con Sasà de su madre. Tres años después, cuando la señora murió, él ya no era mi amigo del alma.

Pero estaba hablando de mí y de Viola. Había conseguido colarme en la portería y birlar las llaves de casa de los Scognamiglio. Luego me había dirigido hacia las escaleras con paso sigiloso. El ascensor en el último piso habría podido hacer sospechar a los Iacobelli, que sabían que los Scognamiglio estaban en Sicilia con su hija, donde pasarían todo el verano.

Me había encontrado con Viola en el descansillo.

—Fabio ha bajado, le he dicho que llegaría después —había susurrado detrás de mí mientras yo intentaba abrir la puerta haciendo el menor ruido posible.

Una vez dentro, habíamos mirado a nuestro alrededor circunspectos, mientras de las ventanas del comedor llegaba la luz blanquecina de la luna para volver nacaradas las habitaciones. Había alargado la mano en busca de la suya y ella esta vez se había dejado guiar. No parecía impresionada por la casa, al menos no tanto como Sasà, que la primera vez había paseado por ella con la boca abierta. Por otro lado, la suya, su casa, no era peor.

—¿Dónde está el piano? —había preguntado rápidamente.

—Ven.

Y la había llevado al dormitorio.

Ella se había puesto detrás del piano y yo me había colocado a su lado, apoyándome en la pared blanca. La habitación, al contrario de las otras, era austera, decorada con pocos muebles, un espejo ovalado con el marco dorado en la pared de enfrente a la cama y un gran crucifijo de marquetería encima del colchón. Era una habitación que me infundía cierto temor porque se encontraba al fondo del pasillo y siempre estaba a oscuras, al contrario del resto de la casa. Yo no estaba acostumbrado a la oscuridad, en nuestro pequeño apartamento no había espacio para zonas oscuras, recovecos donde anidaban los miedos más recónditos. Pero aquella noche mi atención iba dirigida a ella, el hada que se sentaba a un metro de mí, con la piel suave de su espalda que asomaba por su top escotado, y su perfume que me llegaba a la nariz y me embriagaba; y ya pensaba en cuándo me encerraría en el baño para dedicarle mi enésima fantasía.

—¿Qué quieres que toque? —había preguntado.

Me había apartado de la pared.

—Me desagrada recordarte que no puedes tocar —había respondido entonces con un susurro—, nos oirían.

Ella me había dedicado una mirada triste y había colocado las manos en las teclas. Tenía el pelo recogido en una trenza y los labios le olían a cereza.

—Entonces quiere decir que te la cantaré.

Y se había puesto a acariciar las teclas mientras con la boca susurraba las notas, dando vida a una conocida melodía.

—*Para Elisa* —había exclamado yo inmediatamente, pero ella no se había dado la vuelta, demasiado concentrada en representar el anómalo espectáculo.

Se movía con elegancia, con los dedos que fluctuaban veloces en el aire y la lengua a la que casi le costaba seguirles el ritmo. El conjunto se había vuelto aún más mágico por un pequeño haz de luz que apuntaba convencido al piano y le volvía la piel del color de la leche.

«Pareces un hada…», habría querido decirle, pero no me había atrevido a interrumpir la magia.

Para ser sinceros, yo había llegado a odiar aquella pieza. Y conmigo también el abuelo y gran parte de mi familia. La primavera anterior, de hecho, nuestros días habían venido marcados por la ejecución ininterrumpida de dicha composición.

—Pero ¿quién será? —había preguntado el abuelo Gennaro asomándose por la ventana.

—¿Y no se aburre de tocar siempre la misma obra? —había resoplado yo una tarde en la que el músico invisible no paraba y me impedía, así, ocuparme del Concilio de Trento.

Quizá porque la melodía surgía de su voz en lugar del piano; quizá porque Matthias me había hecho escuchar a Beethoven con tal entusiasmo que había aprendido a amarlo también yo; quizá porque nunca habría pensado encontrarme en un dormitorio, a oscuras, con mi sirena… el caso es que me había dejado vencer por la emoción y llevar por el instinto, le había parado las manos e interrumpido aquel baile silencioso que me recordaba una lluvia primaveral en un campo de flores, y le había plantado un fulminante beso en la boca.

El concierto había terminado con el ruido seco de sus dedos en mi mejilla.

AMA

Unas noches después, mamá se quedó hablando por teléfono (el único de casa, el clásico Sip gris, situado en una pequeña repisa cerca de la puerta de entrada porque ahí estaba el enchufe) con una compañera durante un cuarto de hora, sin abrir la boca y con la cara pálida, mientras Beatrice resoplaba cada dos por tres por la llamada nocturna de Mauro que debería llegar en breve.

Cuando por fin colgó, papá preguntó:

—¿Qué ha pasado?

—Ha muerto Mastrangelo. Un infarto.

—Ah —comentó él, con el tenedor aún a medio camino.

—Eh.

Luego siguió un largo silencio que fue ocupado por la voz del telediario.

—¿Y ahora? —preguntó por fin la abuela.

—¡Y ahora he perdido mi trabajo!

Papa siguió comiendo en silencio con la cabeza agachada sobre el plato; nuestra madre, en cambio, se levantó y puso los platos en el fregadero con mirada torva y gestos apresurados. En aquellos tiempos todavía no tenía una percepción clara de la muerte, y aun así supe qué hacer, como si algo en mi interior, más preparado que yo, me guiase. Me acerqué a ella, listo para animarla, solo que me di cuenta de que no lloraba, sino que pensaba y se mordía las uñas. Hizo un esfuerzo por sonreírme y me pidió por favor que volviera a la mesa. Al rato se dirigió a su marido:

—¿Y ahora qué hacemos?

Él siguió viendo la televisión y, con la boca llena, farfulló:

—No hacemos nada, con mi sueldo basta. Así tú puedes dedicarte a Bea y a Mimì. Si acaso, ya se verá después del verano.

—Soy mayor, no necesito tutores —replicó Beatrice, hecha un ovillo en la silla junto al teléfono, con el libro de Historia en las rodillas y los pies descalzos apoyados en el reposabrazos del sofá. En nada tendría que hacer los exámenes de selectividad y en casa, en ese periodo, no se hablaba de otra cosa. Incluso me había ofrecido para ayudarla, pero ella se había echado a reír y había comentado:

—Jamás de los jamases, con lo puntilloso que eres, no terminaríamos nunca. Yo, en cambio, tengo un plan.

—¿Qué plan?

—He grabado una casete mientras leo las partes más importantes y la escucho por la noche, durmiendo.

—¿Mientras duermes?

—Sí, dicen que de esa forma el cerebro asimila la información sin esfuerzo. Deberías saberlo, ¿no eres científico?

Y me había sonreído.

Yo había sacudido la cabeza y me había alejado sin preguntarle nada más. No quería tener nada que ver con su más que seguro fracaso escolar.

Al abogado Mastrangelo lo había visto de niño y no tenía recuerdos suyos, pero, a pesar de ello, la noticia me afectó. Sabía que con su muerte terminaría de coleccionar libros y que también el día a día de mamá cambiaría inevitablemente, comprendía que con solo el sueldo de papá nuestra pequeña vida se volvería aún más pequeña; sin embargo, no me parecía percibir mucha preocupación por parte del resto de la familia, todos seguían comiendo como si nada.

A nuestra madre le costó ocho meses encontrar un nuevo trabajo. El mérito fue de papá, que, como de costumbre, pidió un favor personal a un amigo de la zona, amigo a su vez de un señor que tenía un laboratorio de análisis clínicos en Fuorigrotta. Pero durante el verano, mamá fue libre y aquello me hizo feliz. A media mañana, Sasà y yo volvíamos a casa y ella nos tenía preparadas galletas caseras y un vaso de leche. Y cuando Sasà no podía bajar y Fabio y Viola no estaban, me iba con ella y con la abuela Maria al mercadillo de Antignano. La abuela era una experta del mercado, conocía a cada vendedor ambulante, cada puesto, y se movía entre aquellas calles intrincadas como si fueran su casa. Era capaz de negociar un precio durante horas, sin retroceder ni un milímetro, hasta que el vendedor de turno cedía, exhausto. Una mañana nos tiramos una hora regateando por un par de calzoncillos que costaban dos mil liras. Al final, la abuela se salió con la suya, como siempre, y volvió a casa sonriente y satisfecha con un par de *slips* de mil liras para su marido. Los abuelos solían discutir y él salía con esta frase: «¡Pero tú qué sabrás, que solo conoces tu mundo y nada más!».

Era verdad, la abuela solo conocía una pequeña parte del mundo, el suyo. Pero, caray, aquella pequeña parte la conocía realmente bien.

Cuando al invierno siguiente mamá volvió a trabajar, se presentó el problema de cómo llegaría hasta el laboratorio. Ella dijo que cogería el autobús, solo que este nunca pasaba y se tiraba horas esperando el 183, el 187 o el 185, las únicas tres líneas que llevaban a Fuorigrotta. Durante unos meses fue tirando con los autobuses. Entonces, un sábado por la mañana —al día siguiente era su cumpleaños—, papá me despertó sin hacer ruido y dijo:

—Mimì, esta mañana nada de instituto, tenemos que ir a recoger el regalo de tu madre.

Ella aún estaba en la cama, y con voz pastosa preguntó:

—Rosà, ¿adónde vais? Mimì ni siquiera ha desayunado.

—Al bar... —respondió con una risita.

—¿Y el instituto?

—Siempre hay tiempo para ir al instituto. Total, ¡Mimì es un monstruo!

En cambio, nos habíamos dirigido a un concesionario de Fiat, cerca de la estación Garibaldi. Era la primera vez que entraba en un negocio de coches; me quedé dando vueltas intrigado entre los que había en exposición: estaba el Panda, el Regata, el Ritmo, el 131 Mirafiori y el Uno, que todo el mundo quería. Nos dirigimos a la oficina donde estaban los coches usados y papá se detuvo delante de un Cinquecento amarillo que brillaba bajo los rayos de sol.

—¡Mira qué bonito, Mimì! —exclamó, sentado ya en el coche—. Es el regalo para mamá. Pero ella no lo sabe, ¡es nuestro secreto!

Que yo recordara, siempre habíamos tenido el Simca 1000 verde aceituna, así que el hecho de que estuviéramos a punto de comprar otro coche, ¡y qué coche!, me dejó boquiabierto.

Papá se dejó llevar por la euforia mientras conducía, y en el camino de vuelta exclamó:

—¡Mimì, mira qué clase!

Entonces dio vida a la conocida por muchos como la mítica «técnica del doble embrague», azote de los conductores menos experimentados, una maniobra combinada de mano derecha, pie derecho y pie izquierdo. Era un experto, así que al segundo siguiente el coche subió de marcha y con el motor a mil se lanzó a todo gas hacia *piazza* Municipio.

—¿Qué te parece? Soy bueno, ¿eh? Recuerda, ¡conmigo nunca oirás un derrape!

Papá era así, cuando estaba de buen humor me trataba como si fuera un amigo con el que no hacían falta explicaciones o aclaraciones.

Al llegar a casa, aparcamos el coche en secreto y nos inventamos una excusa para mamá, a la espera de mostrarle el increíble regalo. A la mañana siguiente, papá salió prontísimo y volvió a los pocos minutos, rojo de ira, con los ojos fuera de las órbitas, la frente perlada de sudor y la voz chillona.

—Ha desaparecido —comentó con un susurro.

Mamá se dio la vuelta de golpe y preguntó:

—¿Quién?

—¿Quién? ¡El Cinquecento! ¡Lo han robado!

Mamá nunca llegó a conocer su coche, y papá encima se llevó una buena charla, porque para ahorrar no había querido montar el antirrobo.

—Sin tontos, no habría listos —fue el comentario resentido del abuelo.

Por desgracia, el que creía que era nuestro secreto, el mío y el de Viola, es decir, que podíamos disponer de las llaves de la casa de los Scognamiglio según nos placiera, no duró. De hecho, ella le confesó todo a su hermano y, en breve, Sasà se presentó delante de un servidor para preguntarme cómo era posible que ellos hubieran sido excluidos.

—En esa casa no hay nada que pueda interesarte —intenté defenderme como si nada.

—Oye, Mimì, pero ¿tú estás tonto? Ahí arriba podemos hacer lo que nos dé la gana, nos emborrachamos, gastamos bromas por teléfono…

—Y si nos descubre papá, ¡la hemos liado! —exclamé, presa del desaliento. Sabía que no sería capaz de plantarle cara durante mucho tiempo.

—Nadie nos descubrirá, tú tranquilo y fíate de tu Sasà. Esta noche vamos con vosotros…

—No, en serio…

—¿En serio qué? —preguntó en un tono más agresivo.

Me quedé en silencio y agaché la cabeza.

—Mimì, ya lo sabes, siempre te he protegido, incluso te he

ayudado con esta historia; pero te ha dado por Viola. Esa es una creída, ya te lo he dicho, se cree muy guay, solo te utiliza para divertirse.

Ante aquellas palabras no pude contenerme.

—¿Ah, sí? ¿Y tu amigo Fabio, en cambio? ¿Él no te utiliza? ¿Y tú no te dejas utilizar como le place?

Se puso serio, me agarró la nuca con su mano caliente y me miró fijamente a los ojos.

—Mimì, tú aún no has entendido tres cojones de la vida. Soy yo el que le utilizo a él —respondió entonces, dejándome tirado en la acera manchada de orina.

A los pocos metros volvió atrás.

—Al único que no he utilizado es a ti. ¿Y sabes por qué?

Dije que no con la cabeza.

—Porque no tienes nada.

Nunca entendí si para él aquello era un cumplido. El caso es que me encontré con que tenía que aguantar la presencia de aquellos dos energúmenos en el que, pensaba, era un nido de amor. A pesar de que les rogué que se movieran despacio, a ellos parecía traérsela al fresco lo que les decía. Me pasé toda la noche con una presión en el pecho, aguzando las orejas ante el más mínimo ruido, temiendo que de un momento a otro alguien llamara a la puerta. Ellos se reían por cualquier tontería y yo me quedaba en una esquina, imaginando la cara de mi padre cuando descubriera lo que estaba sucediendo arriba; o también me imaginaba cuando me encontrara a los *carabinieri* en casa, las lágrimas de mi madre, el desprecio del abuelo, que siempre andaba repitiendo que «la buena campana es la que se oye de lejos», es decir, que en la vida se nota rápido quién es una persona seria. ¿Qué diría de mí si me pillaran pasándomelo pipa en casa de otros?

Mientras Sasà ponía voz de estúpido por teléfono con una pobre señora y Fabio se reía como tonto, habría podido irme con Viola, que estaba en la terraza jugando con Morla, pero me sentía traicionado por lo que había hecho; la revelación a su hermano me había herido mucho más de lo que lo había hecho la frase de unos días antes, y no conseguía esconder mi disgusto.

Los dos chulitos de pacotilla no tardaron en hartarse de sus bromas telefónicas y se unieron a nosotros fuera, canturreando la letra de *L'estate sta finendo*, la canción de Righeira que causaba sensación en la radio. Entonces a Sasà se le ocurrió una de sus locas ideas.

—Chicos —dijo—, pasadme un destornillador.

Nos miramos extrañados y él añadió con aire orgulloso:

—¡Tenemos que grabar nuestras iniciales en la pared!

—Eres un desequilibrado —protesté.

—Mimì, no seas cagueta, como siempre; tenemos que grabar nuestras iniciales, es una especie de rito por nuestra amistad. El día de mañana todos sabrán que estuvimos aquí…

—No veo a quién le pueda interesar… —intenté rebatir—. Además, como se dé cuenta Scognamiglio, tendremos un problema.

Pero Fabio había asentido admirado ante las palabras de Sasà, incluso a Viola parecía haberle impresionado la idea, así que lo único que pude hacer fue capitular.

—Al menos, grabémoslas por la parte de fuera de la pared del edificio, fuera del perímetro del balcón.

Sasà accedió a mi petición y al minuto siguiente ya estaba con el busto medio suspendido en el vacío, arañando el yeso con una llave —porque no sabíamos dónde encontrar un destornillador—, mientras Fabio le sujetaba por las piernas y Viola aplaudía entusiasmada. Al único que le daba miedo la situación era a mí, que le rogué no sé cuántas veces a Sasà que tuviera cuidado y que terminara pronto.

Una vez terminada la obra, los dos se dedicaron a un concurso de eructos mientras se fumaban un cigarro tras otro. En efecto, desde hacía un tiempo les había dado por fumar. Había empezado Sasà, que un día se había presentado en mi casa para contarme su gran secreto. Yo me lo había quedado mirando espantado, sin creer lo que oían mis oídos.

—De vez en cuando le mango un cigarro a papá —había explicado entonces él—. Es muy guay, ¡y te hace sentir mayor!

No sabía qué decir y me quedé en silencio. Al instante siguiente, su sagaz plan había sido desvelado a mis ojos.

—¡Mimì, tienes que probar también tú!

Como lo que decía Sasà era para mí ley (un poco como la televisión para mi familia), había terminado por asentir y esperado instrucciones. Él se había acercado al oído, se había cubierto la boca con la mano y, finalmente, había exclamado:

—Tengo un plan infalible.

Quería que robara un paquete a doña Concetta.

—Tú desvarías, Sasà, creo que esa pobre mujer no tiene a nadie, ¡y los cigarros son su única ganancia! Además, tiene mil ojos. ¡Y robar es un pecado grave!

Él se había mosqueado y había respondido:

—Mimì, no seas marica, ¡yo la distraigo y tú le coges el paquete!

Había titubeado, entre otras cosas porque doña Concetta siempre era amable y cariñosa con nosotros; pero él no había querido atenerse a razones: me tocaba intentarlo, a no ser que quisiera pelearme con mi mejor amigo. Al día siguiente, Sasà se había puesto a jugar a la pelota justo enfrente del puesto de cigarrillos, y en determinado momento había soltado un grito y se había desplomado en el suelo sujetándose el tobillo.

—¿Qué ha pasado? —había preguntado inmediatamente la señora, alarmada.

—¡Me he roto la pierna! —había exagerado Sasà para convencerla de que le prestara ayuda.

Y, en efecto, doña Concetta había dado inicio al típico procedimiento de varios segundos que la llevarían a enderezarse. Además, pesaba más de una tonelada, debía de haber superado los setenta, tenía las piernas como jamones —gordas y llenas de venas varicosas—, y estar de pie le costaba tanto que se veía obligada a moverse siempre pegada a la pared de los edificios para aprovechar el apoyo. Nunca supe dónde vivía, pero seguro que por la zona, porque cada mañana, a las ocho en punto, ya estaba en su puesto, y por la noche no desmontaba hasta que daban las nueve.

—Déjame ver… —había dicho cuando estaba junto a Sasà, el cual me había guiñado un ojo a escondidas, como habíamos acordado.

Me había acercado furtivo al puesto de la vieja y había sacado un paquete de la bolsa que ella siempre apoyaba debajo. «No cojas los que están expuestos —me había recomendado mi amigo, que pensaba siempre en todo—, si no se dará cuenta».

Solo cuando yo ya estaba lejos, con un paquete de Marlboro en el bolsillo, él se volvió a poner de pie y comentó:

—Estoy mejor, doña Concé, ha sido solo un gran susto —como oía siempre repetir a los comentaristas por la tele.

—¡Eso es porque no te estás un minuto quieto, eres un culo inquieto! —había respondido la señora, antes de volver lentamente a su sitio.

Nos habíamos dirigido hacia un tramo de escaleras cerca de *piazza* Leonardo, y ahí yo había probado por primera vez a fumar. A pesar del temor inicial, no me había echado atrás, incluso cuando después de la primera calada me había puesto a toser como loco y la cabeza había empezado a darme vueltas sin parar.

Algunas veces me preguntaba si no era demasiado dócil con Sasà, si no aceptaba sus órdenes como un perro hace con su amo; y siempre me respondía que sí, efectivamente, que habría podido rebelarme, pero que, a fin de cuentas, él, con su pequeña prepotencia, nunca había invadido realmente mi libertad, mi individualidad. La única vez que esto había ocurrido, había encontrado en mí la fuerza para reaccionar y defenderme, y Sasà, sorprendido, había dado marcha atrás.

Unos meses antes, era todavía invierno, se me había acercado una tarde con aire arrogante y me había guiñado un ojo. En la mano tenía un bote de espray.

—¿Qué quieres hacer? —había preguntado de inmediato, barruntando problemas.

—Tengo un plan diabólico —había sido su respuesta—, ¡sígueme!

Y había tirado recto hacia la pared de toba que delimitaba la calle.

Yo lo había seguido en silencio, a pesar de tener claro que estábamos a punto de meternos en algún lío, como ocurría siempre con los «diabólicos planes» de Sasà. Él se había acercado al muro y se había puesto a escribir con el espray rojo.

—Pero ¿estás loco? ¿Qué diablos estás haciendo? —había preguntado yo mirando a mi alrededor, asustado.

Si nos hubiera visto alguien, habríamos tenido serios problemas.

—Ensuciar un bien público es delito, Sasà —había probado a objetar, pero él ni siquiera me había respondido y se había dado la vuelta sonriente para enseñarme la obra que acababa de terminar.

En la pared destacaba la costrosa frase: *Mimì ama a Viola*.

Me había quedado inmóvil, con la boca descolgada, sin encontrar el valor de decir nada; así que él se había sentido en el deber de explicar:

—Bueno, ¿no estás obsesionado con ella? ¿No te gusta? He pensado que así lo leería y la conquistarías de una vez por todas.

Y había sonreído.

Tenía la sensación de no encontrar palabras para exteriorizar mi desdén y mi rabia, así que él había continuado:

—¿Qué pasa Mimì, a qué viene esa mirada de loco?

—¿Has perdido la cabeza? —había conseguido por fin preguntar.

—¿La cabeza? ¿Qué dices?

—No te permito disponer de mi vida de esta manera. No tienes mi permiso —había objetado, finalmente decidido.

Ante aquellas palabras tan serias, él había parecido desinflarse.

—Pero, perdona, ¿no te mola esa? ¿No quieres declararle tu amor?

—No, no tengo ninguna intención de declararle mi amor. No así, al menos. Ahora bórralo antes de que llegue alguien.

Sasà me había dedicado una mirada de aburrimiento y había resoplado. Luego, viendo que yo no retrocedía ni un milímetro, había garabateado encima de mi nombre y el de Viola.

Durante años, el muro de debajo de casa acogió la única palabra que sobrevivió a mi furia, aquel *ama* que con el tiempo se transformó para mí casi en un hechizo o, mejor dicho, en una forma de entender y afrontar la vida.

EL COJÍN DE LA SUEGRA

La frase clasista de Viola se la repetí a mi padre un par de semanas después, a principios de julio. El bochorno no daba tregua y por la noche en nuestra pequeña casa no había quien respirara, así que en aquellos días alargamos las visitas a Morla y a las plantas: si al principio nos quedábamos arriba un cuarto de hora o así, después papá no quería bajar antes de que la oscuridad engullera los contornos de los edificios. Se quedaba ahí, con cara pensativa, normalmente sin decir palabra, regando las plantas; luego enrollaba la manguera y, con los pies todavía mojados (siempre subía a casa de los Scognamiglio en pantuflas), se apoyaba en la barandilla y se encendía un MS. Yo me quedaba jugando con la tortuga, o si no aprovechaba para leer unas páginas de alguna novela.

En aquel periodo estaba liado con dos libros, uno de ellos era *El principito*, que ya había leído, pero que no podía evitar sacar de la librería de los Scognamiglio para hojearlo durante mis visitas solitarias a la terraza. Había empezado a usar la casa también como guarida propia: subía en los momentos más dispares, sobre todo después de comer, cuando estaba seguro de que papá dormía; me tumbaba fuera en el suelo, en un lugar a la sombra, y leía ávidamente mientras Morla, a mi lado, se echaba una siestecita. O si no, intentaba escribir algo en mi cuaderno, que llevaba siempre conmigo.

—Pero ¿qué escribes todo el día? —me había preguntado una vez la abuela.

—Pensamientos —había respondido orgulloso, aunque, en realidad, hacía tiempo que me rondaba la cabeza la idea de narrar una historia a medio camino entre realidad y fantasía, una novela con Viola y yo como protagonistas.

En cambio, a veces me quedaba mirando abajo, el vaivén de coches, motocicletas y autocares que hacían vibrar el edificio, observando la gente que atravesaba corriendo la plaza achicharrada por el sol. Fue en una de esas tardes cuando me fijé, por primera vez, en dos hombres plantados en la entrada de nuestra calle sin salida. Me había fijado en ellos porque me parecía que desentonaban con el caos, figuras inmóviles en primer plano mientras al fondo todo fluía. Se habían tirado casi media hora escrutando la zona y los edificios; de vez en cuando se metían en nuestra calle y luego volvían a aparecer por la plaza, como si estuvieran llevando a cabo una inspección.

Por la noche me habían entrado ganas de contárselo a Sasà, porque a él le gustaban las historias extrañas, y a saber lo que se le habría ocurrido: que eran delincuentes, o si no *carabinieri* de paisano, o detectives que estaban siguiendo a alguien. Me habría obligado a tenerlos vigilados, a construir sobre esos dos un acontecimiento convincente para rellenar los vacíos de aquel cálido julio y de su vida. Desde hacía unos días, de hecho, se le veía menos, así que había preguntado por él a mi padre, el cual me había contado que la madre de Sasà había sido hospitalizada para hacerle pruebas. Así que no le había dicho nada y me había olvidado del acontecimiento.

En la última semana, Viola había subido conmigo solo un par de veces. Nuestra relación ya no parecía la de antes: siempre estaba cabreada, con frecuencia respondía mal y se mostraba distraída. Le contaba alguna anécdota de Morla o metía en la cadena la casete de Vasco, pero ella nunca parecía interesarse realmente en lo que le decía. No obstante, seguía amándola, a pesar de todo, seguía buscando despertar su curiosidad con mis historias. Había dejado de lado la idea de conquistarla con mis superpoderes porque había otra cosa que me permitía estar a su lado y robarle la sonrisa: los libros. De hecho, Viola había expresado su deseo de conocer *La historia interminable*, el regalo que me habían hecho mis padres para la Befana, después de haber visto el libro en un puesto de *piazza* Mercato. La noche del cinco de enero era costumbre, para la familia Russo, ir a la antigua plaza del mercado de Nápoles a pasear entre los puestos repletos de dulces, juguetes y fruslerías de todo tipo. Y en uno de estos había ojeado por primera vez el libro, que había logrado que me regalaran solo gracias a mis extenuantes ruegos, que habían convencido a papá para que entablara una negociación con el vendedor.

Aparte de aquel ritual, mis padres no salían nunca juntos: mamá salía con la abuela; mientras que papá no iba a ninguna parte, y si no se pasaba el tiempo en la portería, te lo encontrabas en casa delante de la tele, riéndose con algún gag estúpido o discutiendo de política con el abuelo. La última vez había sido unos días antes, con motivo de la elección como presidente de la República de Francesco Cossiga, que al abuelo no le caía precisamente bien.

—¡Pero si ni siquiera ha tomado posesión de su puesto! —había respondido papá, picado.

—¡Solo habrá un Pertini en la historia! —había replicado solemnemente el abuelo Gennaro.

Y es que tenía sus rarezas. La muerte de Enrico Berlinguer, por ejemplo, había sido también día de luto para nuestra familia. Yo apenas sabía quién era Berlinguer, pero me había impresionado mucho el hecho de que el abuelo se hubiera pasado dos días delante de la tele sin decir palabra. Por la noche había preguntado a mi madre qué había pasado, y ella había sonreído tranquilizándome: «Nada, ya verás como mañana se le pasa. Ya sabes cómo es el abuelo, vive las cosas ajenas como si fueran propias».

Aquello no me había ayudado a comprender por qué la muerte de un personaje público pudiera traer tanta tristeza a nuestra casa.

Y, de hecho, no era el único que pensaba de aquella forma; tanto es así que la abuela Maria, al día siguiente, frente a la enésima mañana pasada en pijama delante de la tele, se había acercado a su marido para exclamar:

—Gennà, me estáis volviendo loca tú y Berlinguer. Está muerto, qué se le va a hacer. ¡La vida continúa!

Por toda respuesta, el abuelo se había levantado, se había llevado la tacita de café a la boca, y solo después había replicado:

—Marì, está decidido, ¡me voy a Roma al funeral!

La abuela había inclinado hacia un lado la cabeza, como una paloma, antes de responder:

—¡Este se ha vuelto loco! ¡Pero adónde vas a ir tú, que estás medio ciego!

La abuela Maria tenía razón, ya que su marido tenía cataratas, y con sus problemas de vista, marcharse a Roma para el funeral de un político le parecía a todo el mundo una locura. En cualquier caso, no ocurrió nada de esto: la abuela se lo contó a mi madre, quien a su vez se lo contó al médico, quien le prohibió el viaje. Toda la familia estaba en contra del abuelo, así que este, el día del funeral, se había puesto el traje bueno que guardaba como un trofeo en el armario, los famosos mocasines que no usaba desde a saber cuándo, y se había colocado delante de la tele.

El comentario de la abuela había sido el siguiente: «¡Jesús, este se ha vuelto loco de verdad!», pero su marido ni siquiera había respondido, permaneciendo todo el tiempo de pie con el puño hacia el techo.

Hasta que no me hice adulto, creí que era de buena educación, cuando moría un amigo o una persona que merecía nuestro respeto, alzar el puño en alto.

Aquella tarde con papá en la terraza me sentía nervioso porque ahora Viola parecía aburrirse, incluso escuchando las historias de Atreyu, Sandokan, Jim o del capitán Nemo. Iba por la casa descalza, se tumbaba en el balancín con Morla en brazos o se sentaba en el suelo con las piernas en el pecho, mascando un Big Babol a pesar de que le guarreara el aparato. Solía llevar pantalones cortos vaqueros, lo que me hacía muy difícil concentrarme en la lectura y resistir la tentación de dejar caer la mirada entre sus muslos, aunque estoy seguro de que ella nunca se había dado cuenta. La verdad es que no me miraba, el tiempo que pasaba conmigo parecía más un plan B, una forma como otra cualquiera de rellenar un hueco. Y aquel día lo había confirmado, porque estando en la portería con papá, ella había salido del ascensor vestida de punta en blanco, con el pelo recogido, maquillaje brillante, vaqueros negros, las Converse violetas y una camiseta escotada. Nada más verme, había parecido apurada y había huido con un «hola» apenas susurrado. Fuera del edificio estaba Nick Kamen esperándola. Se habían saludado con un cándido beso en la mejilla, pero ella sonreía como nunca había hecho conmigo.

«Mimì —había comentado papá al darse cuenta de mi expresión de decepción—, ¿por qué no pasas de esa? Hay tantas chicas guapas en el mundo…».

No había dicho nada y me había escondido en casa. Cuanto más mayor era, más me costaba comprender la forma de actuar y de pensar de mi padre, su manera de renunciar siempre a todo, de ni siquiera intentar llevar una vida mejor, de conformarse con una existencia austera. Empezaba a odiarlo. Incluso su típica costumbre de fumarse un cigarro asomado al balcón de los Scognamiglio, que en el pasado me había parecido un momento de libertad que le robaba a la vida, ahora me parecía el acto de cobardía de un hombre que no tenía el valor de correr riesgos para conseguir lo que deseaba.

Estaba apartado, leyendo en la terraza, cuando él me vino con este discurso:

—Los cactus son mis plantas preferidas —dijo mientras miraba un ejemplar de *Echinocactus grusonii*, que él llamaba vulgarmente el «cojín de la suegra».

Como a mí aquel nombre no me gustaba, había investigado un poco en los libros de los Scognamiglio para descubrir el verdadero nombre de la enorme planta colocada en una gran maceta a la derecha del balancín.

—Deberías regalarle un cactus a esa chica, la hija de los Iacobelli… —En ese momento levanté la cabeza del libro. Él sonreía, con los codos apoyados en la balaustrada de ladrillos y la espalda vuelta hacia el sol y la plaza—. Los cactus se han adaptado a vivir en las zonas más inhóspitas del planeta, saben lo que significa resistir. Son un regalo perfecto para los que queremos, porque duran, ¡y son fieles!

—Entonces, ¿por qué razón no has pensado regalarle uno a mamá? —pregunté con tono provocativo.

Él no pareció tomárselo a mal y respondió:

—Y qué tiene que ver, nosotros llevamos una vida juntos, si supieras la cantidad de regalos que le hice en los primeros tiempos, me río yo del cactus…

—¿Y luego?

—¿Y luego qué?

—¿Por qué dejaste de hacérselos?

—Mimì, tú eres pequeño, hay ciertas cosas que no puedes entender…

—No soy pequeño, ¡y conozco muchas más cosas que tú! —rugí.

Esta vez se le ensombreció el rostro.

—Vale, solo te estaba dando un consejo…

—No creo que tú seas la persona más apropiada para hablar de amor y de cosas duraderas, de perseverancia. Hablas del cactus… pero ¿sabes que el agave puede emplear hasta cincuenta años para florecer una única vez? Y utiliza tanta energía para el empeño que al poco muere.

—¿Qué quieres decir? —respondió, apartando los brazos de la barandilla.

Tenía campo libre y no me detuve.

—Lo que digo es que te pasas el tiempo en esa portería sin proponerte un objetivo. Tu vida es un continuo permanecer a la espera, nunca haces nada por comenzar algo nuevo, solo esperas que lo viejo se agote. Digo que en la vida hay que imitar al agave, poner todo de tu parte para intentar florecer, al menos una vez, incluso con el riesgo de pagar por ello las consecuencias.

Él me dedicó una mirada extrañada, totalmente incapaz de estar a mi altura.

—Hablas de sueños y amores, y te tiras todo el día sin hacer nada, nunca llevas a mamá a la playa, a comer una *pizza*...

—Las cocinas de los restaurantes son...

—Sí, lo sé, siempre usan el mismo aceite para freír. No la acompañas casi nunca a tomar un helado a *via* Caracciolo, y nunca te he visto salir una tarde con Bea.

Sacó un MS y lo encendió. Me di cuenta de que temblaba, a pesar del calor.

—Mimì, no te pases, ¡que te llevas una buena esta noche!

—Tu único momento de vitalidad fue cuando te veías en secreto con aquella joven de la lavandería. Entonces eras otro, siempre alegre y dispuesto, incluso parecías más joven.

—Mimì... —probó, pero no había manera de pararme, era como una avalancha que se desprende sin titubeos, caiga quien caiga.

—No recuerdo su nombre. ¿Lucia?

—Pero ¿qué te pasa esta noche? —preguntó, no sabiendo ya qué hacer.

—Nada, no quiero nada. Solo desearía que mi familia fuera diferente, que os cuestionarais cosas de vez en cuando, que leyerais algún libro y que no solo vierais estúpidos programas de variedades, que no pensarais que a los mendigos hay que mantenerlos apartados y que os quisierais un poco más...

Y crucé los brazos sobre mi pecho jadeante.

Él me miró sin saber qué responder. Entonces inspiré y concluí:

—Querría no ser hijo de un portero. O, mejor dicho, de alguien que ha decidido ser solo portero en su vida. Eso es todo.

Entonces arrojé al suelo *El extraño caso del Dr. Jekyll y Mr. Hyde* y me escapé.

Un domingo, tres años antes, había acompañado a mamá a casa de unas tías que vivían en Pianura. Bea tenía que estudiar y papá había dicho que saldría a tomarse una cerveza con un amigo, aunque en realidad nunca hubiera tenido amigos con los que salir a tomarse una cerveza.

A la vuelta estábamos en el autobús, parados entre los coches, cuando ella, en determinado momento, había alargado el cuello y había emitido un gemido sordo antes de apretar el botón para que se abrieran las puertas. El problema es que la parada quedaba lejos, así que, al principio, el conductor había pasado olímpicamente de su petición. Pero mamá, que siempre había sido un hueso duro de roer, se había acercado al conductor y le había exigido que nos dejara bajar, porque si no «lo destrozaría todo». El hombre había abierto las puertas.

En la calle se había echado a correr en dirección a un coche verde parado en el semáforo, un Simca como el de papá. Yo, en cambio, me había quedado en medio de la calzada, mirándola desde lejos cómo gritaba y golpeaba con los puños las ventanillas del coche. Un segundo después, el automóvil se había marchado derrapando y la gente se había acercado para saber si mi madre necesitaba ayuda. Cuando, por fin, nuestras miradas se cruzaron, comprendí la verdad: el Simca era el nuestro, y aquel hombre era mi padre. El problema es que a su lado no estaba mamá, sino otra mujer.

Fueron días extraños. Nuestros padres se quedaban horas encerrados en la habitación hablando, y nosotros nos tirábamos el día con los abuelos. Mamá estaba irreconocible: tenía el pelo desgreñado y los ojos hinchados, vagaba por casa como un zombi, se olvidaba de cocinar y a veces ni se daba cuenta de mi presencia. Si en aquel periodo no hubiera estado la abuela, no sé qué habríamos hecho: ella ponía la mesa, cocinaba, lavaba, planchaba y se pasaba el tiempo intentando colmar el mío.

Una tarde, estaba pasando la plancha por las camisas de papá cuando comentó:

—Mimì, no te preocupes, lo que está sucediendo es normal en todas las familias. Mamá y papá se siguen queriendo, pero después de tanto tiempo uno puede cansarse un poco.

Luego había vuelto a la plancha sin añadir nada más.

—No te metas entre un marido y una mujer —había sentenciado el abuelo desde su sillón, sin apartar la mirada de la televisión.

No entendía qué tenía que ver el cansancio, yo me cansaba cuando jugaba al fútbol o al pilla pilla, pero en absoluto de estar con mi familia. Había sido Bea la que se había hecho cargo de la situación después de la enésima pelea.

—Si os queréis dejar, hacedlo rápido y no nos toquéis las narices, que ya tenemos lo nuestro. Y, sobre todo, haced el favor de explicar a Mimì cómo están las cosas.

Aquella noche papá se había sentado al borde de mi cama y se me había quedado mirando un buen rato mientras yo seguía absorto con *Colmillo Blanco*. Incluso lo había oído suspirar, pero no había dejado de leer y no me había movido ni un milímetro. A él le faltaba valor para mirarme a los ojos, a mí para escuchar lo que me tenía que decir.

—Mimì, escucha, todo se arreglará. ¿Sabes?, a nosotros, los hombres, nos pasa que, después de mucho tiempo, perdemos un poco la cabeza.

Me había mirado en busca de consenso o, quizá, de apoyo.

—Pues eso, que papá se está haciendo viejo. Mira, incluso tengo pelos que me salen de la nariz y de las orejas —y se había tirado hacia abajo del bigote con un amago de sonrisa—, y esto me fastidia un poco. Si estoy raro en los últimos tiempos es porque estoy intentando comprender cómo hacer para parar esto... de hacerse mayor.

Luego había intentado abrazarme, pero yo me había quedado inmóvil, cabreado e incapaz de comprender lo que me decía. No entendía qué tenía que ver la vejez con mamá y con nosotros. También los que traicionan a su mujer se hacen viejos, también a ellos les crecen pelos en la nariz y en las orejas.

LOS AUTOS LOCOS

Un sábado por la mañana Matthias me pidió si podía quedarme con Beethoven, porque él tenía cosas que hacer. Respondí inmediatamente que sí, que me ocuparía de su perro. Antes de que me alejara con el animal de la correa, mi amigo me agarró del brazo y me dijo:

—Mimì, quería hablarte de algo… no sé si es *recht*, justo; pero, bueno, eres mi único *freund* aquí. —Presté atención—. Te quería decir que últimamente me he fijado en dos chicos extraños, que no me han gustado nada. Dos que han venido ya otras veces…

Se me erizó la piel de los brazos y de la espalda.

—¿Qué chicos? —pregunté, en cambio, como si no supiera nada.

—Dos chicos que hablan en dialecto. El otro día pasaron justo delante de mí… me tomarás por *verrucht*, pero se me puso la carne de gallina. Ya sabes que no puedo ver, pero puedo oír, Mimì, y esos dos esconden algo.

—¿Qué han hecho? —le interrumpí.

—Nada, llegan, se detienen un poco más allá, pero no sé por qué. Seguro que fuman, y mucho. El otro día se quedaron en la esquina de la calle durante media hora antes de marcharse. Incluso Beethoven empezó a gruñir, pero siguieron y se alejaron *schnell*, rápidamente.

Me quedé mirándolo como si delante tuviera a un mago, alguien dotado de poderes extrasensoriales. Un superhéroe.

—Pero ¿cómo lo sabes? ¡Tú no nos ves! —dije solamente.

—La vista no sirve para percatarse del mal, Mimì, sirven los otros sentidos.

Me quedé en silencio, sin saber qué decir, así que él fue al grano.

—No sé lo que querían, pero nada *gut*, bueno, de eso puedes estar seguro. Estate atento por la noche, cuando vuelvas, este es un mundo feo…

Y dejó sus palabras suspendidas en el aire.

Se me puso la cara roja y encontré la fuerza para responder:

—Está bien, estaré atento…

Él me apretó aún más el brazo y repitió:

—Atento… y si acaso, cuéntaselo a un adulto, a tu padre, y no vuelvas solo a casa si es tarde…

Obviamente, la conversación con Matthias me turbó. Al principio intenté convencerme de que mi amigo solo estaba cansado, y que simplemente se había dejado impresionar por sus sentidos desgastados. Pero después, mi mente volvió a aquellos dos que había visto desde la terraza de los Scognamiglio, y me convencí de que tenía razón, de que había algo raro en ellos. Quizá debería haber hablado realmente con papá, pero era un bonito día de sol, el cielo estaba despejado y el recién llegado verano hacía que todo pareciera más alegre y colorido; así que al poco me olvidé del desagradable diálogo, entre otras cosas porque tenía conmigo a Beethoven, que me robaba una sonrisa con su lento caminar por el asfalto, la lengua fuera y la nariz lista para captar cualquier olor.

Lo até a un palo y fui a llamar a Viola, haciendo como que no veía la típica cabeza blanca de D'Alessandro, que escrutaba mis movimientos desde lo alto. En realidad, por un segundo me entraron ganas de pararme y alzar la mirada para mandarlo a freír espárragos, pero no me atreví y preferí llamar al telefonillo. Respondió la señora Iacobelli con voz altanera diciendo que su hija estaba de paseo con un amigo, luego colgó sin tan siquiera despedirse.

Me escabullí con la cabeza gacha, a pesar de que papá me estuviera mirando desde su chiscón. No nos habíamos vuelto a hablar desde que me había desahogado y parecía muy mosqueado conmigo. Sin embargo, comprendí igualmente que le habría gustado pararme para aconsejarme, una vez más, que pasara de esa; quizá habría repetido lo mismo que me había dicho Sasà, que Viola no era para mí, que se lo tenía muy creído y que solo me utilizaba para pasar su tiempo libre. Un poco como el discurso que me había soltado Bea el día antes. Estábamos enfrente de la tele, a primera hora de la tarde, cuando ella me había visto pensativo, así que había bajado el volumen y se había sentido en el deber de decir:

—Hermanito, eres demasiado infeliz para tu edad.

La había mirado mal sin responder. ¿Qué sabía ella de la felicidad y del amor? Ella, que se conformaba con dar una vuelta en la moto de Mauro; ella que, como el resto de la familia, se contentaba con su pequeño mundo sin tan siquiera pensar en una vida diferente, ¿mejor quizá?

—¿Has conseguido desarrollar tu telepatía? —había preguntado después.

Dije que no con la cabeza.

—Normal —había sido su respuesta—, no se puede.

—Que yo sepa, no tienes ni idea de ciencia… —había respondido.

—La ciencia no sirve para aprender a ir por la vida, Mimì, así que lo llevas claro. No existen ni los superpoderes ni los héroes, ¡hazte a la idea y empieza a contar solo con tu fuerza!

—No capto lo que me quieres decir, no entiendo qué quieres de mí…

—Querría verte más sonriente. Ayer mamá se me acercó para preguntarme qué había pasado, visto que estás siempre de morros y no hablas con nadie.

—¿Y por qué motivo quiere una respuesta tuya?

—¡Justo fue eso lo que le dije! Pero, hermanito, mamá tiene razón, te lo tomas todo demasiado a pecho, siempre con ese as-

pecto triste, esas grandes palabras en la boca. ¡Yo a tu edad solo
reía!

—Nada nuevo, entonces. También ahora lo único que haces es
reír —había contestado seco.

—Bueno, ¿y no te alegras de que tu hermana siempre esté
riendo?

—Quien ríe demasiado quiere decir que no ríe realmente.

—Oh, madre mía, qué plasta eres, tiene razón nuestra madre.
Pero tú, ¿de dónde has salido?

—Ya, yo también me lo pregunto… —había comentado ale-
jándome.

Volví donde estaba Beethoven, que me esperaba todavía atado
al palo, y dije:

—Hoy estaremos solos tú y yo, pero te prometo que nos lo
pasaremos en grande, no te preocupes…

Solté al perro y, mientras decidía qué hacer, me apoyé en la
puerta al rojo vivo del 128 de Angelo, aparcado en doble fila. El
padre de mi amigo estaba ocupado descargando bolsas de leche del
furgón, y de tanto en tanto lanzaba una palabrota al sol que volvía
tan incandescente el asfalto y que me daba la sensación de que pudiera derretirme las alpargatas. Justo a Angelo le había preguntado
por Sasà a primera hora de la mañana, y él me había respondido
que estaba con su madre.

—Pero ¿baja por la tarde? —había insistido.

—Bah, puede ser. En cualquier caso, tiene que ayudarme con
las entregas —había respondido, volviendo a sus cuentas.

—Ey, Mimì, campeón, ¿qué haces aquí abajo con este sol?

Era Giancarlo el que hablaba, que acababa de salir del edificio
vestido con un polo, unos vaqueros y unas Superga azules. Llevaba
unas Ray-Ban, las gafas de sol que tenía también Fabio y que tanto
le gustaban a Sasà, quien a veces pedía que se las prestara para después adoptar las poses más absurdas, al estilo Poncharello.

—¡Hola, Giancarlo!

Y levanté la mano.

Él se me acercó sonriendo de manera amigable.

—¿De quién es el perro? —preguntó.

En la mano tenía las llaves del coche, aparcado a unos metros de nosotros, y bajo el brazo la radio extraíble.

—De un amigo —respondí—, me gustaría llevarlo a dar un paseo, pero hoy hace realmente demasiado calor.

Me apoyó una mano en el hombro y dijo:

—Sígueme, quiero enseñarte una cosa.

Y se metió en el Mehari.

Me quedé como un pasmarote detrás de él, a la espera. Entonces Giancarlo se dio la vuelta e hizo un gesto con la cabeza antes de precisar:

—Sube al coche.

—Estoy con el perro…

—¿Y? Si aquí dentro puede vivir un gato, ¿por qué no un perro?

Y me guiñó un ojo.

Agarré la correa de Beethoven y di la vuelta al coche, me senté al lado de Giancarlo y esperé a que sacara no sé qué de debajo del asiento. Beethoven, mientras tanto, acurrucado detrás de nosotros, se puso a olfatear como un poseído la tela en la que pasaba las noches Bagheera. Finalmente, mi amigo periodista se dio la vuelta y me mostró satisfecho su mano: empuñaba dos pelotitas de pimpón.

Abrí los ojos como platos y no dije nada.

—El experimento —dijo entonces él—, el de las pelotitas, el de…

—Ganzfeld.

—Sí, muy bien, ese mismo.

No me decidía a moverme, así que dijo:

—Bueno, ¿no las coges?

—¿Son para mí?

—¿Y para quién si no?

—Gracias.

Y las agarré haciéndolas girar en la palma de la mano.

—Las gané la otra noche. Estaba a punto de dejarlas ahí, en el parque, cuando me acordé de ti… —Y sonrió. Luego, visto mi silencio, añadió—: Pues eso, que le estuve dando vueltas y… qué demonios, ¿por qué no probar? En el fondo, será divertido…

—¿En serio? —fue lo único que logré decir—. Muchas gracias…

Y estaba a punto de darle un abrazo, pero él se me adelantó y dijo:

—Entonces, ¿cómo funciona?

—¿Quieres hacerlo ahora? —pregunté sorprendido.

—¿Y cuándo si no? Estamos solos, nadie nos molesta… Venga, probemos, que si no cambio de idea.

Con solo oír la posibilidad de que se echara atrás, me estremecí y volví en mí.

—Vale, entonces… tienes que ponerte las pelotitas en los ojos y… ¡jopé, no tenemos los auriculares!

—Ah, ya, los auriculares. —Entonces se giró hacia el bolsillo lateral de su puerta y extrajo un par de auriculares de *walkman*—. ¿Estos valen?

Habríamos necesitado auriculares profesionales, de esos que vendían en las tiendas de discos; estos eran unos simples auriculares con escaso poder fonoabsorbente. Y, lo más importante, no reproducirían ningún ruido de fondo, como se precisaba en la explicación del experimento. Pero no me apetecía desilusionar a Giancarlo, y no quería perder la oportunidad, así que asentí y le invité a que se los pusiera.

—Inspira lentamente unos segundos, intenta perderte en el blanco que ves al otro lado de los párpados. Anula los ruidos y no pienses en nada.

Él no respondió, se quitó las gafas (que apoyó en sus rodillas) y se puso las pelotitas delante de los ojos, así que me callé y le hice un gesto a Beethoven para que no hiciera ruido. Después cerré los párpados e intenté pensar intensamente en un objeto. Los volví a abrir. No se me ocurría nada. Y la respiración del perro me parecía demasiado ruidosa. Volví a intentarlo, pero ¿en qué pensar? Empecé a sudar. ¿En el Mehari? No, demasiado fácil. ¿En el cuaderno rojo? Tampoco. Esos objetos del día a día habrían podido ir bien para una persona normal, para Sasà o Bea, pero con Giancarlo podría correr el riesgo de parecer simplón.

—¿Cuándo empezamos? —dijo él al rato—. Tengo que ir al periódico…

—Sí, vale. Estoy listo… —respondí, aunque no estaba en absoluto listo.

—¿Me estás mandando la señal? ¿El objeto?

Parecía estar disfrutando con la situación.

—Sí, claro… —mentí mientras intentaba recuperar la concentración.

Un objeto, necesitaba algo no demasiado común, algo que pudiera servir para demostrar la eficacia del experimento. Tenía que concentrarme, pero notaba el aliento de Beethoven en el cuello, y entonces Giancarlo se apartó las pelotas de los ojos y dijo:

—Nada, Mimì, nada de nada.

Me quedé mirándolo sin saber qué decir o hacer.

—¿Qué te decía? Tu superhéroe ha quedado como un imbécil.

—Es que hace calor y, además, los auriculares no son los adecuados…

—¿Qué objeto era?

—¿El objeto?

—Sí.

Me quedé un segundo con la boca abierta, después me recuperé y respondí:

—No puedo decírtelo. Te condicionaría para próximos intentos.

Giancarlo me pasó las pelotitas y sonrió:

—No habrá más intentos, Mimì, tendrás que probar con Sasà la próxima vez, o con Viola. Ya te había dicho que no tenía superpoderes. —Entonces encendió el motor y dijo—: Venga, en marcha, que hace demasiado calor. ¿Dónde tenías pensado llevar a tu amigo?

Seguía aún inmerso en mis pensamientos y no respondí de inmediato.

—El perro…

—¿Beethoven? No sé…

—¿Has estado alguna vez en Villa Comunale?

—Mmm, no, creo que no.

—Entonces venid conmigo, voy a la redacción, os llevo. Allí podrás dejarlo correr por el prado.

—No sabría cómo organizar la vuelta…

—¿La vuelta? Me esperas.

Y metió primera.

Debería de haberme sentido contento de volver a dar una vuelta en el Mehari con mi héroe y con Beethoven, pero a pesar de ello no conseguía sonreír porque en el fondo sabía que había desaprovechado mi gran oportunidad. No era Giancarlo el que no poseía superpoderes; la culpa era únicamente mía, que había fallado en el momento más importante. Pero ¿cómo habría podido confesarle que no se me había ocurrido ningún objeto sin parecer un inútil?

Para que no descubriera la decepción de mi rostro, me di la vuelta para mirar a Beethoven, que tenía las orejas al viento y la lengua colgando. Y entonces vi una imagen: se trataba del famoso perro de *Wacky Races, Los autos locos* (uno de mis dibujos animados preferidos), que se llamaba Patán y siempre iba con Pierre Nodoyuna, el malo de la serie, el eterno perdedor. Tragué saliva y aparté la mirada, intentando centrarme en el cielo azul de julio. Al menos yo no era malo.

EL TREN DE LAS SIETE DE LA TARDE

El agente inmobiliario levanta la persiana y se gira para dedicarme una amplia sonrisa.

—Y aquí está el dormitorio, grande, espacioso y luminoso como, por otro lado, todo el apartamento.

No le respondo porque me llega un SMS al móvil. Es mi mujer.

Tu hijo me acaba de decir que no se dormirá hasta que vuelvas. Hay un tren a las siete de la tarde. Te esperamos.

Me gustaría tener tiempo para responderle, pero el chico continúa.

—Por cierto —dice—, si tenemos en cuenta que la casa lleva deshabitada un par de años, aún sigue en buen estado. Una mano de pintura no le vendría mal, es verdad, entre otras cosas para quitar este color amarillento de las paredes; quizá haría falta rehacer el baño, pero las baldosas —y golpea el suelo con el pie— son bonitas.

Podría empezar una discusión que no me llevaría a ninguna parte sobre el estado de la habitación, pero sería inútil y solo me haría perder tiempo: a las siete quiero estar en ese tren que se dirige hacia una casa que es mía, para disfrutar de aquella estratosférica sensación que me asalta cuando mi hijo viene corriendo hacia mí con los brazos abiertos. Aún me queda un poco de tiempo para dedicar a los recuerdos.

—¿Quién vivía aquí? —pregunto. Él parece no estar preparado para la pregunta y me mira extrañado—. Quiero decir… ¿quiénes son los propietarios?

—Ah, no, la casa estaba alquilada. Hubo una familia numerosa durante unos diez años. El propietario es un abogado de Roma, una persona seria…

—Entonces era una familia numerosa y religiosa —comento, señalando con un rápido movimiento de ojos una señal blanca con forma de crucifijo en la pared.

Él sonríe y responde:

—Sí, aquí debajo debía de estar la cama.

—Estaba la cama —lo corrijo, refiriéndome a una cama mucho más antigua.

Qué extraño. Las casas se tiran décadas albergando la vida de tanta gente, historias de lo más diversas, penas y alegrías de personas que no se conocerán nunca; y luego lo devuelven después de un tiempo, como hace el mar, normalmente a quien nada tiene que ver con ellas, a través de una simple señal clara en la pared amarilla, allí donde en un tiempo hubo un crucifijo, o a través de una baldosa desconchada que porta consigo el recuerdo de aquella niña a la que se le cayó de la mano la jarra, o incluso gracias a las iniciales grabadas en el enyesado del edificio, un poco más allá del muro del balcón.

—También aquí, como puede ver, tenemos dobles ventanas, como en el resto de la casa… —Y me muestra las contraventanas de madera por la parte interior y de aluminio por la exterior—. Le aseguro que son las mejores del mercado, no sé cuánto se gastaron en su época los propietarios.

Los Scognamiglio, en cambio, tenían las ventanas de aluminio color oro, como se llevaban entonces, y las cortinas de brocado.

—Aquí hay una amplia pared para un armario, una cómoda o,

qué sé yo, un… —prosigue, indicando la pared amarilla que tengo delante.

—Un piano —lo interrumpo.

El agente me dedica una mirada intrigada y responde:

—Bueno, con todo el espacio que tiene la casa, me parecería cuanto menos extraño ponerlo aquí.

—Ya, a mí también —contesto, y ante mis ojos se perfila nítida la figura de Viola, con el pelo recogido en una trenza que deja la espalda desnuda y las manos que vuelan a pocos centímetros de las teclas mientras sus labios que saben a cereza entonan *Para Elisa*.

—¿Toca usted el piano? —se apresura a preguntar él.

—No, lo tocaba mi mujer… —respondo y salgo de la habitación—, de niña.

FUERA DEL CÍRCULO

Los días de julio pasaban despacio. Sasà volvió a dejarse ver y durante un par de días nos dedicamos a jugar a los cromos con Fabio, que también aquel año había conseguido, gracias a la foto de Fausto Salsano, completar el álbum Panini. Así que nos había regalado algunos de sus numerosos «repes», aunque, eso sí, no incluían ni a Maradona ni a Platini ni a Zico. Para Sasà, el cromo de Maradona se había convertido en una especie de obsesión, no hablaba de otra cosa, y un día incluso había llegado a tramar un plan loco: un atraco al quiosco de la plaza para birlar la caja entera de cromos, con la esperanza de encontrar al Pibe.

Empezaban a disminuir los coches por la calle y a vaciarse las casas. La gente del barrio, sobre todo madres e hijos, se marchaban a la playa. Los únicos que permanecían siempre en su sitio eran Bagheera, que se tiraba el día pasando de un capó a otro o maullando debajo de nuestra ventana; y doña Concetta, que quién sabe si tenía familia. La mía, en cambio, se quedaba desafiando los largos días inmóviles, interrumpidos solo por un ladrido lejano o un antirrobo que se ponía a sonar de improviso, mientras estabas absorto mirando la cortina que se apartaba despacio para dejar entrar el cálido viento que portaba a la cocina el olor del mar y el eco de las risas de los niños.

Yo odiaba el verano, así que una tarde, en un intento por librarme del malestar que empezaba a asaltarme, me había animado a probar uno de mis experimentos, y esta vez le había tocado a Bagheera el papel de conejillo de indias. Nunca le habría hecho daño; en realidad, más que un experimento, era un juego. Había leído que a los gatos les atraen los espacios pequeños y que, si dibujamos un círculo en el suelo, se meten corriendo en él. Por eso me había pavoneado ante Sasà, Fabio y Viola sosteniendo que domesticaría al gato callejero, y mis amigos habían parecido interesados por el tema.

—Tenemos que dibujar un círculo en la acera —había dado instrucciones.

—¿Con qué? —había preguntado Fabio.

—Espera —había intervenido Sasà, y había salido corriendo hacia la charcutería para volver con una tiza—. Papá la usa para escribir las ofertas del día, se la tengo que devolver... —había comentado mientras pintaba una circunferencia siguiendo mis directrices.

Lo más difícil había sido convencer a Bagheera para que se acercara. El gato nos miraba desde lejos, desconfiado, como ocurría siempre que Sasà andaba cerca. El experimento había durado más de una hora y los otros ya se habían alejado cuando Bagheera había decidido, por fin, meterse dentro del círculo de tiza. En realidad, el estúpido gato no tenía ninguna intención de seguirme el juego, así que había tenido que valerme de un truco: cerca de una alcantarilla, a pocos metros, había visto rondar una cucaracha, así que me había acercado y con el pie la había empujado dentro del círculo. Como esperaba, cuando Bagheera había visto el insecto, se había lanzado a por él con un salto.

—¡Ha entrado, ha entrado! —había gritado entonces, y mis amigos habían venido corriendo hasta donde estaba, mirando incrédulos el gato negro que, después de haber matado de un solo zarpazo a la pobre cucaracha, estaba tan pancho en el pequeño perímetro.

—Eres un genio, Mimì —había repetido varias veces Sasà, mientras Viola sonreía divertida—, ¿cómo lo has hecho?

Yo me había dado aires respondiendo:

—Me he ayudado con una *Blattodea*, que ha inmolado su humilde vida por la ciencia y por las generaciones futuras.

Esa fue una de las máximas diversiones de aquellos días. Al menos hasta que la señora Iacobelli estableció que, a la espera de irse de vacaciones, sus hijos no podían pasarse el día acampados en la calle, jugando con gatos y cucarachas. Rescató del garaje su Panda y nos montó en el coche, con destino a la playa de Coroglio, que por aquel entonces nadie se imaginaba que estuviera contaminada, a pesar de que justo a sus espaldas se irguieran las chimeneas de Italsider, la siderúrgica que desde hacía décadas daba trabajo al barrio de Bagnoli.

Lo que me pareció increíble fue que la señora decidiera llevarnos también a Sasà y a mí. Después supe que Fabio la había amenazado con no ir con ella si no iba Sasà, y que entonces Viola había dicho mi nombre, lo cual me dejó tal sentimiento de euforia que me olvidé casi de inmediato de las recomendaciones de mamá, que me había dado en la mano cinco mil liras y había dicho: «Aquí tienes el dinero, no dejes que te invite la señora Iacobelli, te lo pido por favor; insiste en pagar con tu dinero, no hagas quedar como una mendiga a mamá. —Luego me había plantado un beso en la mejilla y había añadido—: Y aquí tienes la crema, no se te olvide ponértela, sobre todo en la espalda, que eres blanco como un melón».

Pero, como estaba diciendo, era tal la exaltación por la nueva y fascinante circunstancia que me olvidé de los consejos de mi madre y me quedé en el agua con mis amigos jugando a salpicarnos o a ver quién aguantaba más debajo sin respirar. En determinado momento, Fabio y Sasà se marcharon al bar para echar una partida de futbolín, y yo me quedé en la toalla junto a Viola (su madre estaba un poco más lejos, absorta leyendo la revista del corazón *Confidenze*), intentando no permanecer demasiado tiempo con la mirada sobre su cuerpo tumbado al sol. Mientras ella hablaba de Nick Kamen, que, según sus propias palabras, desde hacía un par de días no la llamaba ni iba a buscarla, mis ojos se deslizaban de sus hombros constelados de pecas a su espalda, hasta la redondez del trasero punteado de granitos de arena negra. Era realmente difícil prestar atención a lo que decía.

—Tengo miedo de que esté con otra —me confesó, y yo no supe qué contestar, aunque en el fondo de mi corazón esperaba con todo mi ser que así fuera.

Cuando Viola se levantó de la toalla diciendo que tenía hambre, el daño ya estaba hecho y tenía los hombros al rojo vivo.

—¿Vamos a comer algo?

Y tendió el brazo para levantarme. Intenté aguantar de su mano el mayor tiempo posible, pero a los pocos pasos la soltó y volvió a hablar de Nick. Mientras tanto, Sasà y Fabio seguían aún inmersos en su partida y los comentarios de Sasà, al estilo Enrico Ameri, llegaban hasta el mostrador donde estábamos sentados.

—¿Qué te apetece? —le pregunté, intentando adoptar una actitud caballerosa.

—Un Frigopie y una Coca —respondió ella inmediatamente—, ¿tú?

—No, yo no tengo hambre —dije por miedo a no llegar con el dinero—. No hemos terminado de leer *La historia interminable…* —probé entonces, mientras ella arrancaba de un mordisco seco el pulgar del Frigopie.

—Ya, es que ahora estoy demasiado ocupada… Además, en quince días me voy de vacaciones. Me da que lo dejamos para septiembre.

—En septiembre vuelven los Scognamiglio —rebatí, pero ella no añadió nada más.

Volví a casa a las cinco de la tarde, en ayunas, sin un duro en el bolsillo, y con los hombros y la cara en llamas.

—Desgraciado —dijo mamá nada más verme—, ¿qué te había pedido por favor?

—Es que he estado ocupado con otras cosas —repliqué.

Ella se alejó diciendo:

—¿Cómo debo hacer en esta casa? ¡Parece que cuando hablo suena la campana del recreo!

Miré a la abuela, sentada a la mesa de la cocina con una aguja y unos vaqueros de Bea en la mano, y le sonreí.

—Mimì —dijo ella con los ojos sobre el dobladillo—, no enfades a mamá.

—Abuela —y me acerqué como si ni siquiera hubiera hablado—, esta noche tengo que comer con mis amigos en el *pub*...

—¿En el qué?

—Comer con unos amigos en el *pub*, ¿sabes lo que es? Es un local de vanguardia, lleno de luces y de música, donde te sirven unos bocadillos tan grandes como Júpiter. —E imité su tamaño con las dos manos unidas—. Vamos, ¡un rollo de *paninari*!

—¿De qué? Mimì, cómo hablas, ¡no te entiendo!

—Está bien, déjalo. En fin... que tengo que ir a este sitio, lo que pasa es que... pues eso. —Y agaché la cabeza—. No tengo dinero, el que me dio mamá esta mañana me lo he gastado todo, asumo la culpa.

Ella se quitó las gafas y me dedicó una mirada seria.

—¿Y qué has hecho con él?

—He comprado un helado y una Coca-Cola a Viola.

—¿Quién es Viola? —preguntó de inmediato.

—Mi novia —respondí instintivamente, sin imaginarme la cantidad de problemas que acababa de ocasionarme con aquella frase.

—Ah —dijo ella, más suave—, entonces tenía razón tu hermana, ¡has empezado a hacer el amor!

Nunca entendí por qué la abuela salía con esta frase cada vez que alguien se echaba oficialmente novio. También lo había dicho con respecto a Alberto, el peluquero de mamá, que, eso sí, el amor había empezado a hacerlo con otro hombre. Realmente, no creo que pensara que a mi edad pudiera hacer el amor, era solo su manera de hablar, así que asentí serio.

—¿Y estás enamorado?

Dije de nuevo que sí con la cabeza. Ella sonrió, se levantó y abrió el cajón del armario, del que sacó diez mil liras.

—Toma —dijo entonces, dándome un pellizquito bajo la barbilla.

Me puse de puntillas, la abracé y le planté un beso en su mejilla llena de pelillos blancos. Empecé a alejarme, pero luego me acordé de que tenía que precisar algo urgentemente.

—Abuela…

—¿Qué pasa ahora? —dijo ella, que había vuelto a coser los vaqueros.

—Lo que te acabo de contar sobre Viola…

—Sí…

—Te rogaría que no se lo dijeras a nadie, es un secreto entre tú y yo.

—Que sí, Mimì, dime tú a quién se lo voy a contar. ¡Ve tranquilo!

Me quedé mirando su figura, pero ella no alzó la mirada, así que me alejé titubeante, esperando que mantuviera el secreto.

Nunca una esperanza fue tan vana: al día siguiente, todo el mundo en casa me sonreía.

NAPOLI CENTRALE

Una hora después, Sasà se presentó en mi ventana.

—Sal —dijo perentorio.

En la mano llevaba una bolsita de plástico amarillo con algo rojo en su interior.

—¿Qué pasa?

—Me tienes que acompañar a cortarme el pelo.

—¿El pelo? —pregunté pasmado.

En general, nuestros peinados eran obra de Alberto, el cual, para no perder a sus clientas, y para mantener buena relación con el vecindario, aceptaba darnos un par de tijeretazos de vez en cuando, acompañados de una palmadita en el cuello para invitarnos a liberar inmediatamente el sillón.

—¿Qué le pasa a tu pelo? —pregunté apoyado con los codos en el mármol.

—Me tiene que cortar el pelo alguien bueno, un barbero de verdad.

Lo miré atónito, y él, acercándose para que no lo viera doña Concetta, que estaba detrás, sacó un billete de cincuenta mil liras y dos de diez mil.

Abrí los ojos como platos y exclamé:

—Caramba, ¿de dónde has sacado ese dinero?

—Me lo ha dado papá —respondió, cambiando inmediatamente de tema—. Entonces qué, ¿vienes?

—Vale.

—¿Qué llevas en esa bolsa? —le pregunté en la calle, pero él no me respondió y me condujo a *piazza* Medaglie d'Oro, a un tal Carmelo, al que los *paninari* del barrio consideraban una especie de gurú del pelo.

El único barbero al que yo había ido era al que me llevaba mamá de niño para las grandes ocasiones, que eran, única y exclusivamente, los cumpleaños de mis primos, los hijos de las hermanas de papá. El sitio se llamaba Braccobaldo y se encontraba en *via* Cilea, lejos de casa, tanto que nos veíamos obligados a coger el 183, el autobús que iba a Fuorigrottta. El barbero era un hombre entrado en años al que le temblaba un poco el pulso; pero el servicio era barato y, sobre todo, en medio del local estaba el precioso sillón azul que imitaba, precisamente, el famoso perro de Hanna-Barbera. No sé de dónde lo habría sacado y no recuerdo si, en efecto, era igual que el original, pero a mí ese viejo sillón con forma de perro me gustaba mucho.

«El flequillo, por favor», le decía siempre mamá al pobre viejo, o «¡No le corte demasiado por las orejas!». Estaba obsesionada con mi melenita y ojo si alguien la tocaba. A veces lo intentaba papá.

—Loredà, ¿por qué no llevas a Mimì a que le corten el pelo? ¡Hace demasiado calor! —decía.

Pero ella se empecinaba y respondía como una fiera:

—¡Qué calor ni qué calor! ¡Mimì está bien así!

Vamos, que durante mis primeros años de vida me vi obligado a llevar melenita sin rechistar, y en las fiestas me presentaba siempre con un corte impecable, para alegría de mamá, que en el camino de vuelta comentaba siempre de la misma forma: «¡También esta vez hemos cerrado el pico a las cotorras de tus tías!».

Según me iba haciendo mayor, las fiestas de los primos se fueron acabando, pero no así el amor de mamá por mi melenita. Aunque ya no había necesidad de ir hasta Braccobaldo, el pelo me lo solía cortar ella o Alberto, así que con el tiempo mi melenita se fue transformando en una zarza de moras.

Pero el día en que puse el pie por primera vez en el salón de Carmelo, mi corte de pelo tenía todavía su aquel, a pesar del cachondeo y las risas de los presentes. En el local había tres sillones ocupados por chicos algo mayores que nosotros, vestidos de marca de la cabeza a los pies, con mirada orgullosa, chicle en boca y vaqueros enrollados por debajo de las rodillas.

—¿Estás seguro, Sasà? —pregunté en cuanto estuvimos dentro—. ¡Te vas a gastar un montón de dinero!

—¡Mimì, tú calla y no te comportes como un pordiosero! Hoy es mi día y lo quiero disfrutar. Es más, ¿por qué no aprovechas y te quitas ese manojo de plátanos de la cabeza?

—No, estaría loco si pensara que iba a salir impune con mi madre.

Él se puso serio y me miró a los ojos. Le olía mal el aliento, tenía una pelusilla negra sobre el labio que cada día se volvía más evidente y la mirada hosca.

—Mimì, ya eres mayorcito, deberías empezar a rebelarte contra tus padres. ¿Quieres ser esclavo toda la vida?

No respondí a la provocación y no retrocedí ni un milímetro, a pesar de que se ofreció a pagar también por mí. ¿De verdad era posible que Angelo le hubiera dado todo ese dinero? Normalmente, Sasà apenas llevaba en los bolsillos doscientas liras y alguna moneda para el teléfono.

—¿Tú no te lo tienes que cortar? —me preguntó en determinado momento el barbero, mirándome detenidamente. Dije que no con la cabeza y él rebatió—: ¿Y a tu edad todavía vas por ahí con melenita?

Tendría que haberle dicho que se metiera en sus asuntos. En cambio, esbocé una sonrisa idiota, porque cuando dijo eso, los chicos que estaban presentes se habían reído como si fuera la mejor broma del mundo. Fue Sasà, como siempre, el que interrumpió el espectáculo.

—Mimì es así… además, ¡cada uno puede hacer lo que le dé la gana! —dijo, y Carmelo levantó las manos en señal de rendición.

Cuando, una hora más tarde, salimos, mi amigo estaba en el séptimo cielo y no paraba de mirarse en los espejos retrovisores de los coches aparcados.

—Guau, Mimì, así soy la caña, ¿verdad? —preguntaba cada vez, y yo asentía divertido.

En realidad, para mis adentros pensaba en qué diría Angelo de aquel corte. Sasà siempre había llevado el pelo revuelto, le caía por los hombros sin orden alguno, tanto es así que su madre a veces le llamaba «mi pequeño Baglioni», refiriéndose al famoso cantante romano. A mí, para ser sinceros, me recordaba a Mowgli. En cualquier caso, después de la intervención de Carmelo, no quedó nada ni de Baglioni ni de Mowgli en Sasà, que ahora se parecía más a un mohicano, con el corte rapado por los lados y largo por detrás.

Al llegar a casa insistió en venir directamente conmigo, y comprendí que no quería que le vieran sus padres. Esperó con paciencia a que me preparase y no hizo caso a las provocaciones del abuelo, que le tomaba el pelo por su aspecto. «¡Pareces un delincuente!», fue lo más amable que le soltó el abuelo Gennaro.

Me estaba peleando con mi melenita cuando, por fin, Sasà me tendió la bolsa amarilla de la que no se había separado hasta aquel momento. Lo miré sin comprender, y entonces soltó una tosecilla y dijo:

—Venga, Mimì, no me hagas que te lo explique, que no soy bueno con estas cosas. Coge el regalo y calla.

—¿Regalo? —pregunté pasmado.

Sasà nunca me había regalado nada, ni siquiera una bolsa de patatas de la charcutería. Y yo tampoco a él, aparte de la película alquilada que, eso sí, nunca había visto. Atravesábamos esa edad en la que no se necesita más regalo que la compañía del otro en el día a día.

Abrí la bolsa y saqué el disfraz de Spiderman.

No podía creer lo que veía, y él tuvo que darse cuenta, porque empezó a reír apurado.

—¿De dónde lo has sacado? —conseguí por fin preguntar.

—¿Que de dónde lo he sacado? Lo he comprado donde Nicola —respondió todo tieso—, he tenido que regatear con el muy tacaño, pero al final me he salido con la mía. ¡Hace meses que tiene ese disfraz en el escaparate!

Arrugué la frente y repliqué:

—Sasà, sé sincero conmigo, no lo habrás robado, ¿verdad?

—Pero qué voy a haberlo robado, Mimì, lo he comprado con mi dinero. ¿Por qué, no te gusta? Llevas toda la vida detrás de él…

Di varias vueltas a la tela entre mis manos antes de lanzarme sobre él con un tremendo abrazo. Mi gesto instintivo tuvo que turbarlo bastante, porque se quedó sin mover ni un músculo y al rato comentó:

—Ya, muévete, que tenemos que irnos.

Doblé el disfraz con cuidado y lo apoyé en el respaldo de la silla, a los pies de la cama, ya imaginándome el momento en el que podría ponérmelo. Estaba tan feliz que hasta mi moralidad fue vencida, y las dudas —que tener, tenía— sobre cómo Sasà habría conseguido realmente entrar en posesión de aquel traje no tardaron en desvanecerse. Me puse una anónima camisa azul del mercadillo que me había regalado mamá y un par de zapatillas blancas de gimnasia que querían parecerse a las Nike. Sasà, en cambio, llevaba una camisa de cuadros enrollada por los codos, vaqueros y unos mocasines negros del padre. El estilo era horrible, pero si se lo hubiera hecho ver, se habría cabreado y me habría dicho que yo no tenía ni idea de moda.

A Fabio, en cambio, le entusiasmó el nuevo corte de Sasà, y le chocó varias veces los cinco, diciendo que «¡era la bomba!». Viola, al contrario, emitió un gruñido y se acercó a mi oído: «¡Qué hortera, me da vergüenza ir con él!».

Habría tenido que defender a mi amigo, pero no dije nada, en parte porque no quería enemistarme con Viola, que ya parecía arrepentirse de haber salido con nosotros (ya no tenía a Nick Kamen para que fuera a buscarla); y en parte porque, en lo más profundo de mi ser, también yo empezaba a sentir un ligero fastidio en presencia de Sasà, por su aspecto, por su actitud fanfarrona y por el dialecto.

A las ocho de la tarde estábamos ya delante del *pub* Napoli Centrale, una de las primeras cervecerías de la ciudad que se encontraba detrás del estadio Collana, en el Vomero. El interior del local reproducía un vagón de principios del siglo XX, con elegantes bancos de madera en lugar de sillas. Fabio cruzó el umbral con los brazos en alto, simulando un saludo general, como si fuera un cliente asiduo del *pub*. De hecho, de los cuatro, era el único que había puesto el pie anteriormente allí, así que se tiró toda la noche presumiendo y mostrando su conocimiento sobre los diferentes bocadillos.

Estudié con atención el menú por miedo a que las diez mil liras de la abuela no me bastaran, pero dio igual: al final de la noche, es decir, una hora después, Sasà sacó lo que le había quedado después del corte de pelo donde Carmelo y dijo que pagaría por todos. A mí se me descolgó la mandíbula; Fabio, en cambio, se rio y le chocó por enésima vez los cinco, fingiendo estar borracho, a pesar de haber bebido dos pepsis. Viola no reaccionó, simplemente porque ya no estaba. Acababan de llegar los bocadillos cuando fuera del local se había presentado Nick Kamen con su Vespa Special plateada.

—Ahí está tu amigo —había dicho Fabio, dirigiendo la mirada al cristal.

Viola se había girado y su cara había cambiado de expresión. Hasta ese momento había estado todo el tiempo de morros, a pesar de mis esfuerzos por iniciar una conversación. Le había hablado de Morla, intentando hacerle sentir culpable porque ya no venía a verla, y del día que había pasado en Villa con Beethoven y Giancarlo.

—Escribe cosas importantes, relacionadas con la Camorra —había explicado yo, bajando el tono de voz, como si solo pronunciar aquel término pudiera ponernos en peligro.

Pero ella ya tenía la mirada puesta en el cristal detrás del cual sonreía Nick.

—Fabio, dile a mamá que yo vuelvo con Samuel —había dicho, saliendo sin despedirse para saltar en brazos del guaperas del mechón cardado.

Me había quedado masticando la hamburguesa sin conseguir tragar, hasta que Fabio me había despertado del coma profundo en el que había caído.

—Mimì...

—¿Sí?

—¡Hace dos horas que te estoy llamando! ¿Me pasas el bocadillo de Viola?

—¿Este?

Y había señalado el plato que tenía enfrente.

—¿Y cuál si no?

Y se había echado a reír con Sasà, que pronto le había seguido la corriente, comportándose también él como un borracho.

Al llegar a casa nos despedimos a la americana, chocando los cinco, porque ahora éramos adultos que pasaban la noche del sábado en el *pub*. Pero mientras en mis compañeros podía percibir entusiasmo y orgullo por nuestra imprevista nueva condición, yo, al contrario, no conseguía disfrutar, empeñado como estaba en sufrir por Viola. «Quizá tenga razón la abuela —pensé, una vez en casa—, en el amor solo la palmas». Habría hecho mejor en dedicarme a mis amigos, a Sasà, que con aquel grandioso regalo me había demostrado lo que me quería y que con las vacaciones de Fabio volvería a ser mi mejor amigo.

Estaríamos de nuevo él y yo, como en los viejos tiempos.

Por desgracia, las cosas no fueron como yo me había imaginado. Sasà no había recibido el dinero como regalo, lo había robado de la caja de la charcutería. Y tampoco era la primera vez, como descubrimos después. El agosto del 85 lo pasé sin él, que fue enviado

a unas colonias para que «aprendiera un poco de buenos modales».
Cuando volví a verlo, en septiembre, muchas cosas habían cambiado: ya no llevaba el pelo como un guerrero indio, sino rapado como un soldado; Viola había roto con Samuel y mi hermana con Mauro; el abuelo estaba oficialmente enfermo; y Giancarlo se dirigía ya hacia sus sicarios.

TU ROSA

A principios de agosto llegó a Italia un aire caliente proveniente de África que hacía difícil respirar. El abuelo había empezado la quimioterapia, y yo intentaba no indagar demasiado; pero cuando se sentaba en el sillón con el suero en el brazo, me quedaba mirando las gotitas que bajaban lentamente, porque había oído decir a las enfermeras que había que vigilar el nivel del líquido y cerrar el tubito antes de que terminara. Al segundo día, el abuelo me miró contrariado y dijo: «Mimì, pero ¿qué haces todo el tiempo pegado a un viejo? Venga, sal a jugar, ¡que ya está aquí la abuela!».

La noche anterior había insistido en quedarme a su lado frente a la televisión, entre otras cosas porque en Rai Uno echaban el concierto de Vasco Rossi en Bolzano. Había esperado impaciente todo el día, y a las ocho y media me había plantado delante de la tele, obligando al abuelo, y al resto de la familia, a tragarse una hora y media del directo de aquel que se había convertido en uno de mis ídolos.

—¡Este es un drogata! —había comentado la abuela Maria, y papá, que algo de música sí que entendía, había rebatido:

—¡Que no, que es solo un roquero!

—*Rock* o no, está haciendo que me duela la cabeza. Pero ¿no podemos cambiar? —había preguntado el abuelo Gennaro, y yo, por toda respuesta, le había quitado de las manos el mando para metérmelo debajo del culo.

Al menos aquella noche, la familia Russo al completo (menos Bea, obviamente) tendría que someterse a los deseos del joven Mimì.

Pero el resto de los días fueron extraños y melancólicos. El verano se me había echado encima con toda su devastadora fuerza, y me pasaba gran parte del tiempo escribiendo en el cuaderno rojo la novela que empezaba a tomar forma; y el resto, con los libros o en la ventana, lanzando Corn Flakes a Bagheera, o en la portería con papá, o con Morla, que con aquel calorazo ahora se pasaba las horas regodeándose al sol. Yo la miraba, inmóvil y aburrida, y cada vez me convencía más de que aquella no era vida y que tendría que hacer algo para liberarla. Si hubiera podido, habría liberado también al abuelo, porque tirarse todo el tiempo en un sillón con una aguja en el brazo tampoco era una gran vida, que digamos. Y luego habría afrancado a mamá, que, como Morla, llevaba una existencia que no le correspondía, y a veces hasta me parecía vislumbrar en sus ojos la misma triste mirada de la tortuga de los Scognamiglio.

Un día que me sentía bajo de moral, me dediqué a un nuevo experimento. Donde Alberto (había acompañado a mamá a la peluquería después de mucho insistir) había encontrado una revista en la que se describía una prueba gracias a la cual era posible crear en casa nubes con un simple tarro, hielo y laca. Así que dejé a mi madre presumiendo, como siempre, de las notas que había sacado, y volví a casa. La abuela tenía un montón de tarros de cristal guardados en la despensa, que le servían para preparar berenjenas, setas o zanahorias en aceite. Cogí uno de un tamaño medio y lo llené con dos dedos de agua caliente, luego puso hielo en un platito que coloqué encima del tarro (para humedecer las paredes de cristal), y por último pulvericé por dentro un poco de laca de la abuela (la de Bea era intocable, me habría matado).

—¡Mimì, no me gastes toda la laca! —prorrumpió la abuela mientras cortaba las puntas de las judías verdes.

Convencido de que del tarro tendrían que salir las mismas nubes que dominaban los océanos, al poco volví a abrir la tapa y pulvericé laca hasta que la abuela gritó:

—Eh, Mimì, ¿qué estás haciendo?, ¡que la laca cuesta!

Y se levantó para detenerme. Pero el daño ya estaba hecho y las pequeñas nubecillas de vapor surgidas no eran nada en comparación con la casa invadida por la laca Elnett.

—¡Marì, Marì —gritaba el abuelo desde el sillón—, pero qué estás haciendo, que no se puede respirar! Marì…

Aquella vez me llevé una buena charla de papá, aunque, como siempre, la abuela se pusiera de mi parte. En el fondo, era un niño obligado a pasar el verano con viejos dentro de dos habitaciones. Este, básicamente, fue el argumento de la abuela Maria, y nadie, ni siquiera papá, encontró la forma de rebatirlo.

Obviamente, de ir a la playa ni se hablaba, sobre todo desde que al abuelo le habían detectado el cáncer de próstata. Además, papá siempre respondía igual, que hacía calor, que las playas estaban llenas de gente y que los abuelos no podían estar al sol, lo cual resultó ser mentira, porque una noche, que estaba más locuaz y animado (en agosto solía estarlo porque que se vaciara la ciudad le ponía de buen humor), confesó:

—Mimì, ¿qué te gustaría hacer este verano?

Y dirigió el chorro de agua hacia la hiedra trepadora de los Scognamiglio.

—Comer una *pizza* —respondí sin apartar los ojos de las páginas.

—Pero qué *pizza* ni qué *pizza* —replicó inmediatamente él—, ¡nos vamos dos días fuera!

Alcé la mirada y posé el índice en la línea que acababa de dejar a medias.

—¿En qué sentido? —pregunté sorprendido.

—Pasamos un par de días en la playa. Quería llevar a tu madre a Apulia. ¿Eh, qué te parece? Dicen que allí el mar se parece al de Cerdeña…

No podía creérmelo.

—¡Digo que me parece una óptima idea, una de las mejores del último periodo!

Y cerré de un solo golpe *Los tigres de Mompracem*.

Yo también tendría una experiencia que vivir y que contar, una aventura como la de Salgari. No visitaría las selvas de la India, pero me contentaría con Apulia. Además, ¡tampoco es que el gran autor hubiera estado realmente en los sitios que narraba!

Me levanté y me acerqué a él, papá me rodeó los hombros con el brazo y me sonrió; mientras, el ruido de la bomba de agua amortiguaba el estruendo de una sirena a lo lejos y el agua helada chisporroteaba al contacto con las baldosas aún calientes.

En los días sucesivos estuve ocupado cuidando de Red, el pez rojo de Viola. La noche antes de que ella se fuera de vacaciones, habíamos decidido subir a saludar a Morla y así pasar un rato juntos. Yo me había presentado con mi historia para leérsela, ella con el pez que chapoteaba en la pecera. Me había mirado con ojos suplicantes y había dicho: «He pensado que te gustaría ocuparte de él, sois mis mejores amigos, podríais haceros compañía hasta que yo vuelva».

El discurso sobre la amistad y la compañía me había conquistado de inmediato, así que no lo había dudado ni un segundo antes de dar mi consentimiento, a pesar de que ya sabía que en casa me las tendría que ver con una ristra de preguntas y reprimendas por parte de mis padres.

Viola había apoyado la urna de cristal en una silla de plástico y se había tumbado a mi lado en el balancín, con la cabeza en mi muslo. Yo me había quedado mirando su pelo largo, que se esparcía por mi piel para después caer al vacío, hasta que finalmente había empezado a leer mi historia, que ella, al poco, había interrumpido:

—¡Cuántas estrellas hay esta noche! —había exclamado.

—En realidad, siempre están ahí, estos días puedes admirar

tantas porque no hay luna llena y porque en agosto la ciudad produce menos luz artificial —me había sentido en el deber de precisar.

Ella había continuado sin escucharme:

—Habrá miles... pero no cae ninguna. Lo hacen por hacerme un feo, y eso que dentro de poco es la noche de San Lorenzo...

Y había sonreído mientras se pasaba la lengua por el metal del aparato, algo que hacía con frecuencia sin darse cuenta.

—Los astros visibles a simple vista son unos tres mil, pero las estrellas presentes en nuestra galaxia son muchas más, quizá doscientas mil, y estamos hablando solo de la Vía Láctea, que es una galaxia de dimensiones medias. Si consideramos que en un pedacito de cielo —y levanté el índice y el pulgar hacia arriba para acotar en el pequeño espacio entre mis dedos un poco de azul— pueden existir hasta doscientas mil galaxias, podemos afirmar sin miedo a exagerar que en cada esquina perdida del universo existen miles de millones de...

—Jopé, Domenico, qué petardo eres. Pero ¡a quién le importa cuántas estrellas haya en el cielo! Además, ¿y tú qué sabes, las has contado?

—No, hace tiempo consideré la opción, pero el experimento resultaría cuanto menos difícil, por no decir imposible. Hay estudios...

—Estaba de broma —había contestado seria, para después añadir—: Esperaba ver caer alguna y así poder pedir un deseo. ¿Tú tienes un deseo?

—Bueno, sí —había balbuceado.

—Venga, dime uno, ¡solo uno! —me había apremiado ella.

Habría podido confesarle de nuevo mi amor no correspondido, declararme frente al cielo inmenso, pero me arriesgaba a hacer que se marchara, y habría sido un auténtico desastre. Así que había respondido:

—A decir verdad, tengo dos...

—Escuchémoslos...

—El primero es que el abuelo se recupere. Está enfermo y, aunque nadie en casa tenga el valor de sacar el tema, creo que no lo lleva demasiado bien...

—Lo siento —había respondido sin mirarme.

—El segundo deseo, que en realidad es más un sueño, es conseguir mi propósito, hacer algo importante en la vida, llegar a ser astronauta y vagar por el cosmos para entender sus secretos; o ser científico y descubrir una cura para los tumores, así que también curaría al abuelo; y si no, descifrar un importante código matemático que pueda ayudarnos a dar respuesta a los muchos porqués que nos acompañan...

—Qué exagerado eres —me había interrumpido—, vuelas demasiado alto y corres el riesgo de hacerte daño al caer. ¿Por qué no desear algo más concreto? Algo qué puedas tener ya...

Y había buscado mis ojos.

Pero yo, a pesar de las enseñanzas de mi amigo Matthias, todavía no era capaz de captar las señales que Viola me estaba lanzando, así que proseguí:

—Bueno, la cuestión es que no querría pasar en balde por la tierra, como casi todo el mundo; aspiraría a dejar mi contribución, a dejar huella de mi existencia, a dar un significado a mi pequeña vida.

Estaba orgulloso de aquel discurso complejo ante mi amada, la cual, en cambio, se había echado a reír y había comentado:

—¡Mira que eres torpe!

Y se me había quedado mirando, con su cara a pocos centímetros de la mía. El corazón había empezado a latirme con fuerza en el pecho.

—Por si no te has enterado, te estoy pidiendo que me beses. ¿No era tu deseo? ¿O prefieres ser matemático?

—¿Besarte? —había preguntado con la boca seca.

—Sí —había replicado con una desenvoltura jamás vista—, ¡ahora o nunca!

Así que había dejado actuar a mi instinto y me había lanzado a sus labios sin tan siquiera saber qué hacer. Había sido ella la primera en abrir la boca y me había encontrado ante su enorme lengua que se movía para ahogarme, como si no consiguiera encontrar una vía de escape; y luego me había topado con el frío de su aparato y había retrocedido instintivamente, solo que ella no me había soltado en otros treinta segundos, una eternidad. Me había quedado con la boca abierta y el corazón que se me salía por la garganta, en un intento de reprimir mis ganas de limpiarme los labios con el brazo.

—Como imaginaba… —había comentado después.

—¿Qué?

—No sabes besar… ni siquiera un poquito.

Me habría gustado soltarme y replicar que tampoco es que ella fuera una experta, pero en cambio me quedé callado y quieto por miedo a que, de improviso, pudiera darse cuenta de que el que la había besado no era Nick Kamen, sino su amiguito cuatro ojos obsesionado con los experimentos y las colecciones.

—¿Me sacas de dudas? —había preguntado entonces.

—Estoy a tu disposición.

—La historia del brazo roto por defenderme era mentira, ¿verdad?

Me puse rojo y agaché la cabeza antes de asentir. Está claro que no le habría contado una mentira. Pero Viola había sonreído añadiendo:

—Lo sabía, ¡ese Sasà es un trolero!

Me quedé en silencio y ella cambió de tema.

—En cualquier caso, las estrellas no sirven, los deseos no caen del cielo, simplemente llegan un día, por casualidad, por una coincidencia, justo cuando has dejado de pensar en ellos.

No sabía qué decir, así que había seguido con mi mutismo.

—Mimì —nunca me llamaba así—, tú eres un buen amigo, a veces aburrido, sin pizca de atractivo o de capacidad para seducir; pero eres bueno, culto, inteligente, leal y demuestras compañerismo, y yo te quiero y no quiero perderte. Así que, que sepas que este beso será el único, un sueño de verano que portarás contigo. Yo amo a Samuel con toda mi alma, ¡aunque sea un cabrón!

La descripción parecía la de un perro, de confianza y juguetón, así que por un instante pensé en contestar de mala forma, sobre todo porque no estaba de acuerdo con su teoría sobre mi capacidad de seducción; pero no conseguí dar con las palabras, como si su saliva contuviera un potente veneno paralizante.

—¿Por qué no puede estar él esta noche aquí, a mi lado? —había comentado, levantándose para sentarse de un salto—. En cambio, ¡a saber en qué coño de campamento romañolo está con sus amigos y alguna putilla!

—Me sorprenden semejantes palabras de tu boca —había conseguido reaccionar—. Además, no puedes saberlo, puede que en este momento él también esté dirigiendo su mirada a las estrellas y que piense en ti...

Y había tragado saliva para engullir la pizca de euforia que aún me quedaba en la boca después del beso.

Viola me había dedicado una amarga sonrisa y había rebatido:

—¿Quién, Samuel? Definitivamente, eres un irremediable romántico. ¿Cómo lo haces?

Después se había levantado sin esperar mi respuesta.

—Tengo que marcharme, mañana por la mañana papá nos despierta al alba, tenemos el avión para Cerdeña a las ocho. —Y después me había quitado las gafas para plantarme un beso en la nariz—. Nos vemos en septiembre, tienes que leerme tu novela y todavía tenemos que terminar la historia de Atreyu...

Había sonreído sin ganas y la había seguido con la mirada hasta el interior de la casa. Después de unos pocos segundos, el ruido de la puerta la había apartado de mí.

Tendría que haberme sentido feliz por mi primer beso, a pesar de que me esperara un verano únicamente en compañía de Red. En cambio, notaba un extraño nudo en la boca del estómago a causa de las palabras poco entusiastas con las que me había descrito y, mientras miraba el pez nadando nervioso a la luz de la luna, había vuelto a pensar en la extraña sensación de su lengua en mi boca, y en el sentimiento de opresión que se había apoderado de mí.

—«Es el tiempo que has dedicado a tu rosa lo que la hace tan importante…»[4] —había pronunciado entonces en el silencio de los tejados, y había vuelto la mirada hacia las estrellas que se quedarían haciéndome compañía a mí, a Red, a Beethoven, Matthias y a todos aquellos que también en agosto continuaban dando vueltas en su propia pecera.

«Cuando no tengas todo al alcance de la mano, cuando aprendas a desear con todo tu ser que se haga realidad un sueño, entonces tú también aprenderás a ser romántica». Así tendría que haberle contestado.

Me había asomado a la barandilla en busca de un poco de aire fresco, y mi mirada había ido a parar a dos individuos que estaban en la esquina de la plaza, que no intercambiaban palabra y que parecían mirar a su alrededor. Eran los mismos tipos que hacía unas semanas habían ido calle arriba calle abajo como si estuvieran buscando algo, aquellos de los que me había hablado Matthias. En aquella ocasión estaban parados al borde de la acera y miraban fijamente en dirección a mi edificio.

En determinado momento, el más flacucho había alzado la mirada y casi me había parecido cruzarme con sus ojos. Había retrocedido instintivamente, y cuando pocos segundos después había vuelto a asomarme, la pareja ya no estaba. Había sido solo un instante, pero aun así no conseguía calmarme. ¿Era posible que alguien se hubiera percatado de mi presencia? ¿Que me estuviera espiando para saber qué hacía en casa de otra gente? ¿Y si esos dos eran policías de paisano?

De repente, había caído presa del pánico, me había despedido deprisa y corriendo de Morla, había cogido la pecera de Red y había cerrado la puerta de la casa de los Scognamiglio, bajando corre que te corre por las escaleras mientras el agua del pobre pez me caía como una cascada, primero por una mano y después por la otra.

---

[4] Cita de *El Principito*, de Antoine de Saint-Exupéry.

UN VASO DE VINO AGUADO

Cuando papá me había hablado de Apulia, la verdad es que no había confiado en sus palabras, ya que no sé cuántas veces había prometido llevarnos a un sinfín de sitios. Y, sin embargo, por increíble que parezca, consiguió de verdad organizar un par de días en la playa, aunque no fueran a mediados de agosto, como le habría gustado —porque no había encontrado hoteles libres—, sino la segunda semana del mes.

Dos noches antes de nuestra partida, metió el folleto del hotel debajo del plato de su mujer y esperó todo tieso a que ella lo descubriera. Pero mamá no se dio cuenta de la sorpresa inmediatamente porque estaba ocupada lidiando en la enésima discusión con Bea, que cuanto mayor se hacía, más insufrible se volvía en lo referente a la familia.

En aquella ocasión, el motivo de la discordia era el viaje que Mauro estaba preparando con sus amigos. Mi hermana se había enterado de las intenciones de su novio y lo había chantajeado explicándole que la única forma de hacerlo realmente, el viaje, era llevándola con él. Por eso, aquella noche, Bea se había metido en el baño con nuestra madre (las dos seguían haciendo pis juntas, a pesar del descontento de la abuela) y, con ojos falsamente suplicantes, le había pedido permiso para ir con Mauro en su vuelta por Europa.

—¡De eso ni hablar! —había gritado Loredana Russo desde el baño, presa de un ataque de histeria, tanto que el abuelo, a palabrota limpia, se había visto obligado a subir un poco más el volumen para intentar entender lo que decía por la tele el periodista.

Lo que había pasado es que, por la tarde, en Palermo, un policía de nombre Antonino Cassarà, llamado Ninni, uno que investigaba la Cosa Nostra y formaba parte del equipo antimafia junto a Giovanni Falcone, había sido asesinado bajo su vivienda junto a un chico de su escolta, Roberto Antiochia.

Palermo era para mí algo demasiado lejano en el tiempo y en el espacio, así que preferí quedarme escuchando la diatriba entre Bea y mamá, en lugar de acercarme al abuelo, que miraba absorto la pantalla y meneaba la cabeza a derecha e izquierda; y a papá, que lucía su mirada seria de las grandes ocasiones.

—Rosà, pero ¿tú has oído lo que está diciendo tu hija? —gritó mamá irrumpiendo en el comedor con dos grandes zancadas.

Pero su marido la calló con un gesto feo.

—¡Dime tú si tu padre iba a pringarse por una vez! —glosó ella.

Fue el abuelo el que le respondió:

—¡Loredà, cállate un momento, que no me dejas escuchar nada!

Mamá, rendida, suspiró, agarró a Bea del brazo y la condujo al dormitorio para seguir la disputa en santa paz. Cuando, por fin, la abuela hubo terminado de freír las berenjenas, un enviado de Palermo estaba enseñando el lugar del atentado, y Bea se había sentado a la mesa, ceñuda y con los brazos cruzados sobre el pecho.

—Qué asco de humanidad… —comentó la abuela, empujando los escalopes en los platos.

—Fue un inconsciente —rebatió papá mientras destapaba la botella de vino que compraba a un campesino de Camaldoli cada sábado por la mañana—. Tenía tres hijos… —añadió después—, no tendría que haberse arriesgado.

Y llenó los vasos.

—Si todo el mundo pensara como tú —se metió mi hermana, que había levantado un instante la cabeza del plato—, no existirían los policías, ni los jueces. Todos estaríamos indefensos.

—Y qué tiene que ver —respondió él, visiblemente contrariado—, no puedes hacerte el héroe si en casa tienes familia.

—Entonces ahora le pedimos a la gente que no se case, ¡y así tenemos un montón de valerosos combatientes que se sacrifiquen en la lucha contra la mafia y la Camorra! —rebatió ella de mala forma.

Me quedé mirándola maravillado, porque no estaba en absoluto acostumbrado a conversaciones de Beatrice que no tuvieran que ver con chicos, amor, música o moda; y por un momento me sentí orgulloso de ella, del valor con el que se estaba enfrentando a los poderes fuertes de la casa. Por eso decidí intervenir:

—Deberían existir cursos destinados a forjar superhéroes. Spiderman combatiría a la mafia sin tener que preocuparse por sus hijos en casa. Los superhéroes no tienen vínculos afectivos.

Pero mi propuesta cayó en saco roto porque papá decidió responder a su hija:

—Oye, nena —alzó la voz—, si te estás haciendo la rebelde por lo del viaje, que sepas que mamá tiene razón: no vas a ninguna parte. Es más —y esbozó una sonrisa—, ¡te vienes con nosotros!

Y señaló con la barbilla el plato de su mujer.

A mamá se le salieron los ojos de las órbitas y no dijo una palabra.

—¿Y eso qué significa? —preguntó a los pocos segundos.

—¡Significa que nos vamos los cuatro a la playa! —respondió él, con una sonrisa que le deformaba las mejillas sobre las que despuntaba una barba de tres días.

En la habitación se hizo el silencio, intercalado solo por el comentario en la televisión de un testigo, que había estado a punto de encontrarse en medio de los disparos.

—¿Es broma? —preguntó Bea.

—¿Qué broma? ¿No puedo decidir llevar a mi familia a la playa? —respondió él, irritado.

El abuelo, evidentemente intrigado por la novedad, desconectó la televisión y se levantó con esfuerzo del sillón para acercarse a la mesa.

—¿Y ellos? —preguntó mi madre, señalando a la abuela.

—Son solo dos días… —respondió papá.

—Sí, Loredana, son solo dos días, no os preocupéis por nosotros…

—¿Y con qué dinero? —apremió mamá.

—Jo, Loredà, ¡tú y el dinero! No pienses en el dinero. ¿No te quejas siempre de que nunca vamos a ninguna parte?

—Sí, pero… —intentó rebatir ella, pero su marido la detuvo de inmediato.—Durante tres días viviremos como unos señores: baños, restaurantes, visitas a los *trulli*,[5] a las grutas de Castellana y al Zoosafari.

—¿Al Zoosafari? —intervine instintivamente.

—Sí, Mimì, al zoo. A ti te gustan los animales, ¿no?

En ese momento lancé un grito de entusiasmo, y entonces mamá se echó a reír, y Bea, aunque de mala gana, la siguió mientras papá llenaba con su vino de mil liras la botella los vasos de los allí presentes. Incluso el abuelo, aprovechando la confusión, metió su vaso bajo la frasca que su yerno seguía vertiendo y se ventiló el vino ante la indiferencia general.

Había ganas de celebración en casa de los Russo. Ganas de ser como todos los italianos, que en aquellos años parecía irles bien la cosa. Ganas de reír y de no arruinarse la noche por la enésima discusión. Ganas de no escuchar otra mala noticia que llegara de lejos. Ganas de creer que, quizá, en alguna parte existiera realmente un superhéroe escondido que protegía a la gente de bien y que cargaba a sus espaldas con todas las miserias del mundo.

Aquella noche, la compasión y la consternación por el pobre Ninni Cassarà, y por todos los muertos inocentes asesinados por la

---

[5] Construcción cónica, realizada en piedra, típica del valle de Itria, Apulia.

mafia, duraron lo que dura ventilarse el segundo vaso de vino aguado.

Al menos en casa de los Russo.

Después de cenar, Bea y Mauro se quedaron hablando, él en la moto y ella asomada a la ventana. Yo dejé al abuelo y a papá delante de la televisión (mi madre y la abuela estaban ocupadas charlando mientras una planchaba y la otra pasaba la bayeta por el fregadero) y bajé a la calle con la esperanza de encontrarme con Giancarlo, que normalmente volvía a esa hora. Todos aquellos discursos sobre los héroes y la lucha contra la criminalidad me habían dado fuerza para llegar donde nunca había llegado, y en mi cabeza ahora solo había un objetivo, una misión: advertir a mi amigo de los temores que empezaban a rondarme por la cabeza desde que Matthias me había soltado aquella extraña charla. Exteriorizaría mi miedo y así contribuiría a la salvación de un héroe y, quizá, a la del mundo.

—Pero ¿dónde vas con esas pintas? —preguntó mamá en cuanto asomé por el cuarto de estar.

En un arrebato de euforia, me había puesto el disfraz de Spiderman, convencido de que me daría fuerzas para hacer lo que había que hacer.

El abuelo se dio la vuelta y dijo desde su sillón:

—Pero ¿qué pasa? ¿Ha llegado Carnaval y yo sin darme cuenta? Y se echó a reír.

Papá, en cambio, no dijo nada, al menos hasta que se vio obligado por su mujer a intervenir, porque eso de que yo bajara a la calle vestido de aquella forma en pleno agosto a ella no le parecía bien.

—Pero ¿qué tiene de malo? —refunfuñé.

—Eso, ¿qué tiene de malo? —comentó papá en un primer momento.

La mirada asesina de su mujer le recomendó que cambiara de actitud.

—Mimì, que se van a reír de nosotros, quítate ese chisme, por favor.

—¿Qué vamos a tener que hacer con este chico? —dijo entonces mamá, mirando preocupada a la abuela, que suspiró e intentó quitar hierro al asunto.

—Son cosas de críos…

—Pero qué cosas de críos, mamá. Mimì tiene ya doce años. ¿Sabes lo que andan diciendo? Que es un chico raro. Lo sé porque la gente habla a tus espaldas, hace comentarios. Y entonces yo me paso el día hablando de sus virtudes, de su inteligencia, para que se callen. ¿Y ahora tendría que dejar que saliera así, para que se puedan reír de él?

—Loredà —intervino de nuevo papá—, y en el fondo, ¿a nosotros qué cojones nos importa lo que diga la gente?

Yo estaba junto a la entrada, con aquella ropa tan abrigada puesta, sudando y mirando el horrible espectáculo que estaba teniendo lugar ante mí.

—Sí, hija mía, tu marido tiene razón —se asoció el abuelo—, la gente puede decir lo que quiera, a nosotros nos tiene que dar igual. Recuerda que a este barrio le gusta mucho hablar ¡y luego va y vota a Democrazia Cristiana!

—¿Y qué tiene que ver la política? —gritó mamá.

—Tiene que ver, siempre tiene que ver… —respondió el abuelo enojado, y volvió a la televisión después de concluir con una frase dedicada a mí—: De todas formas, haz caso a tus padres, que saben más que tú. Ata al burro donde quiera su amo, así dicen.

—Mimì, pero ¿por qué tienes que enfadar a tu madre? ¿Por qué tienes que bajar a la calle con eso puesto? —intervino con voz dulce la abuela.

Titubeé un instante antes de responder:

—Porque tengo que hacer una cosa que solo haría un superhéroe, tengo que advertir a un amigo de un peligro. —Y henchí el pecho—. No tengo tiempo para vuestros estúpidos y míseros discursos humanos.

Ni se me había pasado por la cabeza, como en su día me había sugerido Matthias, contarle a mi familia lo de aquellos dos chicos que de vez en cuando aparecían por la plaza. Sabía que, en el mejor de los casos, no me habrían escuchado; y que, en el peor, se habrían reído de mí.

Mamá se levantó y me agarró del brazo, luego me miró directamente a los ojos y dijo:

—¡Quítate esa cosa con cuello o esta noche no sales!

Un superhéroe no debería replegarse ante su madre, pero también depende de la madre. Tras un rápido vistazo circular, comprendí que estaba solo en aquella batalla impar, y que nadie se atrevería a ponerse de mi lado y enfrentarse a una Loredana Russo en pie de guerra. Me metí, entonces, desconsolado en el dormitorio y me cambié; luego abrí la puerta de casa y salí sin despedirme, con la cara descompuesta.

Recorrí la calle entera para ver si, por casualidad, había llegado ya Giancarlo y había aparcado al principio de la calle, pero no había ni rastro del Mehari. Me tropecé solo con una pareja que se besaba apasionadamente contra la pared de un edificio, y regresé a casa justo en el momento en que doña Concetta volvía a subirse a la acera después de haber desmontado su puesto. Al verme de morros, arrugó el entrecejo y comentó:

—Niño, Mimì, ¿qué ha pasado? ¿Te han hecho enfadar?

Y alargó la mano para apoyarse en el cemento del edificio.

—Estoy buscando a Giancarlo —dije—, tengo que hablar con él con cierta urgencia. ¿No lo habrá visto?

Ella dijo que no con la cabeza y entonces aproveché para hacerle la pregunta que desde hacía tiempo quería hacerle.

—Señora doña Concetta, usted está siempre aquí, de la mañana a la noche, su ayuda podría resultar valiosa, podría contribuir notablemente a la victoria del bien sobre el mal...

Sonrió.

—¡Mimì, tú siempre de broma!

—Nunca en mi vida he sido más serio —respondí decidido—,

simplemente quería preguntarle si, por casualidad, en los últimos tiempos no se habrá fijado en dos chicos extraños que rondan por estos parajes.

—¿Qué chicos? —dijo ella, muy chula.

—Dos tipos sospechosos que frecuentan la zona. ¿Los ha visto?

Ella pareció alzar los ojos al cielo y respondió:

—Mmm… no, Mimì, no he visto a nadie, siempre a la misma gente.

—¿Está segura?

—Sí, estoy segura, ¿por qué?

—Tengo motivos válidos para creer que esos dos malhechores quieran llevar a cabo alguna mala acción…

Doña Concetta alzó un poco la barbilla sobre la que lucía un hermoso lunar peludo y zanjó el tema con esta frase:

—Mimì, escucha, lees demasiados cómics, no hay nadie que incordie; como mucho, de vez en cuando aparece algún ladronzuelo, minucias. En cualquier caso, tú estate siempre atento, mira a tu alrededor y no vuelvas tarde a casa, que mamá se preocupa, y con razón.

Dicho esto, pasó a mi lado y siguió su camino. Me quedé mirando cómo desaparecía por la oscuridad, al tiempo que reflexionaba sobre por qué con frecuencia quien tiene ni siquiera se da cuenta de lo que tiene; y quien, en cambio, no tiene pronto aprende a percibir y a apreciar lo poco que le queda. En resumen, pensaba en Matthias, que incluso sin ojos había llegado a ver aquello que doña Concetta probablemente nunca vería.

Mientras tanto, Mauro se alejó hacia la plaza haciendo retumbar su moto, y Giancarlo irrumpió por la calleja con su Batmóvil. En el silencio de aquella noche de principios de agosto, la voz de Vasco proveniente de la radio de su coche parecía envolver la calle entera. Mi amigo apagó la música y entonces hasta pude distinguir el ruido del freno de mano después de que apagara el motor. Me acerqué: Giancarlo traía mala cara y no parecía tan alegre como de costumbre.

—Hola —le saludé, y solo entonces pareció percatarse de mi presencia—, ¿cómo estás?

—Ey, Mimì, hoy no ha sido lo que se dice un buen día… —comentó mientras recogía su bolsa del asiento.

—¿Por el ataque de Palermo?

—¿Qué sabes tú de Palermo? —respondió saliendo del coche.

—Papá y el abuelo estaban viendo la televisión, y en casa se desencadenó una discusión sobre héroes y sobre la lucha contra la mafia.

Giancarlo se metió la radio debajo del brazo y no respondió. Entonces proseguí con mi mejor repertorio:

—Yo sigo pensando que la gente necesita confiar en alguien superior, fuerte, alguien que esté entre nosotros materialmente, alguien a quien pedir protección, que pueda luchar por nosotros y mantener alejado el mal. Los adultos se ríen de mis fijaciones, pero cuando ven las noticias por la tele, los veo hacerse pequeñitos pequeñitos y hundirse en el miedo.

Él resopló y respondió:

—Las cosas, Mimì, solo pueden cambiarlas los hombres. El mal viene de los hombres y solo los hombres pueden luchar contra él. Más que héroes, lo que necesita la gente es creer, personas que aspiren a cambiar las cosas para mejor. —Y se pasó la mano por el pelo—. Los ideales, Mimì, los grandes ideales han transformado el mundo, no los superpoderes. Gente normal, como tú, como yo, que creía fuertemente en algo. Las ideas de verdad, las fuertes, nunca mueren.

Después se puso en marcha hacia nuestro edificio.

—Tengo que decirte algo… —conseguí bisbisear mientras lo seguía a duras penas.

—¿Qué?

—No sé, probablemente sea una tontería…

Él, quizá cansado de mis discursos y convencido de que quisiera hablarle otra vez de superpoderes, no me dejó terminar y rebatió:

—En septiembre viene Vasco a Nápoles, ¿lo sabías?

Abrí los ojos como platos y dije que no con la cabeza.

—Pues sí. Podrías llevar a tu Viola… —añadió mientras pasábamos junto a la famosa palabra *ama*.

Respondí con una mueca que no significaba nada, pero que él supo interpretar porque respondió de inmediato:

—Mimì, ¿sabes cuántas Violas te vas a encontrar en tu vida? Ahora te parece que ella es el centro de tu universo, pero más tarde comprenderás que no es así, en unos años la vida se te abrirá como un abanico. Tienes que tener paciencia y disfrutar del momento, de cada momento.

Seguí mirando un rato el adoquinado antes de preguntar:

—¿Tú no te vas de vacaciones?

—No, he conseguido un contrato de dos meses en el periódico, para las sustituciones de verano. Y tú, ¿qué haces, dónde vas?

—A Apulia —dije rápidamente, orgulloso de tener también yo, por fin, una respuesta.

—Qué bonita Apulia. —Pareció entusiasmado.

Al llegar al edificio nos encontramos con la típica cabeza blanca del señor D'Alessandro que escoltaba con sus ojos nuestros movimientos, pero Giancarlo no se dio cuenta, metió las llaves en la cerradura y empujó la puerta del portal. Lo acompañé hasta el ascensor y me detuve a observarlo mientras esperaba con él. Tenía la cara ligeramente bronceada, que le hacía parecer más mayor, y de su camisa de lino asomaban del pecho algunos pelos oscuros. Por un instante intenté retomar la conversación, contarle lo de aquellos chicos que de vez en cuando aparecían al principio de la calle, pero me daba demasiado miedo aburrirlo, que se cansara de mí, así que salí por peteneras.

—Estoy escribiendo una historia… —solté del tirón.

Él abrió la boca para emitir un entusiasta «¡Guau!», y luego añadió:

—¡Fantástico! ¿Y de qué trata?

Titubeé.

—Venga, cuenta…El ascensor se detuvo en la planta con su típico clang.

—De amor...

Y agaché la mirada.

—¿Por qué lo dices como si te diera vergüenza?

—También he probado a escribir sobre cosas más importantes, pero, bueno, no me sale; es que estoy con mis historias en este momento. Lo que pasa es que... Me hubiera gustado parecerte de otra forma. El problema es que no sé mucho de la Camorra...

Giancarlo se acaloró.

—Pero ¿a ti quién te mete en la cabeza esas tonterías? ¿Camorra? ¿Con doce años? Además, el amor es una de las emociones más poderosas que existen, si no la más poderosa. El amor es lo único que nos permite vencer a la muerte, ¿lo habías pensado alguna vez, pequeño científico? —dijo alborotándome el pelo.

Después se metió en la cabina y precisó:

—Cuando la hayas terminado, quiero leerla...

Me quedé solo en el vestíbulo vacío, mirando el ascensor que ya no estaba y pensando en lo que me había dicho: el amor vence a la muerte.

No, nunca lo había pensado. De haberlo hecho, me habría pasado los últimos meses estudiando y haciendo experimentos solo sobre el amor, en lugar de perder el tiempo con la telepatía.

I QUINDICI

Al final, el viaje por Europa no lo hicieron ni Beatrice ni Mauro. Los dos no se vieron en unos días. Luego, una tarde, al volver de una excursión para apoderarme de una esquela que me había llamado la atención en *via* Suarez (donde se echaba de menos a Gigino, de profesión «aparcacoches»), me encontré con Mauro junto a nuestro portal, sentado en su moto con Bea, de pie, a su lado. Le sonreí y chocamos los cinco, como hacíamos desde hacía un tiempo; él me devolvió el saludo sin mucho entusiasmo y entonces dirigí la mirada a mi hermana, que estaba con los brazos cruzados sobre su pecho y cara hosca pero orgullosa.

Por la noche me acerqué donde estaba ella, tumbada en la cama de nuestros padres mirando el techo.

—Entra y cierra la puerta —me ordenó después de haber llamado.

Me senté a su lado y entendí que había llorado. Se dio la vuelta y me miró seria.

—Lo he dejado con Mauro —exclamó.

No respondí, no sabía qué decir.

—O, mejor dicho, me ha dejado él —añadió.

—¿Por qué motivo?

Bea sonrió con amargura.

—¿Por qué? ¡Porque no tiene huevos!

Miré al techo, pero ella no había terminado. Se levantó, me sujetó por los hombros y después exclamó con ímpetu:

—Mimì, jamás en la vida te enamores, ¡el amor es una jodienda!

Luego se volvió a lanzar sobre el colchón y se giró hacia el otro lado.

También ella, al igual que la abuela, intentaba ponerme a salvo de los peligros del amor, sin imaginarse que el consejo llegaba demasiado tarde: ya me había enamorado de Viola, y me volvería a enamorar, de ahí a dos años, de Marianna, una chica del Vico, el instituto al que me inscribiría después del examen final de segundo.

—Antes o después te toparás con la persona adecuada, solo hay que tener paciencia —susurré, pero ella no respondió—. Y, muy probablemente, tendrás también hijos —añadí riendo—, y a uno lo llamarás Domenico…

Finalmente se dio la vuelta, con una lágrima que le caía por la mejilla y una sonrisa apenas dibujada en el rostro.

—¿Y tú qué sabes? ¿Ahora, además del pensamiento, también sabes leer el futuro?

—Es puro cálculo matemático. Estadística. He leído en una revista que una de cada cuatro mujeres no tiene hijos. Teniendo en cuenta la fascinación que despiertas en los hombres, considerando que nuestra madre nos tuvo joven, que gozas de buena salud y de un carácter equilibrado, podemos deducir que entrarás a formar parte de las tres cuartas partes de mujeres italianas que generan hijos.

Ella se quedó mirándome unos segundos con la boca abierta y después se echó a reír, con la cara aún embadurnada de lágrimas y maquillaje.

—Estás como una cabra, ¿lo sabes? —Luego se levantó para sentarse en la cama y añadió—: Pero, lo siento, si es niño, no lo llamaré Domenico.

—¿Por qué, no te gusta Domenico?

—Con un Mimì basta, ¡dos sería demasiado!

Y se echó a reír de nuevo.

—Estúpida.

E hice como que le pegaba, pero ella se puso seria y se hundió en mi pecho.

—Yo siempre estaré —dije entonces con voz austera, para hacerme el importante.

—Anda ya —respondió, dándome un manotazo en el hombro—, eres chico, lo que tardes en encontrar una chica que te vuelva tonto perdido, y te habrás ido, ¡y a ver entonces quién te ve!

—Que no —intenté comentar, pero Beatrice me interrumpió de inmediato.

—Tendrías que haber sido mujer, una hermana sí que me habría venido bien…

Y se quedó con la mejilla apoyada en mi hombro, sorbiendo por la nariz y abrazándome como nunca antes lo había hecho, fuerte, tan fuerte que sentí su poderoso pecho explotar contra mí; y pensé en Sasà, que estaba en las colonias y al que cada día echaba más de menos.

—Estaba de broma —susurró después en el silencio de la habitación—, me siento feliz de tenerte como hermano.

—Yo también siento la misma fulgurante sensación de alegría de tenerte como hermana —balbucí para intentar vencer mi apuro.

Ella suspiró y rebatió:

—Mimì…

—Dime.

—La próxima vez que conozcas a una mujer, hazme un favor… mantén la boca cerrada.

El día que partimos para Apulia no me tenía en pie porque me había pasado casi toda la noche en cuclillas en el balcón de la cocina, escribiendo. La noche anterior, en el silencio de la calle, me había llegado el inconfundible gruñido del Mehari. Me había acercado, Giancarlo había bajado el volumen de la radio y había exclamado:

—¡Mimì, campeón!

Luego me había invitado a sentarme a su lado, y durante unos diez minutos habíamos estado charlando de nuestras cosas, de mi viaje del día siguiente, de su extraño verano en Nápoles, de la historia que yo estaba escribiendo y que parecía avanzar a buen ritmo; hasta que mamá había venido a llamarme. Entonces me había despedido de él y había corrido tras ella.

—Pero ¿de qué hablas con ese chico? —me había preguntado una vez ya en casa.

—De todo, principalmente de escritura —había respondido orgulloso.

—Mimì, queda con Sasà, con Fabio, con chicos de tu edad. Él es demasiado mayor para ti, podría influenciarte…

—Sasà se ha ido, y Fabio también, que, por otra parte, nunca ha sido una persona de mi agrado. ¿Qué quieres decir con que puede influenciarme?

Ella se agachó a la altura de mi cara y respondió:

—Y yo qué sé, tu padre dice que ese periodista escribe cosas peligrosas. Me preocupa verte a su lado tan a menudo.

—No escribe cosas peligrosas, mamá, escribe cosas ciertas que nadie tiene el valor de escribir.

—Sí, puede ser, Mimì, cada cual elige la vida que desea. Si él quiere correr riesgos, que los corra; pero tú aún eres pequeño, tienes que crecer y elegir por ti solo tu futuro. Incluso eso de que escribas… ¡no me gustaría que lo hicieras por imitarlo!

Entonces exploté. Me encogí de hombros y di un paso atrás antes de rebatir:

—¿Y si fuera así? Yo al menos sigo un modelo, un ejemplo, a un héroe. Vosotros, en cambio, ¿a quién imitáis? ¿A quién imita Beatrice, a las cotorras de la tele?

—Haces bien en no tener ídolos de la tele —intervino el abuelo desde su sillón—, son todos bobos. Ya sabes lo que se dice… Bastan una mujer y un loro para armar un guirigay.

—Oye, papá, no te vayas a meter también tú ahora. Mimì es un niño y tiene que pensar en jugar, ¡no en la Camorra!

Por fin aquella palabra había salido de su boca. En el cuarto de estar se hizo el silencio, y la abuela, que hasta ese momento había asistido impasible a la discusión mientras metía en el horno su clásica tarta de manzana sin pasas (como nos gustaba a mí y a Bea), aspiró de una forma extraña por la boca antes de intervenir:

—Mamá tiene razón, ¡deberías jugar a la pelota con Sasà y no pensar en cosas que no te incumben!

—Eso, ahora métete tú también —había ladrado yo— a decirme lo que tengo que hacer. No me gusta el fútbol —al abuelo se le desorbitaron los ojos y giró la cabeza para mirarme—; ya no me siento cómodo con Sasà, no tenemos los mismos intereses y no pensamos de la misma forma. Además, no me parece a mí que él sea feliz y despreocupado. ¡En la vida lo importante es tener un ideal que nos guíe para llevar a cabo acciones justas!

—Para eso está el Padre Eterno, Mimì… —había vuelto a decir la abuela.

—Yo no creo en Dios —y la abuela Maria aferró inmediatamente el rosario del pecho para besarlo y pedir así perdón por aquel nieto degenerado—, creo en las personas, en los héroes. Giancarlo es uno de ellos…

Mamá cruzó los brazos y luego resopló:

—Pero qué voy a hacer yo contigo… Vale, haz lo que quieras, yo lo he intentado.

Y se fue a sacar la ropa de la lavadora.

—¿Por qué das estos disgustos a tu madre? —fue la pregunta de la abuela, que se había sentado con esfuerzo detrás de la mesa de la cocina.

—Porque tengo cabeza, y me gusta hacerla funcionar —respondí.

Luego les di la espalda y me refugié en el dormitorio.

Abrí el cuaderno rojo e intenté escribir. La charla con Giancarlo me había hecho pensar. «Cultívala cada día —había dicho en determinado momento, refiriéndose a la escritura—, te darás cuenta de que es un gran poder que tienes en tus manos». Y entonces se me había pasado por la cabeza también hablar de mi loco deseo de llegar a ser superhéroe, de mi vano intento durante el invierno de desarrollar la telepatía y de cómo, en realidad, con el paso del tiempo y gracias a haberme cruzado con él, me había dado cuenta de que yo era un chico normal, como el resto; y de que la única forma de intentar llegar a ser no un superhéroe, sino al menos alguien orgulloso de sí mismo, era dedicarse a aquella especie de chispa que se me encendía en la barriga cada vez que empezaba a escribir.

—Pero ¡que vamos a estar dos días en la playa! —exclamó papá, con la cara roja, cuando se presentó mamá delante del coche con todo el armario.

—Rosà, desde el viaje de novios no me voy de vacaciones. Así que quiero disfrutar y cambiarme hasta tres veces al día si se da el caso. ¿Tienes algo que objetar?

—Oye —se entrometió doña Concetta desde el otro lado de la calle—, ¡Loredana tiene razón! —sentenció, y papá no tuvo nada más que decir.

Cinco minutos después nos subimos en el coche y nos alejamos ondeando los pañuelos a los abuelos, que nos saludaban emocionados desde la ventana. Y, efectivamente, era una gran fiesta, sobre todo para mí, que nunca me había alejado de Nápoles; y para mamá, que, después de años de renuncias y sacrificios, podía, aunque solo fuera por dos días, vivir como una señora, como la Iacobelli, que iba a la peluquería de Alberto una vez por semana.

Papá conducía y, de vez en cuando, cogía la mano de mamá, o se daba la vuelta y nos sonreía. En aquellos días Bea estaba insoportable, se pasaba el tiempo de morros y apenas respondía cuando se le hablaba. Tenía una actitud insolente y provocativa, como si haberlo dejado con Mauro la hubiera llevado a odiar al mundo y a hacerle responsable de su dolor.

Por suerte, era tal el entusiasmo dentro del Simca que muy

pronto también Beatrice se contagió de él, sobre todo cuando llegamos al *autogrill,* y mamá y ella perdieron más de una hora dando vueltas entre las estanterías, con papá quejándose porque se estaba haciendo tarde. En un peaje nos cruzamos también con un vendedor ilegal de casetes y Bea suplicó a nuestro padre que comprara una pirata de Festivalbar, por lo que el resto del viaje nos lo pasamos en compañía de Righeira, Nannini, Jo Squillo, Fiorella Mannoia y él, Vasco, que cantaba *Cosa succede in città,* canción que me había aprendido de memoria, para la poco disimulada sorpresa de mi hermana.

Llegamos a Fasano entrada la tarde y fuimos derechos al hotel. A la mañana siguiente, a las diez en punto, estábamos en el Zoosafari. Mamá sonreía, pero se veía que estaba tensa, y le rogó no sé cuántas veces a su marido que se asegurara de que el coche estaba bien cerrado antes de empezar el recorrido. A papá, en cambio, nunca lo había visto tan eufórico. De hecho, en un momento de gran emoción, faltó a la promesa que había hecho a su mujer y abrió la ventanilla para hacer una foto al «rey de la selva», que estaba tan pancho disfrutando de un poco de sombra bajo un haya. ¡Ojalá no lo hubiera hecho nunca! Mamá se puso hecha un basilisco y todo el miedo hasta entonces contenido explotó:

—¡Rosà, pero estás tonto! ¡Cierra esa ventana, que nos salta al cuello el león!

—Madre mía, Loredà, espera un momento —respondió él, con un ojo puesto en el objetivo.

Mamá le arrancó la cámara con un gesto rapidísimo y lo fulminó con la mirada.

—Cierra. ¡Ahora!

—Mamá, que no se apodere de ti el pánico, el *Panthera leo* acostumbra a pasar al menos veinte horas al día inmóvil, e inicia la caza solo de noche. Además, estamos hablando de ejemplares en cautividad…

—¿Y tú cómo haces para saber esas cosas? —preguntó entonces papá, mientras giraba para alejarse de la zona.

—¿Que cómo hace? ¿No lo ves que está siempre delante de documentales?

—No es exactamente por eso —precisé—, esa información la he obtenido de la enciclopedia *I Quindici*, más concretamente del volumen dedicado al reino animal.

—¡No vas a follar nunca, nunca! —comentó en voz baja Bea, a mi lado.

—¿Has visto? —respondió papá, y miró a su mujer—. Y tú que decías que sería una inversión excesiva. ¡Yo no escatimo en la educación de mis hijos! —concluyó orgulloso.

Por amor a la verdad, me habría gustado responder que, en realidad, Beatrice nunca había abierto un solo volumen de la colección, pero preferí callarme.

Una tarde un par de años antes, había llamado a la puerta un señor ya talludito, con poco pelo en la frente y tupida coronilla, vestido con un traje gris apagado, corbata amarillenta y mocasines beis que llevaban consigo el cansancio de los años. Se había sentado a la mesa de la cocina y, sorbiendo el café que le había ofrecido la abuela, se había puesto a explicar al detalle el contenido de la famosa enciclopedia, y por qué sería muy poco educativo, en los albores de nuestro siglo, criar a unos niños sin tener en casa, al alcance de la mano, semejante tesoro con el que aprender cada día algo nuevo, con el que construir los cimientos de tu propia cultura.

Yo estaba en éxtasis. Mamá había ido directamente al grano preguntando el precio.

Al hombre le había bastado decir «cómodas cuotas» para convencer a papá de dar el gran paso. Todo aquello que podía ser pagado con el tiempo, para Rosario Russo se convertía en una oportunidad que había que atrapar al vuelo.

—¿Y dónde la metemos? —había protestado mamá.

—¡En esta casa siempre habrá sitio para la cultura! —había respondido él.

Y había buscado la mirada complaciente del comercial.

En aquellos dos años, la enciclopedia la había utilizado solo yo, a pesar de que mientras tanto se hubiera vuelto imposible sacar un volumen de la repisa porque antes había que deshacerse de una serie de baratijas inútiles de la abuela plantadas delante. A la décima cuota, papá había empezado a quejarse del coste excesivo de la operación y había llamado al editor para solicitar la devolución del producto.

—Pero ¿no habías dicho que en esta casa siempre habría sitio para la cultura? —había comentado nuestra madre con ironía, y luego había sentenciado—: En cualquier caso, tú no devuelvas nada, que la franja de los lomos de colores decora y alegra la habitación.

Llegamos a la zona de los elefantes, con sus cuerpos majestuosos, las trompas colgantes, su calmo caminar y las orejas que se movían continuamente como si fueran un radar. También de los elefantes sabía todo lo que había que saber: que son herbívoros, que tienen un oído y un olfato muy desarrollados para compensar una vista más bien débil, que no son tan tranquilos como aparentan y que los machos pueden ser agresivos y manifestar hostilidad hacia el hombre. Por eso, cuando papá tocó el claxon porque así, según él, el animal se daría la vuelta para dejarse fotografiar en primer plano, cerré los ojos y recé para que todo fuera bien. Pero la pifia ya estaba hecha: el gran paquidermo se giró con expresión de todo menos pacífica, mamá empezó a gritar, y entonces nuestro padre nos ordenó que nos quedásemos quietos y callados. El elefante pegó su voluminosa narizota a mi ventana y se quedó analizando la situación durante un rato, luego se cansó y se retiró con paso lento. Las únicas palabras de Rosario Russo fueron: «¡Este pedazo de bestia me ha guarreado toda la ventanilla!».

Por último, llegamos a la zona de los avestruces, y yo me quedé sin palabras. Estaban a pocos metros de nosotros y nos escrutaban cautos. Un ejemplar más valiente se acercó y me robó un susurro de admiración: era altísimo, mucho más que nuestro coche, y su cuerpo era imponente. Papá hinchió el pecho y me explicó todo orgulloso que el Correcaminos, el animalito de la tele que se le escapaba siempre al pobre Coyote, era un avestruz. Yo asentí para no desilusionarle, aunque en realidad sabía que el Correcaminos no era un avestruz, sino un *Geococcyx californianus*, llamado vulgarmente «correcaminos», un pájaro rapidísimo definido también como «el corredor de la carretera». Lo había leído precisamente en uno de los tomos de *I Quindici*, que venía con una foto del plumífero.

A pesar de que tuviera poco que ver con el dibujo animado de la Warner Bros, encontrarme ante aquellos avestruces me fascinó sobremanera: conocía bien su porte, sus características, las patas sinuosas, las alas cortísimas. Lo sabía todo de ellos, como de los demás animales. Pero verlos en vivo era otra cosa, y me impresionó mucho, tanto que durante el viaje de regreso no abrí la boca, a pesar de las bromas con las que papá seguía luciéndose, provocando el júbilo sumiso de mamá y el fastidio de Beatrice.

Mientras en el coche tenía lugar el típico espectáculo de casa de los Russo, pensaba para mis adentros en que no me habrían bastado cien enciclopedias para aprender lo que había podido asimilar en un único día de vida vivida.

A nuestra vuelta trajimos recuerdos, fotografías, sonrisas, dulces, historias que contar y pequeños *souvenirs* de cerámica que reproducían *trulli* en miniatura. Nos estaban esperando los abuelos, que nos abrazaron fuerte, casi llorando. Ni que acabáramos de volver de las Américas.

LA PESCA ES COMO LA VIDA

Hacía nada que había sido quince de agosto cuando papá me vino a despertar al alba. Abrí los ojos y me encontré con su cara regordeta a pocos centímetros de la mía. Por la persiana abierta a la mitad llegaba un resplandor grisáceo, en el aire aún se apreciaba la humedad de la noche y, prestando un poco de atención, incluso se llegaba a oír un trino lejano.

—¿Qué sucede? —pregunté preocupado.

—Nada —respondió de inmediato, en cuclillas al borde de mi cama—, vamos a pescar.

—¿A pescar?

—Sí…

—¿Y adónde?

—A Miliscola.

—¿Y eso dónde está?

—Pero ¿tú de dónde has salido? En Capo Miseno.

Habría tenido que responderle que no conocía el sitio porque nunca me había llevado, pero lo dejé estar y pregunté:

—¿Qué hora es?

—Las cinco menos cuarto. —Y miró el reloj—. Venga, sal de la cama.

Me froté los ojos. Mamá roncaba de lado, con el pelo inundando la almohada y aquella respiración profunda; y me dejé llevar por su forma de dormir serena, con el pecho que subía despacio mientras el resto del cuerpo permanecía inmóvil. En una ocasión se me había metido en la cabeza efectuar una prueba sobre el sueño. Había leído que algunos de los hombres más importantes de la historia, entre los cuales se encontraba Leonardo da Vinci, habían preferido sustituir la fase bifásica del sueño por una polifásica. Básicamente, Leonardo solía alternar cuatro horas de vigilia con veinte minutos de reposo, de manera que en el curso de un día conseguía veintidós horas para dedicar a su actividad, con solo ciento veinte minutos de descanso. ¡Con aquel truco habría podido leer durante toda la noche! Incluso me había hecho un esquema con los horarios de las diferentes cabezaditas (calculando que, por la mañana, en el instituto, no podría cerrar los ojos), pero había desistido casi de inmediato, al segundo intento, despertado por la canción a todo volumen de *Sentieri*, la telenovela que cada tarde veía la abuela en religioso silencio.

De la cocina llegaba el borboteo de la cafetera entrecortado por el inconfundible ruido de las pantuflas del abuelo que se arrastraban por el suelo. Ahogué un bostezo y me incorporé para sentarme en el colchón, con los pies descalzos sobre las baldosas frescas, mirando embobado la semioscuridad mientras pensaba en el sueño apenas interrumpido. Estaba con Sasà en un lugar que no me parecía conocer, en la playa, eso sí. Él estaba todo el tiempo en el agua, buscando peces en el fondo con unas gafas de bucear; y cuando lo llamaba, no respondía; y cuando tiraba de él, se me escurría y decía con la voz mecánica que le salía por la boca a causa del tubo: «Guau, Mimì, aquí abajo es un espectáculo, ¡está lleno de peces!». Entonces le pedía que me pasara las gafas, pero él hacía como que no me oía y volvía a sumergirse. Y cuando le había vuelto a agarrar del brazo, él había salido de nuevo a la superficie, se había quitado por fin el tubo y había dicho simplemente: «Mimì, tienes que esperar, ahora me toca a mí, que soy mejor que tú. Cuando haya terminado, te toca a ti. Tienes que aprender a respetar los roles». Me había puesto a esperar pacientemente, solo que en determinado momento había divisado una medusa gigantesca, realmente enorme, que estaba a punto de atraparle la cara entre sus largos tentáculos, así que había vuelto a tirar de él; pero él nada, había sacado la mano del agua, con la cara aún debajo, y me había enseñado el dedo corazón, por lo que la medusa lo había cazado y el mar se había llenado de espuma y él luchaba para quitarse aquel pedazo de medusa de la cara y luego… luego mi padre me había despertado.

—¿Todavía sigues ahí? —dijo papá asomándose a la habitación.

Me arrastré hasta el cuarto de estar, con la cabeza aún en la medusa y en Sasà. Echaba un montón de menos a mi amigo. Echaba de menos que siempre estuviera ahí, su sonrisa burlona, su capacidad de resolver los problemas simplemente alzando los hombros. Ay, lo que habría dado por tener su misma capacidad, por resoplar a la vida cada vez que esta me hiciera daño.

—Venga, vamos, que se hace tarde —me exhortó papá cuando me hube vestido.

No es que me gustara demasiado la pesca, todas aquellas horas sin hacer nada me parecían una pérdida de tiempo. En lo que había que esperar para que picara un sargo o una lubina, habría podido escribir unas cuantas páginas o terminar de leer *El hobbit,* de Tolkien, al que le había echado el ojo a principios de agosto en la majestuosa librería del señor Scognamiglio: casi cuatrocientas páginas para leer de un tirón antes de que el matrimonio volviera de Sicilia, a finales de mes.

Por eso intenté rebelarme.

—No digas tonterías, no tienes nada que hacer, en casa hace calor y necesito que me acompañes. Además, si quieres, te puedes bañar…

—No me atrae el mar, ya lo sabes. ¿Puedo llevar un libro o el cuaderno? Al menos aprovecharé el tiempo que tenga disponible.

—Pero qué cuaderno y qué libro, Mimì. Venga, ponte el bañador. Te das un buen baño y disfrutas un poco de la brisa marina, que en Apulia te tiraste todo el tiempo a la sombra y pareces un fantasma. Y luego me ayudas a pescar —zanjó—. Por una vez, deja los papeles en casa.

Papá llevó consigo su caja de aparejos de pesca que guardaba con celo desde hacía años en el trastero, una especie de altillo con un falso techo de pladur que había encima del baño.

—Rosà, pero ¿estos trastos de la pesca no los podemos tirar? —probaba mi madre de vez en cuando, en los meses de invierno; pero él se ponía hecho un basilisco y respondía de malos modos.

—Loredà, para una pasión que tengo. ¡Déjame respirar de vez en cuando!

Llegamos a Capo Miseno a eso de las seis menos cuarto. Los primeros rayos que asomaban por el mar empastaban de amarillo las rocas del monte y las casitas de colores reunidas sobre la franja de tierra que separaba el Tirreno del lago Miseno. Enfrente de nosotros, la isla de Prócida parecía dormir tranquila, protegida a sus espaldas por el Epomeo, el volcán de Isquia que seguía envuelto por la bruma.

En la playa de Miliscola había otros pescadores. A uno de ellos, con barba poblada, zuecos y una barriga tan grande como un Tango (el balón blanquinegro que tenía Fabio y que hacía que nos sintiéramos como auténticos futbolistas), lo conocía papá, así que se quedó un rato hablando con él, mientras yo hundía los pies en la arena en busca de conchas. Me uní a mi padre cuando ya estaba preparando los utensilios, y él, mientras cogía cada uno de los objetos de la caja, empezó a instruirme escrupulosamente, como si me importaran algo sus nociones de pesca.

Nunca habíamos tenido los mismos intereses: a él le encantaban los coches, el fútbol, la política, la pesca; cosas que, a mí, en cambio, me llamaban poco la atención. Nunca me lo reprochó realmente, ni intentó obstaculizar de forma alguna mis pasiones, creo que no tanto por espíritu de libertad o respeto a los demás como por el hecho de que a él no le interesaba cómo pasaba yo el día. Lo importante era que no le ocasionara problemas. Habíamos encontrado nuestro equilibrio: yo no tenía grandes pretensiones y él no me hacía demasiadas preguntas.

—Esto es la cuchara —dijo mientras preparaba la caña, cacharreando con una especie de cebo con tres anzuelos—, el flotador —prosiguió satisfecho con el listado—, el sedal, la mosca y el cebador. ¿Sabes lo que es el cebador? —preguntó con aire orgulloso, mirándome.

Ya se había quitado la camiseta, y la palidez de su pecho velludo casi me cegaba. Llevaba puesto un bañador descolorido y una gorra de béisbol que lo protegía del sol hasta debajo del bigote.

Dije que no con la cabeza.

—Es un arnés que sirve para subir los peces del fondo a la superficie. Suelta unos cuantos gusanitos, así llamamos su atención…

—No sé qué son esos «gusanitos».

—Pero ¿no eras tú el que lo sabía todo, el genio de la casa? —bromeó antes de volver a meterse en el papel de profesor—. Son larvas —añadió serio.

Entonces no podía entenderlo, pero creo que, en aquella ocasión, más que para que le ayudara (no me pidió ningún apoyo al respecto), me había querido llevar con él para mostrarme su preparación en un campo específico. A pesar de la edad, creo que se sentía abrumado conmigo; él, que no había estudiado, que no había leído un libro en su vida y que no le gustaban especialmente las películas; él, que no sabía nada de mi mundo y de lo que me gustaba, estaba intentando, a su manera, acercarse a aquel hijo extraño, culto y curioso, llevarme a su terreno, a su mundo hecho de pequeñas cosas que, sin embargo, conocía bien, para demostrarme que también él valía.

—¿Por qué no te das un baño? —preguntó entonces.

—Después —respondí.

—Mira que a las nueve nos tenemos que ir, que llega la gente y ya no hay peces.

Nos quedamos en silencio casi todo el tiempo, él con la mirada fija en el flotador, yo jugueteando con un palito de madera, hasta que él habló:

—Hoy no parece buen día. A ti no te gusta la pesca, ¿eh? —preguntó de improviso.

—No conquista mi atención —respondí con la mirada en la arena.

—A mí, en cambio, me relaja, no me hace pensar; además, me gusta el contacto con la naturaleza. Mira qué sitio, Mimì, ¡espectacular!

—Sí, ya —admití, aunque en realidad estuviera a otra cosa.

—¿Es que a ti no te gustan otras cosas que no sean las palabras? —preguntó él entonces.

—No son solo palabras, son historias —repliqué.

—¿Y para qué quieres historias cuando la realidad es tan hermosa?

—Los libros te permiten viajar, visitar lugares desconocidos, conocer personajes increíbles. No sabes lo que te pierdes…

Él hizo una mueca y sorbió por la nariz, luego movió un poco el sedal.

—¿Y qué quieres ser de mayor, Mimì? ¿Lo tienes pensado?

—Escritor —respondí de sopetón—, o astronauta. O matemático. Ya veremos.

Se giró para mirarme y se echó a reír.

—Tú, algo normal no, ¿eh?

—¿Qué significa la palabra «normal»?

—Yo qué sé, te gusta estudiar, podrías ser abogado o ingeniero. Esos están forrados de pasta.

Y me guiñó un ojo.

—No me interesa el dinero, quiero hacer algo importante, único…

—Deberías tener los pies en la tierra…

—¿Por qué?, ¿qué tiene de malo soñar?

Se volvió a dar la vuelta.

—En la vida no hay demasiado espacio para los sueños, pronto lo entenderás… mejor un trabajo seguro que te permita formar una familia y vivir tranquilo.

Lancé una piedra al agua y me levanté.

—¿Y si yo no quisiera un trabajo seguro? ¿Si no quisiera una vida tranquila? Yo quiero que en mi futuro haya espacio para la libertad, quiero perseguir mis sueños y volar alto, lo más lejos posible de la realidad y de esta vida.

Papá pareció ensombrecerse.

—¿Qué es lo que pasa con tu vida?

Titubeé, y él prosiguió:

—Entonces, ¿de qué te quejas?

—De nada, déjalo.

Y di un manotazo al aire antes de alejarme unos pasos.

—Ven aquí —dijo—, dónde vas, que estamos hablando.

Volví atrás, con tal rabia contenida que parecía que me iba a explotar en el pecho e intentando que mi cara venciese al llanto.

—No quiero ser abogado —añadí entre dientes—, ni ningún otro trabajo que me obligue a pasarme el día sentado siempre en el mismo sitio.

Él frunció el ceño y respondió:

—Mimì, mi trabajo nos ha permitido tener todo lo que tenemos.

Me habría gustado responder que no teníamos nada de nada, pero no encontré el valor y me quedé callado.

—Siéntate aquí —dijo entonces, dejando caer la mano en la arena.

Me puse en cuclillas a su lado sin decir palabra.

—Mimì —comentó con voz grave—, con tu futuro puedes hacer lo que quieras, no seré yo el que te lo impida, ni tampoco tu madre. Estoy orgulloso de cómo eres y me fío de ti. Solo que no necesariamente hay que llegar a ser alguien importante, tener éxito; no necesariamente hay que descubrir la penicilina para sentirte contento con tu vida. Simplemente, me da miedo que tengas demasiadas pretensiones. Está muy bien querer soñar, pero también hay que aprender a vivir el presente, a disfrutar de lo que se tiene.

Nunca le había oído soltar un discurso tan serio, y hasta aquella mañana había pensado que mi padre nunca habría podido llegar a explicar un concepto tan profundo. Por eso me lo quedé mirando maravillado mientras él concluía:

—Por mí, puedes ser abogado o conserje, ¡basta con que seas feliz!

Me había quedado sin argumentos y no sabía cómo comportarme delante de una persona que tenía la sensación de no conocer. Por eso, una vez más, no hablé.

—En realidad, te he traído conmigo porque tengo que contarte algo… —Tenía los ojos entornados y el sol, que ahora le daba en la cara, evidenciaba las arruguitas alrededor de estos—. Pues eso, que tu madre me ha pedido que te hable del abuelo…

Y tragó saliva.

—¿Del abuelo?

—Sí —respondió.

—¿Se va a morir? —atajé.

Él se quedó mirándome y no dijo nada, pero noté cómo su mano apretaba mi hombro, mientras un vórtice de dolor me estrujaba la barriga y me subía rápidamente hacia el esófago.

—No de inmediato, Mimì, pero morirá.

—¿Cuándo?

—No lo sé, dentro de unos meses… quizá un año.

—¿Unos meses? —pregunté, y se me escapó por los párpados una lágrima sin que pudiera hacer nada—. Incluso un año es demasiado poco —añadí, pero él no respondió—. En un año no habrá cambiado nada en mi vida.

Papá se quedó mirándome para intentar buscar un sentido a mis palabras.

—Si tuviera más tiempo, podría agilizar mis estudios para ser médico e inventar una cura —proseguí, mientras ahora las lágrimas se sucedían una tras otra por mis mejillas.

Él sonrió con amargura y rebatió:

—El abuelo es viejo, no tiene tanto tiempo. Así es la vida, él se irá, luego tú y Bea os haréis mayores y tendréis hijos, y luego me iré yo. Es un ciclo, Mimì, es normal.

—¿Y quién dice que sea normal? —alcé la voz—. ¿Dónde está escrito que sea normal? ¡Yo no veo nada normal en perder al abuelo o a ti!

—Funciona así —dijo poco convencido.

—Pues entonces funciona mal. —Y me levanté de sopetón—. Yo no lo llamaría ciclo, sino broma. Sí, una gran broma que se repite desde siempre.

Papá también se levantó y sujetó la caña.

—Mimì —dijo entonces con un tono de voz paciente—, ya eres mayor, debes saber aceptar estas cosas, debes prepararte para la vida.

Tenía los ojos llenos de lágrimas y los mocos que me caían de la nariz; y aun así, él mantenía la calma, al menos por fuera.

—Pero ¿cómo lo haces?

—¿Cómo hago qué? —preguntó.

—Para aceptar siempre todo.

Giró la cabeza, pero ya me había lanzado hacia el mar. Me quité la camiseta corriendo, tiré las gafas a la arena y me arrojé al agua, esperando que al menos las olas pudieran llevarse mis lágrimas. Cuando volví a aparecer, papá seguía en la orilla, con la caña en la mano, mirándome extrañado.

—¿No vienes? —grité.

Él dudó.

—¡Ven conmigo!

Entonces volvió a meter la caña en la arena y dio dos pasos al frente, pero se detuvo cuando sus pies se mojaron con el agua.

—Mimì —dijo—, no seas así...

Él, que siempre se replegaba frente a las emociones, ahora se encontraba entre la espada y la pared.

—Ven aquí —le supliqué otra vez con un susurro.

Papá inspiró una gran cantidad de aire antes de avanzar veloz por el agua, y en un segundo lo tuve a mi lado. Me miraba sin saber qué hacer.

—No es justo —repetí, todavía llorando—, no ha esperado a que me hiciera mayor.

—Mimì, el abuelo es viejo —dijo, y me abrazó.

El mar bañaba a medias nuestros cuerpos insólitamente unidos, el sol calentaba la piel blanca de nuestras espaldas y una ligera brisa acariciaba nuestro pelo. Nos habían dado las ocho y media, y en la playa habían aparecido los primeros bañistas. Con mucho gusto me habría quedado para disfrutar de aquel abrazo indeciso que afloraba del agua, para llenarme de la sensación de seguridad que solo un padre, aunque estuviera tan cascado como el mío, consigue darte. Pero el flotador, a pocos metros de nosotros, se movió. Papá abrió los ojos como platos y, a la segunda sacudida, se liberó de mi abrazo y corrió a tierra firme.

—¡Virgen santa! —exclamó, agarrando la caña—. Ven, Mimì, corre, ¡este es grande!

Me sequé la cara y volví a su lado, para darle una merecida satisfacción.

—¿Has visto? —dijo mientras se empleaba a fondo con el carrete—. La pesca es como la vida, hay que esperar pacientemente porque, antes o después, ¡siempre llega algo bueno!

—¿Tú me esperarás? —repliqué entonces instintivamente, mientras me ponía las gafas.

—¿En qué sentido? —dijo volviéndose solo un instante.

—Si esperarás a que sea mayor antes de marcharte.

El pez luchaba con todas sus fuerzas, rompiendo el agua en mil gotas, y dos niños se pararon a nuestro lado para observar la escena. Papá no apartó la mirada de su presa y, con la voz rota por el esfuerzo, respondió:

—De eso puedes estar seguro, Mimì, puedes estar seguro.

Después dio un último golpe de muñeca y un enorme pez limón salió del agua, brillando como el más preciado de los tesoros.

En casa, corrí rápido a documentarme, y cuando el abuelo preguntó qué había para comer, respondí:

—Una *Seriola dumerili*.

En la mesa se hizo el silencio.

A GOLPES DE HOCICO

Fue en ese verano cuando Matthias empezó a estar raro. Ya no hablaba, no sonreía, tenía los labios agrietados y se quedaba inmóvil durante horas. Por la tarde bajaba y me lo encontraba con el cigarro en la boca, cantando o sonriendo a la gente que pasaba, pero acurrucado encima del cartón, junto a su perro.

Un día, a finales de agosto, me acerqué y lo llamé, pero él no se despertó. Le pregunté a Beethoven qué había pasado, y este, por toda respuesta, chupó primero mi mano y después la mejilla de su amo. Finalmente, Matthias se percató de mi presencia.

—Mimì —dijo, e intentó sentarse—, disculpa, estoy un poco cansado.

Parecía bastante débil. Me quedé con él toda la tarde, aunque no fue fácil, porque se quedaba dormido cada dos por tres. Le hablé del inminente regreso de Viola y de Sasà, y de lo solo que me sentía. Justo a él, que llevaba solo toda la vida. Cuando me despedí para volver a casa, me agarró por la muñeca y dijo:

—Mimì, si por casualidad un día no me encontraras aquí abajo, llévate a Beethoven. Cuida de él. ¿Me lo prometes?

Lo miré perplejo. Era un gran regalo, aparte de una gran responsabilidad. Por eso sonreí, orgulloso de lo que me decía, y me despedí. Ni se me pasó por la cabeza que Matthias me estuviera pidiendo ayuda, que estuviera enfermo y se sintiera infeliz, ni que, tras tantos años de soledad, fuera por fin cediendo. No estaba preparado para semejante prueba; yo que, sin ser consciente, en la vida casi siempre había recibido más que dado, ni siquiera habría sabido por dónde empezar con él.

Cuatro meses después, también Matthias desapareció de mi vida. Estaba volviendo del instituto cuando vi a dos policías parados justo en el lugar que ocupaba mi amigo y, un poco más allá, una ambulancia con la sirena apagada. Me quedé quieto un segundo por miedo, y después corrí lo más rápido que pude hacia los dos agentes que hablaban por la emisora, con la mochila golpeándome en la espalda.

Matthias ya no estaba, y tampoco Beethoven.

Lo que había ocurrido es que alguien que paseaba se había acercado al cuerpo inerte del alemán y había descubierto la horrible verdad: su hígado enfermo no había aguantado más, supimos después. Matthias fue cubierto por una sábana y apartado, lejos de los ojos de fastidio de la gente normal. Nadie, aparte de mí, lloró por él. Nadie, aparte de mí, se acordará de él. Cuatro años después, cuando finalmente cayó el muro de Berlín, me quedé horas mirando por televisión las imágenes, intentando descubrir, en aquel caos de gente incrédula y feliz, el rostro de la mujer a la que tanto había amado mi amigo; y por un instante, en un solo fotograma, me pareció verle a él allí encima, sonriente, picando los ladrillos. He oído decir que mientras uno siga en el corazón, aunque solo sea de una persona, nunca muere. Si es verdad, entonces Matthias morirá conmigo.

Pero tenía que pensar en Beethoven, como me había pedido mi amigo aquel día de verano. Me enteré por Angelo de que el perro había acabado en una perrera municipal, y que con toda probabilidad sería sacrificado. Decidí no decir nada a mis padres y analicé el recorrido para llegar a aquella cárcel inmunda. Tuve que coger tres autobuses, incluso me equivoqué de parada, pero al final conseguí llegar a la perrera.

Beethoven estaba acurrucado en una esquina, y el hombre que me acompañó a la jaula dio un puñetazo al enrejado y dijo:

—¡Aquí está tu amigo!

Me arrodillé y llamé al perro. Él levantó la cabeza, enderezó las orejas y se quedó mirándome de lejos, casi sin creer lo que veía. Solo después pegó un salto y en un segundo estaba al lado de la reja, chupándome los dedos que había metido entre los hierros, meneando la cola sin parar.

—Beethoven —repetí hasta el infinito, con lágrimas que me empañaban la vista, mientras mi amigo saltaba como un poseído por toda la jaula y ladraba y ululaba; tanto es así que el hombre me mandó calmarlo, o los demás animales empezarían también a rebelarse. Intenté explicar al tipo que el perro era mío y que había ido hasta allí para llevármelo, pero él dijo:

—Tendría que venir tu padre, a ti no te lo puedo dar.

—Es mi perro… —objeté.

Él me escrutó durante un rato y repitió:

—Lo siento, chico, pero necesitas a tus padres.

Llamé a casa y respondió mamá al primer toque.

—¿Dónde estás? Tu padre te está buscando…

—En la perrera, con Beethoven… —respondí impasible.

—¿En la perrera? Pero ¿qué haces ahí?

—He venido a recogerlo.

—¿Y adónde te lo quieres llevar?

—A nuestra casa.

—¿Estás loco, Mimì? —gritó.

—O vuelvo con él, o no vuelvo —respondí sin titubear.

—Mira que tu padre te va a dar una buena como se entere de esta historia.

—Papá nunca me ha dado una buena…

Se quedó callada y entonces aproveché para explicarle que hacía falta su firma para llevarme el perro.

—Mimì, ¿y dónde lo metemos? Venga, vuelve a casa…

—No vuelvo —rebatí con resolución.

—Ahora se lo digo a tu padre —replicó entonces, dejándome a la espera.

Colgué y volví con Beethoven. Mis padres llegaron a la hora, pero no con la expresión que me habría esperado, no parecían tan cabreados. Mamá me abrazó y papá dirigió una mirada al perro y otra a mí, y por fin preguntó:

—¿Es el perro de ese amigo tuyo?

Asentí.

—¿Quieres traerlo a casa?

Asentí.

—¿Te ocuparás tú de él? ¿Le darás de comer y lo sacarás a pasear todas las noches?

Asentí. Solo entonces él sonrió y añadió:

—¡Vale, vaya a por Beethoven!

—Ay, Jesús, Rosà —intervino mamá, que, evidentemente, en el coche había llegado a otro acuerdo con su marido—, ¿te has vuelto loco también tú? ¿Y dónde lo metemos?

—Loredà —respondió él—, lo he estado pensando… yo siempre he vivido en familias numerosas. Tu padre está enfermo, Beatrice pasa más tiempo fuera que en casa, tu madre tiene ya una edad… ¿qué quieres, esperar a que se vaya también Mimì y quedarte solo conmigo? Ya sabes que no hago mucha compañía…

Mamá no supo qué responder y el guardián liberó al perro justo en el instante en que yo saltaba al cuello de papá y ella al mío. Así que Beethoven se vio obligado a abrirse paso a golpes de hocico para rascar un abrazo familiar cimentado de pena, alegría, amor y resistencia.

UNA FLOR BAJO UN TEMPORAL

—Y aquí, por último, está la terraza, ¡el plato fuerte de la casa! —anuncia mi guía, abriendo las puertas.

Voy tras él con cautela, estoy nervioso y emocionado, y una miríada de imágenes afluye a mis pupilas. La terraza es muy diferente a como yo la recordaba, más pequeña, contenida, y todos aquellos colores que llenaban mis días ya no están. Hace treinta años la pared estaba cubierta por una buganvilla que tiñó nuestro maravilloso verano, casualmente, justo de viola. Había geranios y hortensias que asomaban por los tiestos, y plantas de todo tipo; estaban el balancín, las tumbonas, un cesto de margaritas sobre las que se posaban siempre abejas y también, en una esquina, la lavanda, que olía a campo; y en un muro se erguían los girasoles, que nos daban la espalda porque les importaba un bledo mi amor y apuntaban directamente al sol.

Ahora ya no queda nada de aquello, solo un viento frío sin olores que parece barrerlo todo, y las ramas secas de una vieja planta trepadora que han quedado atrapadas en la red de hierro que les servía de apoyo. No está el balancín, no están las sillas, ninguna plantita, solo algunas hojas amarillas esparcidas sobre las baldosas descoloridas. En el suelo, en una esquina, está el motor de un aire acondicionado detenido desde a saber cuándo. Ahí, hace tiempo, había un gran tiesto con el famoso «cojín de la suegra», el cactus que, muy probablemente, tenía la edad de Morla y que, como ella, como todos aquellos que se quedan bastante tiempo en este extraño mundo, había comprendido que uno no se puede fiar del todo de la vida, y se había puesto manos a la obra para construirse una coraza de espinas para protegerse.

Doy dos pasos y me inclino para mirar, aunque sé que es imposible, que Morla no puede estar, que me la llevé de aquí entonces. A saber si aún sigue viva, si ha tenido suerte y ha encontrado un mejor camino que recorrer.

—Las baldosas tenemos que pulirlas —interviene el agente, pensando que estoy mirando el estado del suelo—, el sol y las inclemencias del tiempo las han maltratado un poco.

No le respondo y me quedo mirando la esquina que la tortuga se había adjudicado para sus numerosas siestas. En una ocasión, estaba tan profundamente dormida que no se dio cuenta de mi presencia cuando empecé a acariciarle el caparazón, ni tampoco cuando susurré su nombre. Me vi obligado a darle un golpecito en la concha para despertarla, preocupado de que estuviera muerta. Ella pareció estirarse y sacó primero las cuatro patas, después la cabeza. Aún tenía los ojos cerrados, y yo me quedé maravillado mirándola, porque se parecía a la abuela cuando por las tardes se quedaba dormida en la silla de la cocina, con el busto recto, los ojos entornados y una extraña sonrisa pintada en la cara. La abuela Maria dormía tan feliz en las posturas más absurdas, pero si probabas a llamarla, se despertaba de improviso y se ponía a charlar como si nunca se hubiera quedado dormida; y si le hacías ver que tenía los ojos cerrados, se ofendía y lo negaba. Su frase preferida era «anoche no pude dormir», que iba a la par que los lamentos matutinos del abuelo, el cual, por su parte, intervenía igualmente para desenmascararla. «Marì —decía—, ¡pero si te he oído roncar!». Entonces ella se ponía nerviosa, torcía el morro y rebatía mirándome: «Tú ni caso, que solo dice tonterías. ¡Qué roncar ni qué roncar!».

No sé por qué a la generación de nuestros abuelos le costaba tanto admitir que necesitaba dormir y comer, como todos los seres humanos. Quizá habían sido la guerra y la pobreza las que los habían hecho crecer con la idea de que el sueño y la comida fueran comodidades de gente disoluta.

—Las previsiones del tiempo daban nieve para hoy —me interrumpe el agente, con el cuello hundido en la cazadora y las manos en los bolsillos, mientras lanza una mirada distraída al cielo—. En cualquier caso —prosigue después—, la terraza, como ve, es muy hermosa, en los meses de verano incluso se puede comer fuera; además de que —y se asoma por la barandilla— da directamente a la plaza…

Me apoyo en el muro y miro hacia abajo, a esa plaza tan diferente de aquella del 85. Mis ojos se dirigen hacia el videoclub de Nicola, en su lugar ahora ocupado por una gran pizzería; y luego me detengo en el punto donde, por primera vez, me fijé en esos dos chicos, y entonces aprieto los puños, aunque me doy cuenta un poco tarde.

—A la terraza le da el sol todo el día, puede incluso poner tumbonas —añade el chaval, y casi estoy por decirle que se calle un momento, que tengo un montón de recuerdos que no consigo contener.

Me aparto del parapeto y me acerco al punto donde solía ponerme en cuclillas para leer mis libros y donde escribía. Un poco más allá estaba Viola, que se tumbaba en el balancín, con una ramita de lavanda en los dientes, escuchando la gran búsqueda de Atreyu sin decir palabra. Cierro los ojos e inspiro, intentando volver a sentir aquel olor a cereza del cacao Labello que ella se pasaba cada dos por tres por los labios; pero, por desgracia, los perfumes han desaparecido con las flores y con aquel verano, y ahora solo logro percibir el aroma seco de la moldura que cubre una porción de la pared, aparte de una ligera bocanada de moho proveniente del interior.

Casi me olvidaba de un detalle importante: me vuelvo instintivamente hacia el punto más alejado de la terraza y cubro la distancia con tres rápidas zancadas; luego asomo medio cuerpo por el muro, en el lado externo del balcón, y me detengo a observar el enyesado del edificio: *SFMV, 15 junio 1985*, recita el texto.

Un escalofrío me sube por los brazos. No pensaba que las iniciales grabadas por Sasà aquella noche pudieran vencer al tiempo y volver a mí. Sin embargo, aún siguen ahí aferradas, y a saber cuánto tiempo permanecerán intactas.

—El cable de la antena baja por el otro lado —me interrumpe el agente inmobiliario, convencido de que he hecho aquello solo para asegurarme de que haya una parabólica que me permita ver el partido y las series de la tele.

Me doy la vuelta y me río en su cara, él se da cuenta y me mira titubeante, probablemente preguntándose qué ha podido decir que suene tan divertido.

—No, discúlpeme, es que estoy contento —digo entonces—, he encontrado lo que quería volver a encontrar.

Él me mira desconcertado.

—He recuperado viejos amigos —añado.

Luego le apoyo una mano en el hombro y vuelvo dentro sin darme la vuelta.

La última vez que subí aquí arriba con Viola intenté leerle el primer capítulo de la novela que estaba terminando de escribir, pero ella no pareció muy interesada. Es verdad, era una historia llena de límites y de vacíos en la trama, con un lenguaje inútilmente rebuscado y, quizá, privado de emociones; pero ella estaba allí, estábamos nosotros, aquel periodo de nuestra vida que antes o después se secaría como la planta trepadora que había quedado prisionera después de su muerte.

No sé si no le gustó o si aquel día tenía otra cosa en la cabeza, con su Nick Kamen que se había ido de campamento a Emilia-Romaña. Lo que sé es que ya no tuve la oportunidad de leerle y de escribir más capítulos, porque en septiembre nuestras vidas, la mía, la suya, pero también la de Sasà y la de Fabio, cambiaron de golpe, y la despreocupación que nos había acompañado aquel verano se desvaneció como una flor bajo un temporal.

AGOSTO A LAS ESPALDAS

Y finalmente también se terminaron las larguísimas tardes pasadas en soledad, con la voz de la televisión que llegaba para disturbar mis pensamientos o lecturas; con las películas de Nino D'Angelo que a la abuela tanto le gustaba ver hasta tarde en Canale 21; las ensaladas de arroz que se quedaban tres días en el frigo; la lucha contra los mosquitos y las cucarachas (encontramos una en casa y mamá tuvo tal ataque de pánico que la abuela Maria se vio obligada a hacerle frente con valentía, mientras papá corría detrás del pobre animalito por toda la casa con un Dr. Scholl en mano, el zueco de madera con el que, en realidad, se podría haber matado a un hombre); las excursiones al paseo marítimo (dos) sin pararse nunca porque papá no quería pagar a los aparcacoches ilegales y entonces mamá se tiraba todo el tiempo refunfuñando mientras yo disfrutaba del viento que entraba por la ventanilla del Simca; las charlas con Bea en la cama después de comer, pues, a saber por qué motivo, en verano le entraban ganas de pasar un poco de tiempo conmigo (quizá porque en aquel periodo tenía tiempo para dar y tomar); los crucigramas que la abuela me obligaba a terminar por ella porque solo sabía rellenar las casillas de dos letras (tipo las iniciales de algún actor famoso, las siglas de una capital o las matrículas); las miradas robadas a escondidas al abuelo, al que cada vez se le hundía más la cara y se cansaba por nada; las paradas delante del escaparate del videoclub de Nicola; los gestos con doña Concetta, que me saludaba de lejos levantando imperceptiblemente la cabeza; los paseos con mamá y la abuela al mercadillo de Antignano, que solo cerraba a mediados de agosto; las tardes pasadas en la calle en compañía únicamente de Bagheera, mirando las ventanas de los edificios que me rodeaban, enormes cubos de cemento llenos de objetos y vidas que parecían dormir, con alguna persiana que de vez en cuando se subía haciendo añicos el silencio, o una cortina que se apartaba con el paso de una brisa silenciosa; la cabeza blanca de D'Alessandro que se asomaba; un par de hombros manchados de vejez que se cubrían con una camiseta de tirantes blanca; el agua de una maceta que acababan de regar y que repiqueteaba en el asfalto aún candente, a pocos metros de mí.

Tenía agosto a las espaldas.

A principios de septiembre nos reunimos todos cerca del lago Averno, en un gran restaurante cuyo propietario era uno de los típicos amigos lejanos de papá, festejando los dieciocho años de Bea y el diploma que había conseguido en julio, no sin mucho esfuerzo, y con un cinco ramplón que solo robó sonrisas en nuestra familia. Cuando yo volvía a casa con un siete, mamá solía preguntarme por qué no había sacado un ocho; pero si Bea lograba un suficiente en matemáticas o en italiano, papá casi abría una botella de *spumante,* de la alegría. Entonces comprendí que hay que educar a los padres en la mediocridad desde el principio, para no verte en la obligación de pasarte la vida superando tus límites para robarles una ansiada mirada de admiración.

Para la ocasión, mi hermana se había puesto un vestido turquesa largo hasta los pies, con una raja que quitaba la respiración y un escote que enseñaba todo lo que había que enseñar; tanto es así que, en más de una ocasión, los camareros le echaron el ojo y la abuela se vio obligada a reprender a su nieta con un «Bea, un poco más de compostura».

La familia Russo estaba al completo; incluso el abuelo, aunque achacoso, estaba sentado a mi lado. Mi hermana iba acompañada de su nuevo novio, un tal Pino, un chico con cara paliducha que había conocido en Bagno Elena, en Posillipo, que nunca hablaba y que, ante papá, balbuceaba y parecía derretirse como la nieve al sol. No me caía mal, pero Mauro, a pesar de su gran ego y de las payasadas que lo acompañaban, por lo menos aportaba algo de alegría. Por eso esperaba que, tarde o temprano, él y Bea volvieran juntos.

Fue una tarde agradable, rica en risas, brindis, cantos, bromas, chistes, abrazos. Nos sentíamos felices de estar allí, y cada uno de nosotros aportó su contribución para hacer especial aquel cumpleaños. Incluso el abuelo, que se comportaba como siempre lo había hecho, como si no tuviera la enfermedad pintada en la cara recordándonos su presencia.

Me perdí en la manera tímida en que la abuela se llevaba el tenedor a la boca; en los ojos de susto, a saber por qué, de mamá, que vagaban de un lado a otro; en las palabras cargadas de energía y los lugares comunes de papá, que aquella noche se dejó llevar un poco más de la cuenta por el vino y al final pretendió que el pobre Pino le tuteara, a pesar de la expresión contrariada de su hija.

Nuestros padres le regalaron a Bea una cartilla de ahorros, una especie de libreta que en aquel momento no entendí de qué se trataba. Fue mamá la que lo explicó:

—Aquí dentro hay dinero para ti —dijo, dirigiéndose a su hija—, lo hemos ahorrado durante años, para tu futuro.

Y casi se echó a llorar mientras la abrazaba y proseguía:

—Siempre serás mi princesita.

Y esta vez, quizá ablandada por el dinero, Beatrice, en lugar de tomárselo a mal, le regaló una dulce sonrisa. Luego intervino papá, con un tono de voz demasiado alto y pastoso por el vino, que no toleraba que se llorara en las fiestas.

—¡Bea, tu madre es una llorica! Es solo nuestra forma de desearte toda la suerte del mundo en la vida a la que estás a punto de enfrentarte. No somos ricos, pero lo poco que tenemos es tuyo, es vuestro.

Y me miró también a mí antes de ventilarse el enésimo vaso.

Luego llegó el turno de mi regalo para Bea. Después de mucho vacilar y de haber escuchado miles de opiniones equivocadas por parte de mi madre —que me había aconsejado, por este orden: unas mallas fucsias fluorescentes a las que había echado el ojo en el mercadillo («Con cuatro duros la contentas»); unos *leggins* de polipiel (siempre del mismo puesto); un par de vaqueros 501, para los que habría tenido que empeñar un órgano; un par de gafas piratas estilo Ray-Ban (vistas en el puesto de al lado del de los *leggins*); una cinta de colores para el pelo; un esmalte de uñas lleno de brillantina; unos pendientes en forma de estrella tan grandes como mi cabeza; un par de calentadores (que a saber cuándo usaría Bea, visto que en mi familia no nos llevábamos muy bien con el deporte, al menos con el practicado); y un bikini en oferta lleno de flores de colores—, decidí que haría lo que me diera la gana y me decanté por la única elección posible, aquella que, con total probabilidad, haría caer sobre mí un cargamento de miradas estupefactas.

En realidad, me guardaba un as en la manga, porque desde hacía unos meses había aparecido por el quiosco el álbum de *Lupo Alberto*, las tiras cómicas que contaban las vicisitudes del famoso lobo y demás secuaces, con la gallina Marta a la cabeza, que era su novia. Sabía que Alberto era el único personaje dibujado en papel que despertaba la atención y la simpatía de Beatrice, quien una vez me había contado que había leído una tira y se había divertido mucho. Por eso emprendí mi primera gran operación comercial y fui a regatear con Nicola Esposito para adquirir los cinco álbumes publicados hasta entonces. El problema es que no era demasiado bueno en lo del regateo porque siempre tendía a ceder a las peticiones del otro (que me parecían del todo legítimas), así que después de un cuarto de hora de negociaciones me encontré con un buen problema al que hacer frente: no tenía el dinero necesario para comprar el regalo para mi hermana.

Habría podido ir a papá, pero ya sabía que no quería oír hablar de dinero. Siempre fue un tipo extraño: si se trataba de comprar un coche a mamá para que pudiera ir al trabajo, no ponía reparos, al igual que fue suya, como supimos después, la idea de abrir una cartilla de ahorros para su hija; pero si te acercabas a pedirle dinero suelto, se turbaba y empezaba a buscar mil excusas. No podía dirigirme a mamá, porque habría intentado hacerme desistir para después empujarme a comprar las mallas violetas; así que al final me escabullí hacia la abuela, que desde siempre había sido la más corruptible de la familia. Estaba convencido de que tendría que suplicarle durante un buen rato, sin embargo, cuando escuchó mis intenciones, se conmovió y me dio inmediatamente el dinero que me faltaba.

Cuando Bea abrió el paquete con los cómics, contuve la respiración, mientras por el rabillo del ojo veía cómo mamá alargaba el cuello. Mi hermana esbozó una gran sonrisa y un «guau» sincero, y luego me invitó a que la abrazara. Papá agarró la cámara de fotos y puso el ojo en el objetivo para inmortalizar el momento, un raro abrazo entre sus hijos.

—Venid también vosotros, o, mejor dicho, venid todos —gritó Bea.

Y entonces se vio obligado a fiar la incumbencia del disparo a un camarero.

—Pero ¿qué son, cómics? —oí preguntar a nuestra madre un instante antes del clic, y me giré instintivamente para mirar a mi derecha, justo cuando Bea me plantaba un beso en la mejilla izquierda.

En la foto nadie mira al objetivo: papá me mira a mí, que miro a mamá; esta dirige la mirada hacia abajo, en dirección a Lupo Alberto; Bea me está besando; y los abuelos sonríen a su nieta. El único que mira directamente es Pino.

A pesar de todas aquellas imperfecciones, es la imagen que más que cualquier otra me recuerda mi adolescencia y a mi pequeña y sonriente familia, que consiguió vencer tantas dificultades gracias a aquella ligereza que de pequeño intentaba combatir con todas mis fuerzas, y que después descubrí que era el mayor tesoro de todos los que me dejaron.

MIMÌ, CAMPEÓN

El diecinueve de septiembre, como cada año, la familia Russo se levantó temprano. Era el día del milagro de San Gennaro. La sangre se licua tres veces al año: el sábado anterior al primer domingo de mayo, el citado diecinueve de septiembre y el dieciséis de diciembre. Nosotros íbamos en septiembre, el día de la celebración del santo, del cual eran muy devotos los abuelos.

Aquel año, el abuelo Gennaro no pudo bajar, así que a las ocho en punto fuimos yo, papá, mamá y la abuela Maria (que entraba en el Simca una vez cada doce meses, justo con motivo del milagro) los que nos metimos en el coche. Cuarenta y cinco minutos más tarde estábamos en el *Duomo*, asistiendo a la apertura de la caja fuerte que contenía la urna con las ampollas de la sangre. La abuela hizo rápidamente la señal de la cruz y, con el rosario en mano, se lanzó a la típica letanía, una serie de plegarias y súplicas en las que participaba la iglesia entera para invocar el milagro. Mi amor por la ciencia y la astronomía me impedía tener fe en algo divino, así que seguí a mi familia más que nada porque aquella mañana no tenía nada que hacer.

Desde que había vuelto de las colonias, Sasà parecía otro: llevaba la cabeza afeitada, no decía ni mu y siempre estaba serio. Como no se dejaba ver por la calle, Fabio y yo fuimos a buscarlo a la charcutería del padre, pero Angelo nos dijo que su hijo estaba ocupado. Al día siguiente lo llamé al telefonillo y él me respondió, con tono muy frío, que no podía bajar. El Sasà despreocupado, gamberro, prepotente y golfillo ya no existía; en su lugar había vuelto un chico con mirada adulta y cargado de rabia, con aires de marine y mandíbula contraída. Fabio dejó rápidamente de preocuparse por aquello y no volvió a buscarlo; yo seguí durante semanas intentando hablar con él, pero respondía siempre con monosílabos y se mantenía buena parte del tiempo apartado. Solo una vez decidió darme una especie de explicación, la noche que le pregunté si quería jugar a los cromos. «Mimì —dijo—, pero ¿no te enteras de que ya no me divierte jugar contigo? ¡Que me he hecho mayor!», y me dejó con el cromo en la mano y la boca abierta.

A los pocos meses nuestra relación se había roto por completo, y en un año nos habíamos perdido totalmente de vista. Nunca supe con exactitud qué fue lo que sucedió. Quizá, por primera vez en su vida, se encontró en apuros, tuvo que enfrentarse con chicos más fuertes y mayores que él. Quizá tuviera algo que ver la enfermedad de su madre, quien, según había oído decir, lanzaba terribles gritos durante la noche y luego maldecía al marido y empezaba a blasfemar. O quizá, simplemente, nuestra amistad se estaba agotando, como se agotan todas las relaciones. Durante meses, a pesar de ser tan diferentes, nos habíamos aguantado y soportado, nos habíamos apoyado el uno al otro para intentar hacer frente a los últimos peldaños que nos conducirían al mundo.

Quizá no fuera nuestra amistad la que se había terminado, sino la infancia.

Cuando había vuelto a ver a Viola, me había quedado sin palabras. Parecía haberse transformado, con el pelo suelto, que se había vuelto de color miel y que le caía por los hombros, y la piel del color de las almendras.

Llevaba un pantaloncito vaquero cortísimo (tipo Daisy, de *Los*

Dukes de Hazzard, la prima de Bo y Luke, que tanto amábamos Sasà y yo, y que alguna vez había asumido incluso el papel de actriz protagonista en mis fantasías nocturnas) y un par de Superga amarillas.

Había venido a mi encuentro con sonrisa resplandeciente (a pesar de que todavía llevara aparato) y me había abrazado fuerte. Parecía otra, no solo por su aspecto físico, sino también porque hacía gala de una seguridad que antes no poseía. Probablemente el verano le había hecho tomar conciencia de sí misma y de su belleza; muestra de ello era que había tenido la sensación de no conocerla y de que aquella chica que me abrazaba era ahora una mujer con quien no tenía nada que ver, al igual que mi hermana Bea.

Sin embargo, ella había sido muy maja y me había dicho que teníamos que vernos pronto porque quería hablar conmigo y escuchar mi novela, lo cual me había dejado bastante asombrado, ya que pensaba que ni siquiera se acordaría de que escribía.

—Y luego tenemos que mantener una promesa… —había dicho antes de marcharse.

—¿Qué promesa?

—Morla…

Así que aquella mañana en el *Duomo* estaba eufórico porque por la tarde la volvería a ver. Habíamos quedado en casa de los Scognamiglio, los cuales volverían de sus vacaciones justo ese fin de semana. Le devolvería también a Red, que en aquel mes en casa de los Russo había doblado su peso. En realidad, me había impuesto darle de comer una vez al día y unas pocas escamas, porque sabía que los peces rojos pueden comer hasta que les explota el estómago, y que con demasiado pienso el agua se convertiría en limo. Al principio la cosa parecía funcionar, el pez estaba robusto y el agua límpida. Hasta que había intervenido la abuela, que había decidido que el pobre Red estaba débil.

—¡Me gustaría verte a ti comiendo solo una vez al día! —había exclamado, derrocándome de la tarea y empezando a alimentarlo a escondidas, cuando yo no estaba. Me había dado cuenta porque por la noche me encontraba el agua negra y al pobre Red que iba a tientas bajo la superficie en busca de oxígeno.

—¿Has dado más comida al *Carassius auratus*? —le había preguntado en más de una ocasión, pero ella había puesto cara de pánico, por lo que me había visto obligado a dejarlo estar, con el resultado de que a finales de verano Red parecía haberse convertido en una carpa.

Tras media hora de letanías, papá ahogó un suspiro, me cogió del brazo y dijo:

—Mimì, ¿qué me dices, nos escapamos?

Y me guiñó un ojo.

Asentí divertido y, tras un breve gesto con la cabeza a las señoras, nos dirigimos, no sin esfuerzo, hacia la salida.

—Las esperaremos aquí —dijo una vez fuera—, ahí dentro no hay quien respire.

—¿No te interesa asistir a la ceremonia? —pregunté.

—Pues dime tú, total, el milagro va a ocurrir igualmente.

—¿Crees en él? —quise saber, mientras buscábamos un lugar apartado del gentío.

—Pues nunca lo he pensado —respondió suave.

Papá hacía las cosas porque así tenía que ser, aceptaba lo que la vida le ofrecía cada día sin rechistar. Y a saber si no tenía razón.

—Espero que la sangre se licue, eso sí —añadió, con el cigarro arrugado que le caía de la boca, a lo Jigen, el amigo de Lupin.

Nunca había sido tan gran fumador como el abuelo, más que nada le gustaba hacerse el importante en determinadas ocasiones. Y aquel era uno de esos momentos: se quedaba en el atrio de la iglesia con la sonrisa bajo su típico bigotazo (que con frecuencia me hacía pensar en Tom Selleck en *Magnum, P.I.*), con una camisa blanca dos tallas más grande, unos vaqueros oscuros sujetos gracias a un cinturón de polipiel pelado por los agujeros y unos mocasines brillantes que usaba solo dos o tres veces al año. En la nariz llevaba un par de gafas tipo Ray-Ban (que se pondrían tan de moda al año siguiente gracias a Tom Cruise y a la película *Top Gun*) y miraba a su alrededor con aire falsamente desinteresado. En aquel entonces no podía entenderlo, a fin de cuentas no era más que un crío ingenuo, pero viéndolo hoy me da que Rosario Russo, desde aquella extensión, estuviera absorto admirando la belleza de las señoras vestidas de punta en blanco, que de pronto salían por el calorazo que hacía, quitándose chales de seda, pañuelos, sombreros y chaquetas.

—¿Nunca se ha dado que la sangre no se licuara? —pregunté, obligándole a apartar la mirada de una mujer entrada en carnes, concentrada en secarse el sudor con un índice metido en la ensenada donde se encontraban sus dos grandes pechos.

—Dicen que las veces que no se licuó, siempre sucedieron tragedias —dijo él, tocándose el pequeño cuerno que llevaba colgado de la muñeca.

Luego dio una última calada al cigarro y se atusó el bigote.

—¡Papá, no me digas que crees en supersticiones!

—Seré todo lo supersticioso que quieras, pero mejor que ocurra el milagro. No sé si será verdad, no lo recuerdo, pero hay quien dice que en el ochenta no se licuó…

Y me miró.

Todavía era joven para asociar un acontecimiento dramático a un año específico, así que me quedé mirándolo sin comprender.

—El terremoto, Mimì, ¿lo recuerdas? —prosiguió entonces él.

¡Y cómo no! Recuerdo que papá me había agarrado al vuelo, pero como la sacudida no terminaba, nos había gritado a todos que nos resguardáramos debajo del cerco de la puerta (todavía hoy me pregunto de qué habría servido; era del todo impensable que, si el edificio entero se hubiera hundido, hubiera seguido únicamente en pie la cornisa de nuestra puertecita que separaba el dormitorio del cuarto de estar). Pero él era el cabeza de familia, y si decía «todos debajo de la puerta», todos íbamos debajo de la puerta. Mamá lloraba; la abuela recitaba de manera obsesiva el rosario; el abuelo tenía los ojos entreabiertos y las orejas tapadas con las manos, como si de aquella forma pudiera convencerse de que no hubiera ningún seísmo; Bea no decía palabra; papá miraba las paredes con aire preocupado; y yo miraba a papá. Entonces mamá había comenzado a gritar: «¡Se hunde todo, se hunde todo, se hunde todo!» —aunque no se estuviera hundiendo nada—, por lo que papá, que siempre sabía cómo hacer para calmarla, le había soltado un bofetón en toda la cara. Era la primera vez que le veía pegar a mamá, pero también era la primera vez que asistía a un terremoto. En cualquier caso, el tortazo había tenido el mérito de interrumpir al instante la crisis de histeria de nuestra madre, que había metido la cabeza bajo la axila de su marido y se había callado.

Por suerte, también los peores noventa segundos de la vida pasan más tarde o más temprano. Cuando la tierra se había detenido, nos habíamos quedado mirándonos atónitos un instante, con la mirada cargada de miedo y alegría. Después papá había gritado: «¡Todos fuera!».

En un santiamén estábamos fuera, junto a las demás familias que gritaban, lloraban y corrían como locas. Yo estaba en brazos de mamá, mientras que Bea estaba con papá. Todo el vecindario estaba allí: gente en ropa interior, en zapatillas, en pijama, que hipaba y miraba a su alrededor perdida. Todo el barrio se había volcado a la calle, como sucedía solo con las grandes fiestas. Pero aquella vez no había nada que festejar, a no ser el hecho de seguir aún vivos.

—Esperemos que la sangre del santo se licue pronto —respondí entonces, y papá se echó a reír.

Viola no se presentó después de comer.

Me quedé una hora esperándola en casa de los Scognamiglio, con Red nadando en su pecera un poco más allá y el borrador de mi novela bajo el brazo. Los personajes no tenían nuestros mismos nombres: Viola, por ejemplo, se había transformado en Alicia, en homenaje a uno de mis libros preferidos; mientras que yo me llamaba Mattia, en honor al Pascal de Pirandello. No hace falta decir que, tras varias vicisitudes, Alicia y Mattia empezaban a salir juntos. Aquella tarde me habría gustado leerle precisamente ese pasaje significativo.

Pensé que quizá la habría hecho retrasarse su madre y que vendría en cuanto pudiera, así que me dediqué a Morla; le di su hoja de lechuga de siempre y me quedé acariciándole la cabeza mientras observaba cómo el cielo se volvía cada vez más oscuro. Parecía que iba a empezar a llover de un momento a otro, así que me levanté y me puse a pasear por las habitaciones, entre otras cosas porque me conocía de memoria la librería y la terraza, pero sabía poco del resto de la casa y poquísimo de sus verdaderos habitantes, aquella pareja de ancianos que nunca estaba.

En la esquina del cuarto de estar me acerqué al gran globo terráqueo de madera con el que una vez Sasà se había divertido haciéndolo girar como loco; me senté en el sofá de brocado; y me perdí mirando un cuadro, una escollera al atardecer, colgado junto a la ventana. Debajo de la pintura había una mesita de cristal que hospedaba una maceta de terracota decorada con flores. Miré mi Casio y resoplé, luego me levanté y me dirigí hacia el pasillo (que atravesé acariciando con el índice la librería) para llegar, por fin, al baño. En un mueblecito estaban todos los objetos de uso cotidiano colocados en orden: la cuchilla de afeitar, una brocha, la espuma de afeitar Proraso, la colonia, una caja de torundas de algodón, el agua de rosas (que también usaba mamá y que una vez había probado, convencido de que oliese realmente a rosa), una caja de bastoncillos, acetona, una serie de frascos de esmalte y una pasta de dientes nueva.

Después entré en el estudio del almirante y me senté detrás de su gran escritorio de cristal, sobre una alfombra persa situada en el centro de la habitación. En la pared de la derecha había otra pequeña librería ocupada por una enciclopedia Treccani, además de volúmenes de derecho, navegación y otros que no entendía ni de qué trataban. Me quedé un rato allí, hasta que un potente trueno me despertó. Corrí a la terraza justo cuando las primeras gotas empezaban a repiquetear en el suelo, y me asomé para saber si los nubarrones negros que se estaban condensando en la plaza me concederían aún un poco más de tiempo o si me vería obligado a volver dentro, o incluso a bajar a mi casa. Y fue entonces cuando me volví a fijar en aquellos dos tipos parados que miraban a su alrededor. Esta vez parecían nerviosos, miraban cada dos por tres el reloj y hablaban sin parar entre sí.

Quién sabe, a lo mejor si un instante después no hubiera visto a Viola correr de la mano de un chico que no conocía para resguardarse, habría intentado finalmente comprender quiénes eran y por qué se pasaban el día peinando la zona y la entrada de nuestra calle; quizá le habría hablado de ello realmente a papá, habría intentado prevenir de nuevo a Giancarlo, esperando que esta vez estuviera dispuesto a escucharme. En cambio, noté cómo la rabia me subía por las venas y me alejé inmediatamente de la barandilla, agarré la pecera y bajé a casa para dejar al pobre Red ahí donde había pasado el verano.

—Pero ¿no se lo tenías que devolver a tu amiga? —preguntó mamá, preocupada por tener que aguantar para siempre la presencia del pez en casa.

Pero no respondí; volví a subir deprisa y corriendo a casa de los Scognamiglio, cogí a Morla entre mis manos y dije:

—El verano se ha terminado, amiga mía, y yo las promesas las cumplo.

Volví a cerrar la puerta de la casa a mis espaldas y escapé furtivo con la tortuga en una mano, en dirección a la plaza, donde todavía los dos tiparracos miraban a su alrededor fumando un cigarro tras otro. El cielo soltó un gran gorgoteo e inmediatamente después empezó a llover fuerte como hacía tiempo que no pasaba. Las gotas caían con un ruido sordo sobre el adoquinado, y pronto el aire fue invadido por el olor a asfalto mojado. Morla se había retirado al interior de su caparazón, entre otras cosas porque yo corría bajo la lluvia sin preocuparme por ella. Corría para eliminar la rabia y la decepción, para borrar aquel verano transcurrido a la espera de que volviera Viola, escribiendo una historia que solo existía en mi imaginación. Corría para salir de una vez por todas de aquella vida que no me regalaba nunca nada, para liberarme de la esperanza que hasta entonces me había mantenido inmóvil, a la espera.

Llegué frente al parque de Floridiana completamente empapado, con la melena pegada a la cabeza, la camiseta verde de Hulk como una sopa, las gafas empañadas y las alpargatas pesadas y llenas de agua. Me metí entre los caminos arbolados, sin preocuparme por todos los charcos que me encontraba por medio, y busqué un lugar aislado, aunque el parque del Vomero se hubiera vaciado. Me adentré en un bosquecillo y me senté entre el follaje mojado y el barro, bajo un gran roble que me protegía del temporal. En el aire flotaba el olor a tierra y a musgo. Apoyé a Morla junto a una gran raíz y esperé.

Ella no se movió, con la cabeza y las patas al resguardo dentro de su concha. Entonces hundí la mano en la tierra fangosa y dije:

—Venga, que estoy aquí, no tengas miedo, no hagas como mi padre, que le aterroriza la libertad. Tú eres mayor, has vivido mucho, eres sabia, y sabes qué es lo correcto.

Morla no se movía, así que cerré los ojos y me quedé en silencio escuchando mi respiración y el aguacero que rebotaba sobre el follaje y los troncos, pensando de nuevo en Viola, que se alejaba sonriente con otro, y en Sasà, que ya no quería saber nada de mí. Cuando volví a abrirlos, la lluvia en mi cara se mezclaba con mis lágrimas, y Morla había sacado la cabeza y las patas y estaba a punto de dar un primer paso.

—Vamos, pequeña… —la exhorté.

Y ella casi pareció darse la vuelta para pedirme permiso.

—Eres libre, por fin… —añadí, y me sentí eufórico, como si su pequeño gesto de valentía fuera en parte mío, como si tuviera que ver conmigo.

La tortuga se dirigió decidida hacia el césped que había a medio metro, y yo esbocé una sonrisa: al día siguiente volvería a despuntar el sol y un nuevo día nos esperaría a mí y a Morla.

—Buena suerte, amiga de un verano —susurré levantándome despacio para no asustarla.

Luego me alejé sin darme la vuelta.

—Ey, Mimì, campeón.

La voz de Giancarlo me despertó. Había llegado a casa sin darme cuenta.

—Pero qué haces, estás todo mojado. ¡Ven aquí! —me indicó desde debajo de un balcón.

Me acerqué donde estaba. A pocos metros de distancia se encontraba doña Concetta, igualmente resguardada debajo con su bolsón.

—¿Por qué no te guareces? —preguntó Giancarlo.

—Es solo lluvia —respondí.

—Ya… —comentó—, he tenido que bajar a desenrollar el techo del Mehari, porque no sabes la que se lía. Además, si no, esta noche Bagheera no sabría dónde dormir…

Y sonrió.

—¿Cuándo empieza el colegio? —quiso saber después.

Tenía las manos en los bolsillos y miraba los coches aparcados sobre los que tamborileaba el temporal.

—En unos días.

—¿Y Sasà?

—Ya no nos vemos… —Se giró para buscar mi mirada. Me encogí de hombros y dije—: No quiere estar conmigo.

—¿Le has hecho algo?

—No que yo sepa. Ha vuelto así de las colonias de verano.

—¿Le has preguntado el motivo?

—No explícitamente.

—Deberías hacerlo —dijo resoluto—. Hay que hablar con los amigos, Mimì, decirse las cosas, aclararlas. Si no, se van perdiendo sin saber por qué.

—Somos muy diferentes —objeté.

—Bueno, ¿y eso qué tiene que ver? Puede que crezcáis de manera diferente, que llevéis vidas distintas y alejadas; pero el hecho de que hayáis compartido una parte fundamental de vuestra vida, eso no lo podréis olvidar nunca. Díselo a tu amigo.

Asentí y él empezó a limpiarse las gafas mojadas con un pañuelo antes de volver a preguntar:

—¿Y Viola?

Esta vez no respondí.

Él soltó un suspiro y cambió de tema.

—El lunes querría ir al concierto de Vasco…

—¿En serio?

—Sí, si no me retienen como de costumbre en la redacción.

—Siempre he querido preguntarte por tu trabajo, si te apasiona… —Aproveché la ocasión.

—Mucho —respondió súbito.

—¿Y no sientes miedo?

—¿De qué debería tener miedo?

Titubeé, pero luego decidí lanzarme.

—De la Camorra. ¿No luchas contra ella?

Esta vez me pasó la mano por mi melena mojada.

—Pero ¿qué sabrás tú de la Camorra? —preguntó entonces—. En cualquier caso, no, no lucho contra la Camorra. Para eso están los jueces y la policía.

—Pero escribes sobre ella…

—Sí, ya, escribo. Y escribir es precioso, ya deberías saberlo —respondió con una extraña luz en los ojos—. Te permite contar cosas a la gente, dar a conocer lo que sucede. La gente, para elegir, debe saber. Y un periodista «periodista» debería hacer esto: escribir, contar, informar, desencadenar el infierno.

Estaba a punto de volver a contarle lo de aquellos dos chicos que solían plantarse al principio de la calle, pero él, notando mi indecisión, se me anticipó.

—Aquella historia que estabas escribiendo…

—Creo que la he terminado… o casi —respondí de inmediato.

—Venga ya —saltó—, ¡pues sí que me has hecho un buen regalo de cumpleaños!

—¿Es tu cumpleaños? Qué asombrosa noticia. ¡Felicidades!

Y me lancé a sus brazos.

Él pareció impresionado por mi gesto, porque retrocedió instintivamente, quizá también para evitar mojarse; pero al final me apretó contra sí, diciendo, como de costumbre:

—Mimì, campeón…

—¿Cuántos años cumples? —quise saber una vez que me hube separado.

—Veintiséis.

—A mis ojos de adolescente pareces mayor —respondí con sinceridad.

—Son las gafas, que me hacen más viejo.

Y sonrió.

—Sí, podría ser una explicación. —Luego me miré las manos, apurado, y añadí—: En los próximos días te traigo tu regalo…

—Venga ya…

—De todas formas, me da que tendré que cambiar el final de mi historia. Había pensado en un desenlace romántico, pero en este momento ya no me sale hablar de romanticismo. Aunque no sé cómo modificarlo.

Giancarlo pareció contento.

—No tengas miedo de cambiar, Mimì. Al contrario, hazlo a menudo, en la escritura y en la vida. —Y me dio un cachete cariñoso. Luego alzó los ojos y miró al cielo, con las gafas que le bailaban en la nariz arrugada, y comentó—: Ahora me tengo que ir, ha dejado de llover. Nos vemos pronto entonces.

Y se alejó con un saltito.

Ya estaba a unos metros de distancia cuando se dio la vuelta.

—Mimì…

—Sí…

—El final… podrías dejarlo abierto a varias posibilidades. No tienes por qué encontrar forzosamente un desenlace para contentar al lector, no todas las historias tienen un final feliz.

Y me guiñó un ojo.

Es verdad, Giancà, no todas las historias tienen un final feliz.

23 DE SEPTIEMBRE DE 1985

El 23 de septiembre era la noche del gran concierto de Vasco Rossi en Nápoles, dentro de su gira *Cosa sucede in città*. Como mi hermana había salido con Pino (sí, por desgracia aguantaban juntos), mientras esperaba a que la cena estuviera lista me puse la casete del cantautor emiliano (la copia que había tenido la precaución de grabarme) en el *walkman* de Bea y me tumbé en la cama de mis padres con la luz apagada, imaginando que me encontraba allí, bajo el palco del gran roquero, junto a Giancarlo, el único amigo que me quedaba.

Sasà había salido de mi vida; con Fabio había intentado pasar una tarde fuera, pero nos habíamos dado cuenta rápidamente de que, en ese momento, estar juntos tenía poco sentido; y con Viola, bueno, me había dado de lado como a un recipiente sucio.

Por eso aquella noche casi logré que pareciera mía la rabia con la que cantaba Vasco, y cuando arrancó la guitarra eléctrica de *Deviazioni,* empecé a mover las piernas arriba y abajo, mientras daba puñetazos al colchón. Si entró alguien, alertado por el escándalo que estaba montando, no me di cuenta, con los auriculares en las orejas, la música a todo volumen y los ojos cerrados. Pero realmente había pocas posibilidades de que aparecieran mis padres, ya que la tele en casa de los Russo absorbía toda la atención. Las notas de

Portatemi Dio me ayudaron a tomar una dura, pero justa, decisión: a Giancarlo, por su reciente cumpleaños, le regalaría el disfraz de Spiderman que yo tanto quería. Daba igual que la talla no fuera la adecuada, evidentemente no esperaba que se lo pusiera; pero era algo a lo que tenía cariño y me parecía correcto dárselo a él. «Desde hace años voy a la vana búsqueda de superpoderes y superhéroes, pero nunca he dado ni con unos ni con otros. Tú para mí eres lo más parecido a un héroe, es justo que esto lo tengas tú». Así le diría.

Luego vinieron canciones como *Toffee* y *Ogni volta*, y entonces me calmé, dejé de dar puñetazos y me quedé llorando en la oscuridad, intentando vencer aquel dolor que no lograba sacarme del pecho. La abuela se equivocaba: el que te quita algo no es el amor; enamorarte, como mucho, te vuelve bobo, como me llamaba papá. Es la pérdida la única que realmente te hace palmarla. Y a la pérdida me estaba enfrentando en aquella cama, a la pérdida de un amor, de una amistad, de un lugar que se había convertido en un nido y de una etapa de mi vida que sentía que estaba a punto de abandonar para siempre.

Pensar en la casa de los Scognamiglio me traía a la mente a Morla, y aquello me hacía sentir aún peor, si acaso era posible. La verdad es que me había arrepentido casi inmediatamente de mi gesto, no solo porque el señor Scognamiglio se hubiera enfadado con papá, sosteniendo que era culpa suya si la tortuga había desaparecido; sino, sobre todo, porque me había surgido la duda de que la pobre Morla no supiera valerse por sí misma. Por eso, a la mañana siguiente había vuelto corriendo a Floridiana, pero no había ni rastro de la tortuga.

Eran pasadas las ocho cuando llamaron a la puerta, pero no me enteré de nada, absorto en la letra de *Siamo solo noi*. Por eso, cuando me encontré con Viola en la habitación, casi me ahogo con la saliva por la sorpresa.

—Mimì, con esos chismes en las orejas no oyes nada. Doña Concetta lleva llamándote desde hace diez minutos por la ventana para decirte que Viola quiere hablar contigo —dijo mamá, encendiendo de repente la luz e invitando a la visita a entrar en la habitación antes de cerrar la puerta tras de sí.

Me levanté de sopetón, con el corazón en la garganta y cara de estúpido.

—He venido a llevarme a Red —dijo ella, y la esperanza que por un segundo había albergado se desvaneció al instante.

—Está en la cocina —respondí con voz gélida, y aproveché el silencio para frotarme los ojos, con la esperanza de que Viola no se diera cuenta de mis lágrimas.

Llevaba una falda larga por la que asomaban las botas militares de cuando era punk, y una camiseta sin mangas. Tenía el pelo recogido y la cara seria. Estaba más hermosa y elegante de lo normal.

—En realidad, también necesitaría hablar contigo —dijo entonces.

—¿De qué?

—De mí, de nosotros.

Habría tenido que invitarla a que se sentara allí, en la cama de mis padres, visto que teníamos la habitación a nuestra disposición; pero me avergonzaba demasiado de mi casa, que, de pronto, me pareció muy triste. Además, me imaginaba lo que tenían que estar diciendo en el cuarto de estar, por lo que dejé el *walkman*, me puse las alpargatas y la acompañé a la salida, listo para tener que defenderla de los asaltos de mi familia. Por suerte, no hizo falta: el abuelo y papá siguieron viendo la televisión como si nada, y las mujeres parecían estar ocupadas cocinando. Cuando tuve en las manos la pecera de Red, mamá se dio la vuelta y dijo:

—¿Seguro que no te apetece nada? ¿Un poco de zumo de naranja? ¿Quieres sentarte a comer con nosotros?

Viola, con una sonrisa apurada que mostró como siempre su aparato, las manos cruzadas por delante y el busto un poco encorvado, dio las gracias y declinó con educación la invitación. Al minuto siguiente estábamos en la calle.

—Sentémonos aquí —dijo señalando el escalón de mármol de la entrada del edificio.

Antes de empezar se recogió el vuelo de su falda con las manos. Todavía tenía un velo de bronceado que le hacía las piernas del color del trigo, y de sus labios provenía el irresistible aroma a cereza.

Apoyé la pecera entre nosotros y me senté. La inscripción *ama* campaba a unos metros, como Bagheera, que, tumbado sobre un coche, levantó la cabeza y empezó a mirarnos. Viola esbozó una sonrisa que no le devolví, inspiró un instante y comentó:

—Mi último novio se llamaba Gabriele…

Y se quedó mirándome. Intenté no mover un solo músculo de la cara, aunque el verbo en pasado había hecho que me sobresaltara.

—¿No dices nada? ¿Sabías que salía con otro?

—Perdona la interrupción… —respondí, y me levanté de golpe. Encima de nosotros estaba el señor D'Alessandro mirándonos sin el menor disimulo—. Pero ¿qué inútil y aburrida debe de ser su vida para pasarse el día mirando la de los demás desde ahí arriba? —encontré por fin el valor de preguntarle, robando una fragorosa carcajada a Viola.

El viejo echó la cabeza para atrás más rápido que Morla cuando advertía la presencia de Sasà en las inmediaciones, y yo me volví a sentar.

—Disculpa, es que he decidido hacer un poco de limpieza en mi vida…

Ella no pareció pillarlo y prosiguió:

—Samuel y yo hace ya tiempo que lo dejamos, se portó muy mal conmigo. Así que intenté vengarme, olvidarlo, y empecé con Gabriele. Pero fue inútil, no lo quería, seguía queriendo a Samuel y…

—Viola, de verdad que no entiendo qué quieres de mí. —Tuve la fuerza para interrumpirla.

Ella se detuvo y me miró a los labios antes de subir a los ojos. Un poco más allá, un chico saltó sobre una Piaggio Sì y encendió el motor pedaleando. El olor del tubo de escape nos alcanzó mientras Viola replicaba a lo que le había dicho.

—¿Sabes?, durante el verano he pensado varias veces en nuestro beso y he escuchado siempre la casete de Vasco que me hiciste, y... pues eso, aquella frase que me escribiste, la dedicatoria, ¿te acuerdas?

—«Si fuera un superhéroe, mi única misión sería protegerte» —respondí de sopetón.

Ella sonrió y comentó:

—Justo, ¿lo ves? Es que los otros chicos no son tan románticos y... pues eso... a veces me gustaría tener a alguien como tú a mi lado...

Entonces dejó de hablar y se concentró en Red, que se agitaba en la pecera. Mi corazón empezó de nuevo a batir caóticamente, y alargué la mano hacia la suya.

—Tu amistad es una de las cosas más preciadas que tengo, y no quiero perderla... —añadió con la mirada gacha, entrecruzando sus dedos con los míos.

Ante aquellas palabras solté con un suspiro el aire que había contenido en los pulmones y rebatí:

—Viola, yo creo que deberías tener mayor respeto por nuestra amistad, si tanto te importa.

Ella pareció impresionada por la frase y se quedó callada mirando el asfalto. Mientras tanto, doña Concetta, una vez colocado el tenderete entre dos coches aparcados, cerró la silla plegable y se la metió bajo el brazo que sostenía su típico bolsón; luego, antes de empezar su lento ascenso hacia la plaza, se dirigió a nosotros:

—Chicos —y nos regaló también una sonrisa desdentada—, estáis siempre juntos, os queréis, ¿por qué no hacéis el amor en lugar de estar siempre hablando? ¡Es que no os entiendo a los jóvenes! Hale, hasta mañana...

Y desapareció por la esquina del edificio.

Viola me miró y se echó a reír, y yo, frente a su sonrisa genuina, no me pude resistir y la seguí. Después nos vimos obligados a levantarnos para dejar entrar en el edificio a una madre con un carrito. Cuando estuvimos de nuevo solos ella y yo, volvió a hablar:

—Es que me siento confusa, a veces eres muy aburrido y no me gustas; otras veces, en cambio, pareces hasta más mayor que Samuel y que los demás que se las dan de adultos. Eres extraño…

Y volvió a mirarme la boca.

—Yo soy yo, Viola —dije—. En realidad, soy siempre el mismo…

A un metro de nosotros, una pequeña cucaracha trepó hasta el borde de la acera, y Bagheera soltó un gran bostezo antes de sacar la lengua para dedicarse a su sesión nocturna de lavado.

—Me apetece besarte —admitió, acariciándose un muslo, y mi corazón volvió a bombear demasiada sangre.

—¿Por qué? —tuve la lucidez de preguntar.

—No sé por qué —y alzó la voz—, es un periodo extraño, pero sé que, cuando estoy contigo, me siento bien y…

No la dejé terminar y me lancé a sus labios. A ella no pareció pillarle por sorpresa y volvió a meterme la lengua en la boca; y una vez más volví a tener la sensación de que me ahogaba, mientras intentaba subirme las gafas. Pero luego, pasados unos segundos, empecé a acostumbrarme y, en un instante, aquel beso se convirtió en lo más bonito que jamás hubiese probado, y por el rabillo del ojo me pareció incluso que la inscripción *ama* se iluminaba y empezaba a parpadear.

No sé decir cuánto duró, si cinco minutos o treinta segundos; lo que sé es que fue la chispa inesperada que encendió la noche y mi vida. Sé que, con frecuencia, las cosas bonitas llegan de improviso, a veces incluso cuando has dejado de desearlas, como había dicho Viola una vez en la terraza.

Quizá nos habríamos besado durante toda la noche, y luego finalmente nos habríamos hecho novios, y habríamos esperado a que los Scognamiglio se volvieran a ir para volver de nuevo arriba, a nuestro nido, y hacer el amor por primera vez. No lo sé. Porque, desde el fondo de la calle, una parte de mi cerebro oyó acercarse nuestra canción preferida, la mía, la de Viola y la de Giancarlo. *Una splendida giornata* cantaba Vasco mientras el periodista, en la oscuridad, un poco más allá, aparcaba su coche. Y otra parte de mi cerebro, estoy seguro de ello, mientras seguía besando a Viola, debió de pensar también que en aquel momento mi amigo tendría que estar en el concierto.

Giancarlo Siani apenas tuvo tiempo de apagar la radio, pero no de sacar los pies de su Mehari. Un disparo sordo, y luego otro, y otro más, y nuestras lenguas dejaron de moverse, y las bocas se separaron, y nuestros cuerpos se pusieron de pie de un salto, y las manos se buscaron mientras los ojos se desorbitaban aterrorizados hacia la oscuridad, donde debía de encontrarse mi superhéroe.

Otro disparo más, y luego otro, y otro inmediatamente después; y Viola y yo nos encontramos separados, y mi padre salió de casa en pantuflas, y Bagheera bajó del coche y desapareció en la oscuridad, y la cabeza blanca de D'Alessandro hizo de nuevo acto de presencia, incluso el señor Iacobelli se asomó desde el séptimo. Otro disparo, y luego otro, y otra vez, y mi madre gritaba, y también una señora de un edificio adyacente gritaba, y Viola me miraba sin comprender, y mi padre corría hacia la calle, y el abuelo había aparecido por la puerta con el suero en la mano, y el pobre Red nadaba como loco en el agua que aún vibraba por las explosiones, la abuela preguntaba por Bea y las manos de mamá me cubrían el rostro, en un intento de protegerme.

Y luego se hizo el silencio, una especie de terrible apnea que duró solo un largo instante, hasta ser robado por un último disparo, que se llevó también todo lo demás: el tiempo, que dejó de correr; y a Viola, que de improviso ya no estaba a mi lado. Se llevó mi beso más hermoso, el sabor de cereza que aún tenía en los labios, mis charlas veraniegas con Giancarlo. Se llevó mi historia, que a partir de aquel día permanecería sepultada en un cajón; y la terraza de los Scognamiglio, que también se asomaron, justo por donde estaban grabadas nuestras iniciales. Se llevó mi mirada de niño, los experimentos, los juegos con los cromos y el Super Santos, todas las colecciones, los libros juveniles, se llevó a Sasà y a Fabio, las canciones de Vasco, mi infancia y la de Viola. Se llevó los extravagantes proyectos, mi áulica manera de hablar, mi obsesión por los cómics, el cine y los superpoderes. Se llevó el traje de Spiderman que habría tenido que regalar a mi héroe y el amor por mi ciudad.

Solo me devolvió a Giancarlo, que seguía allí, a unos veinte metros de mí, con una camiseta blanca, en su adorado Mehari, acribillado a balazos, encogido, con una pierna un poco levantada, la cabeza colgando a un lado y un reguero de sangre en la cara, que había perdido su típica sonrisa.

IL MARE SEMPRE LUCCICA, DOMANI È GIÀ DOMENICA E FORSE FORSE NEVICA

—Y esto es todo —dice finalmente el agente mientras nos dirigimos hacia la puerta—. En lo que respecta al precio —aclara, una vez en el descansillo—, podemos intentar bajarlo un poco. No demasiado, porque, como ve, la casa es muy bonita. Pero algo se puede hacer…

Y se queda mirándome a la espera de que le haga la fatídica pregunta.

Pero yo continúo mirándolo sin rebatir, así que se mete una mano en el bolsillo de la chaqueta y saca la tarjeta de visita que me ofrece con falsa despreocupación.

—Para cualquier otra información, no dude en llamarme —dice entonces—. Es más, si le interesa, puedo enseñarle el plano del piso…

Permanezco en silencio, así que él desiste.

—Está bien, bajemos —y mira el reloj—, que en breve tengo otra cita.

Y mete las llaves en la cerradura.

En ese momento, la puerta que tenemos enfrente se abre y aparece una chica de unos quince años, con el pelo castaño claro que le cae recto por los hombros, una camiseta oscura bajo una cazadora de cuero, vaqueros negros ajustados y rotos por las rodillas, y botas militares. Masca chicle y nos mira de reojo. Le dedico una sonrisa que no me devuelve, mientras mi guía trastea con el teléfono y no parece haberse percatado de la nueva presencia.

Mientras bajamos en el ascensor, la chica se pone a recorrer la página de Facebook en su móvil, y yo intento apartar los ojos dirigiendo la mirada hacia sus zapatos. Al llegar a la planta baja, ella sale al vestíbulo, donde hay un chico de su edad que acaba de bajar por las escaleras y que, al cruzarse con ella, agacha tímido la mirada. Acelero el paso instintivamente y por un instante pienso en pararla para preguntarle algo, lo que sea, por su casa, por ejemplo, que los padres de Viola vendieron un año después de aquella maldita noche; o por este chico tímido, claramente enamorado de ella; o por su adolescencia, en algunos aspectos parecida a la nuestra, transcurrida aquí, en una calle sin salida que parece no lograr quitarse de encima la tragedia que presenció hace años.

Pero el agente inmobiliario me detiene a la salida.

—Señor Russo —dice con su típico sentido de la oportunidad—, debería firmarme estos papeles…

Y me tiende una carpetita verde acompañada de un bolígrafo del mismo color.

—Es su declaración de haber visto el apartamento… —añade, casi como si quisiera disculparse.

Hago un rápido garabato y en tres zancadas estoy en la calle: la nueva Viola se ha alejado unos metros y ya va de la mano de un chico barbudo que en el hombro lleva con orgullo la funda de una guitarra. Solo cuando desaparecen por la esquina del edificio, me fijo en el joven tímido que tengo detrás y que no logra apartar la mirada de la pareja.

—Creo entender que conoce la zona. ¿A qué se dedica, si puedo preguntárselo? —me distrae el agente.

—A las personas —respondo mientras sigo mirando al chico, que está un poco más allá.

El intermediario no parece comprenderlo, y tampoco se esfuer-
za demasiado, porque, mientras estamos aquí, inmóviles en el silencio de esta tarde invernal, del cielo empiezan a caer sin control
unas suaves bolitas blancas que se acumulan en los capós de los
coches aparcados. Nieva, como en aquel lejano 1985.

—Guau, nieva —dice entonces el agente, alzando la mirada.

—Soy psicólogo —respondo, en cambio.

—Entonces quizá podría interesarle un estudio —y se rasca la
cabeza—, alquilamos uno justo aquí enfrente…

—No, vivo en Roma, lo siento.

—Ah —rebate perplejo, quizá preguntándose por qué, viviendo en otra ciudad, he venido a ver una casa aquí.

Al final, dice simplemente:

—Que tenga buena tarde.

Y se aleja con paso plúmbeo.

Un instante después me suena el móvil.

—Viola.

—Hola, cariño, ¿dónde estás? ¿Vas a poder volver?

—Cojo el tren de las siete —respondo, mientras mi mirada se
topa con un hombre de espaldas, de constitución fuerte, concentrado en subir el cierre metálico de aquella que en su tiempo fuera la
charcutería de Angelo.

—Pero ¿dónde estás?

—Luego te lo explico. Es una larga historia.

Ella se queda un segundo en silencio y luego simplemente dice:

—Vale, pero no nos hagas esperar demasiado, tu hijo pregunta
por ti.

—Aquí está nevando… —comento, dando dos pasos adelante.

—¡Anda ya! ¿En serio? ¡Qué bonito! ¡Quién se acuerda de ver
nieve en Nápoles!

—Ya —respondo.

Yo, en realidad, sí que la recuerdo.

El hombre junto al cierre metálico se gira de perfil y hace que
me sobresalte. Me despido de Viola, meto el móvil en el bolsillo de

mi abrigo y me pongo de nuevo en marcha, paso la ventana de mi antigua casa y me detengo delante de la pared, a unos treinta metros de la charcutería. El muro con la inscripción *ama*. El que lo vio todo y ahora porta consigo la sonrisa de Giancarlo. Fue mi madre la que me llamó para decírmelo. «Mimì, ¿sabes que han decidido dedicar un mural a Giancarlo? Lo harán en aquella pared, han enseñado imágenes en el telediario», graznó por el cable, mientras oía al fondo la voz de papá que repetía a su mujer que no se tirara mucho tiempo al teléfono, que las llamadas a los móviles costaban.

Cuatro años después de la muerte de mi héroe, nos mudamos también nosotros. Papá encontró trabajo en otro condominio, en un elegante edificio de *via* Cilea, y nuestra vida cambió. El abuelo ya no estaba y la abuela había enfermado de alzhéimer; Beethoven se había convertido en un perro viejo que se cansaba cuando lo sacábamos de paseo; y a Bea, tras algún que otro año holgazaneando, la habían contratado en una perfumería en *via* Scarlatti, puesto que había conservado hasta el día en que encontró a Giuseppe, de treinta años, licenciado en Economía y Comercio, con un máster en Administración de Empresas no sé dónde, y experiencia laboral en Londres y Roma. Al volver a Nápoles para gestionar el negocio familiar de restauración (tres locales entre el centro histórico, Chiaia y el Vomero, que hoy se han convertido en ocho, uno de ellos en Milán y otro en Roma), se topó a saber cómo con mi hermana, la cual, junto a algún que otro kilo, había perdido también ese aspecto hortera que lucía en los años ochenta, para transformarse en una espléndida mujer que a su paso convertía en bellas estatuas a los hombres que rondaban a su alrededor.

Su matrimonio con Giuseppe le regaló tres hijos, dos niñas y un niño, el primogénito y primer nieto de la familia, pero que no se llama Rosario como el abuelo porque Bea no quiso ni oír hablar de ello. Se presentó una noche en casa y explicó a nuestro padre que, con toda su buena intención, no se sentía con ánimo para colgarle aquel nombre obsoleto a su hijo; y que también estaba el padre de Giuseppe, Salvatore (que, a decir verdad, también es un nombre obsoleto), el hombre que había empezado con una pequeña freiduría en un callejón de Chiaia y que en veinte años había sido capaz de levantar un próspero negocio. Por eso mi sobrino se llama Salvatore, y los amigos lo llaman Sasà, lo que tanto a mí como a su madre nos toca un poco las narices. A Bea porque, a pesar de sus orígenes, o quizá precisamente por ello, con el tiempo pasó de ser una chica alternativa, a lo Cindy Lauper, a una señora del Vomero que se mete con los chicos maleducados que llegan en metro de otras partes de la provincia; a mí, en cambio, porque el mote no puede por menos que traerme a la mente el de Sasà, perdido demasiado pronto y, quizá, con demasiada facilidad.

La abuela murió unos años después, y al final de sus días ya ni siquiera se acordaba de nosotros. A los dos meses la siguió Beethoven, que una tarde, sin decir nada a nadie, se fue a su camita, cerró los ojos y desapareció en silencio, como siempre había vivido. Fue mamá la que me llamó para decírmelo, visto que ya no vivía con ellos, me había trasladado a Roma para ir a la Facultad de Psicología, que por aquel entonces no existía en Nápoles. Mi curiosidad por las ciencias, mi pasión por los superpoderes, mi obsesión por la telepatía, la necesidad que sentía de tener un modelo al que seguir (que no era más que mi necesidad de empatizar con quien tenía a mi alrededor), con los años se habían transformado en un deseo por estudiar lo más profundo del alma humana.

¡Lo que pude llorar cuando me enteré de la muerte de Beethoven! Un domingo de unos meses antes —hacía ya tiempo que el perro se arrastraba con fatiga por la casa—, me había acercado y le había susurrado al oído, casi rogándole, que esperara a que volviera y que no me gastara una broma pesada. Pero, evidentemente, mi buen y viejo amigo no había conseguido esperarme, entre otras cosas porque, ocupado como estaba con mi nueva vida, bajaba poco a Nápoles.

Y entonces, dos días después de la muerte de Beethoven, una fría mañana de febrero en la que caía sobre Roma una especie de aguanieve color ceniza, mientras esperaba el autobús que me llevaría a la universidad para asistir a la clase de Psicología Social, me topé con ella, con Viola, y después me enteré de que se había inscrito en la Facultad de Letras de la capital porque su padre había dejado de volar y había abierto una sociedad de helicópteros de rescate allí.

Estaba de pie junto a mí, esperando el mismo autobús. No había cambiado ni una pizca, salvo por el hecho de que ya no llevaba aparato. Así que me quedé mirándola con la boca abierta mientras ella seguía con la cabeza agachada sobre un libro fotocopiado, con una mano en el bolsillo y la otra sosteniendo el pesado volumen, las piernas cruzadas y un gorro de lana con pompón y orejeras. Cuando se dio cuenta de mi presencia, se giró y me examinó brevemente; luego volvió a leer. No me había reconocido. Por otro lado, el Mimì de otros tiempos, el cuatro ojos bajito, con melenita, gafas redondas y una extraña manera de hablar, había dejado paso a un chico de constitución normal, con pelo algo largo y despeinado, nariz un poco aguileña y mirada segura.

Me costó casi un minuto que me reconociera, y cuando finalmente puso una expresión atónita, cuando susurró tímida mi nombre, cuando me miró con sus ojos grandes y brillantes que destacaban en su carita pálida envuelta en pelo, cuando por fin me abrazó trayéndome a la nariz el mismo perfume a cereza de tiempo atrás… entonces sí, comprendí que, por fin, había llegado nuestro día.

Al principio, el dolor por Giancarlo, por la terrible escena a la cual había asistido, por la infancia que aquella noche me había sido arrebatada, me robó toda la energía, toda esperanza. Los primeros años me arrastraba con pisadas grávidas. Seguía estudiando y estudiando sin un porqué, con la cabeza gacha, encerrándome cada vez más en mí mismo, a pesar de los intentos de mamá, que de vez en cuando se sentaba junto a mí, inclinado sobre los libros, y me cogía la mano; y los de papá, que una noche se me acercó al dormitorio e intentó ayudarme a su manera, diciendo que estaba orgulloso de mí, de aquel hijo que parecía haber superado el golpe del trauma y que seguía inflexible labrándose un futuro.

En realidad, en mi interior el golpe había roto algo, pero no lo mostraba. El Mimì lleno de esperanza y alegría de vivir, el crío gracioso que creía en los superpoderes y en la justicia, en la fuerza de la cultura, en los libros y en la escritura, en el rigor moral y en los héroes, ya no existía; había sido sustituido por un adolescente que no sabía cómo soñar y que había decidido, quizá inconscientemente, canalizar en el estudio su rabia, su dolor y su decepción, sobre todo para marcharse algún día de aquel lugar pequeño y hostil que se había llevado todo.

Con el tiempo, el dolor empezó a atenuarse, el recuerdo de aquellos disparos perdió consistencia, como la sangre en la cara inexpresiva de Giancarlo; y, en cambio, volvieron a aflorar su sonrisa, sus palabras, sus enseñanzas, las charlas y las canciones. De improviso, me di cuenta de que él estaba dentro de mí, como decía Jack London en *El vagabundo de las estrellas*, uno de los libros de mi infancia: «La vida continúa, es el hilo de fuego que continúa en las formas adoptadas por la materia. Siempre queda el recuerdo, hasta que dure el espíritu, que es indestructible».

Y entonces abrí de nuevo el cajón en el que había guardado el famoso cuaderno que me había regalado, y volví a hojearlo con cautela, esperando que, mientras tanto, aquella rabia ciega que no me atrevía a mostrar a nadie se marchara de alguna forma. Me gradué con la nota más alta y me fui a Roma, para dejar a mis espaldas el pasado y correr, por fin, hacia el futuro que soñaba.

Un día, en la universidad, me topé por casualidad con otra cita a la que tenía mucho cariño. Estaba en el baño, y en los azulejos, al resguardo de una esquina, en medio de un par de números de teléfono de gente que buscaba sexo, la descubrí. Decía: «En el preciso instante en que dudéis de poder volar, dejaréis también de ser capaces de hacerlo». Una frase de Barrie, de mi amado *Peter Pan*, el libro con el que había iniciado, hacía mucho tiempo, el juego veraniego entre yo y Viola.

Al volver a casa, abrí el cuaderno de Giancarlo y llené la primera página vacía con aquellas palabras que sentía como mías. Y así seguí haciendo posteriormente, durante bastante tiempo: trasladaba al cuaderno las ideas más significativas de los libros viejos y nuevos que encontraba en mi camino, para dar sentido a la que había sido mi infancia en su compañía, sentido a todo lo que nos habíamos dicho Giancarlo y yo.

En mi interior sentía que había llegado el momento de volver a soñar, de volver a dar valor y fuerza a las palabras, que durante un tiempo había pensado que nada pudieran hacer frente a la maldad y a la injusticia humana y que, en cambio, pueden y mucho, como bien sabía Giancarlo y como también decía Rudyard Kipling: «Las palabras son, naturalmente, la droga más potente usada por el género humano». Con frecuencia, las palabras llegan a sacudir nuestras vidas; a alumbrarlas, como hacen los grandes amores; incluso a embobarnos, como diría papá; nos tienden la mano y tiran de nosotros para conducirnos a lo largo del camino que debemos tomar y que no tenemos el valor de tomar. Desde hace siglos nos cuentan sus historias y nos permiten entrar a formar parte de sus fantásticos mundos, nidos en los que podemos refugiarnos cuando cae la noche. Y no pasa nada si a veces encontramos muros, si no consiguieron mantener con vida a Giancarlo y no sirvieron para cambiar las cosas, si no evitan que caigamos. Lo importante es que cada vez nos ayuden a volver a ponernos en pie.

Meto las manos en los bolsillos y suelto una nube de vaho caliente por la boca. En la pared de enfrente de mí está él, Giancarlo, representado con su típica sonrisa; y también está el Mehari, que ahora va por Italia contando a los chavales su historia, su terrible experiencia y el amor que le unía a aquel chico lleno de vida. Y luego, también, hay una máquina de escribir y algunas frases, citas de

Mandela, Constant, Camus, Alda Merini, y parte de la letra de una canción de Vasco, precisamente de él.

El hombre que estaba enrollando el cierre metálico entra en la que sigue siendo una charcutería y vuelve a aparecer al rato con una caja de madera en las manos, la apoya justo fuera de la tienda y se sienta encima. Luego apunta algo en un papelito que se mete en el bolsillo, se coloca un boli detrás de la oreja y se detiene a mirar cómo cae la nieve. Al rato apoya la cabeza en la pared y cierra los ojos.

Exactamente como hacía su padre tanto tiempo atrás.

Ante mí caen con fuerza los copos y, en la pared, la frase de Vasco, allí donde hace mucho estaba mi nombre: «*E intanto il mondo rotola e il mare luccica, domani è già domenica e forse forse nevica*».[6]Me acerqué a la psicología y a las relaciones humanas unos años después de los hechos narrados, pero creo que la decisión maduró en mí entonces. Porque, al final de aquel terrible y magnífico verano, comprendí que los únicos superpoderes que tenemos a nuestra disposición, pobres humanos, son las relaciones que logramos construir, los amores, las amistades, los cariños. Es la calidad de estas relaciones la que marca la diferencia entre quién es súper y quién, quizá, lo es un poco menos. Porque aquella maldita noche comprendí que era solo un adolescente que se había encontrado, por una serie de circunstancias, con que tenía que lidiar con algo más grande que él. Comprendí que era un chico normal.

Como lo era Giancarlo, un chico normal.

Mi abuela dijo un día que en el mundo no existen los héroes, solo personas que de vez en cuando acometen una buena acción, lo correcto, y luego vuelven a ser uno cualquiera.

Giancarlo nunca volvió a ser uno cualquiera.

Me acerco al techo de un coche y recojo un montoncito de

---

[6] «Y mientras el mundo gira y el mar siempre brilla, mañana ya es domingo y quizá, quizá, nieve». Letra de la canción *Basta poco*, de Vasco Rossi.

nieve en la palma de la mano, luego cubro rápidamente la distancia que me separa de la charcutería y de mi amigo de entonces, el cual se percata de mi presencia solo cuando ya estoy delante. Guiña los ojos, arruga la frente y se queda mirándome incrédulo, antes de esbozar una radiante sonrisa.

—Hola, Sasà —digo entonces, mostrándole mi mano—. ¿Has visto? ¡Nieva nieve!

NOTA DEL AUTOR

Giancarlo Siani, periodista de *Il Mattino*, fue asesinado por la Camorra bajo su domicilio, en el barrio residencial del Vomero, el 23 de septiembre de 1985.

Para hacerle justicia y comprender el porqué de su asesinato, han hecho falta doce años y tres colaboradores con la justicia. En 1997, el Juzgado de lo Penal de Nápoles condenó a cadena perpetua a los hermanos Nuvoletta y a Luigi Baccante como mandantes del homicidio, y a Ciro Cappucci y Armando Del Core como ejecutores materiales.

En su artículo publicado en la columna de *Il Mattino* el 10 de junio de 1985, Giancarlo llegó a hipotetizar que el arresto del *capo* Valentino Gionta habría sido posible gracias a un soplo de la familia Nuvoletta, aliada de los Corleonesi de Toto Riina, interesados en destronar al *capo* Gionta para poner fin a la guerra con el clan de los Bardellino.

Siani se ganó el odio de los hermanos Nuvoletta, que, a ojos de los otros capos partenopeos y de la Cosa Nostra, pasaban por «infames», y por ello fue sentenciada su muerte. Para organizar el crimen se necesitaron unos tres meses, durante los cuales incluso se realizaron emboscadas e inspecciones de la zona por parte de los sicarios.

La noche del 23 de septiembre, cuando Giancarlo volvía de la redacción del periódico, una escuadra de al menos dos asesinos le disparó diez veces en la cabeza con dos pistolas diferentes, mientras seguía sentado en su Mehari, justo después de haber aparcado.

Había cumplido veintiséis años unos días antes y aquella tarde había intentado, sin éxito, encontrar una entrada para el concierto de Vasco Rossi.

Estos son los hechos.

En cambio, la novela ni es ni quiere ser un resumen sobre los últimos meses de vida de Giancarlo Siani, como tampoco se propone la tarea de revelar verdades o anécdotas privadas. Es decir, no es un libro sobre Giancarlo, sino un libro con Giancarlo.

Es solo mi homenaje personal a un chico que hizo historia sin saberlo y sin quererlo. Una de las facetas buenas de Nápoles, que siempre necesita facetas buenas.

Todo lo que he contado es fruto de mi fantasía, aunque la ambientación sea real y la calle de la que hablo sea aquella en la que Giancarlo vivió y fue asesinado.

Mimì y su familia, Sasà, Viola, Fabio, Matthias, Mauro, Pino, el señor D'Alessandro, Nicola Esposito, Morla, el peluquero Alberto, el administrador Criscuolo, el matrimonio Iacobelli, los Scognamiglio y su casa son fruto de mi imaginación. En cambio, Bagheera, doña Concetta, Red (o, mejor dicho, *Carassius auratus*), Beethoven, Angelo y algún que otro personaje secundario viven, o han vivido, en otra historia, la mía, que se desarrolló a tan solo unos kilómetros de distancia de la de Mimì.

El Mehari verde, obviamente, es el que Giancarlo tanto quería y sobre el que perdió su vida; y que ahora, entre viaje y viaje, descansa dentro del Pan, el Palacio de las Artes de Nápoles.

Una última cosa.

Nunca existió la inscripción *ama* que Sasà hizo sobre aquel muro. O quizá sí, quién sabe. La cuestión es que ahora ha desaparecido, junto con las de tantos otros enamorados que se sucedieron con los años; porque hoy la pared, que en aquella fatídica noche fue testigo de la tragedia, acoge el gran mural sobre el que se reproducen incesantemente las imágenes de una máquina de escribir, un «Batmóvil verde» y un joven periodista de rostro sonriente.

Quiero creer que bajo una de esas alegres sonrisas esté realmente la inscripción.

Ama.

AGRADECIMIENTOS

Deseo dar las gracias a algunas personas. En primer lugar, a Paolo Siani, por haber acogido esta historia con entusiasmo, amor y la típica gracia que lo distingue. Nos conocimos precisamente mientras escribía este libro, del que él no sabía nada. Habrá quien hable de coincidencias, a nosotros nos gusta pensar que no es así.

Gracias, como siempre, a Gianluca, por sus sugerencias, sus consejos, y por aquel último llanto.

Gracias a Federico Albano Leoni, que con sus estudios sobre la relación entre lengua hablada y escrita ha inspirado el extraño amor de Mimì por las esquelas funerarias.

Gracias a Marco, él sabe por qué.

Gracias de todo corazón a mis abuelos, que con su cariño desmedido me ayudaron a caminar más recto por la vida.

Gracias a quien tendió una mano al niño que fui, y a quien me quiere.

Y, por último, un gracias enorme a todos los que han contribuido con su trabajo a hacer mejor esta novela.

ÍNDICE